作家的泪水不休止	117
"现代主义"的骚乱美持与痴迷	122
每在发晚世界曾星陨落的孩子们	127
贝娄：从后牵走向未来？	132
唤你让多精神刺其的概义与心灵史	138
震惊：为了推荐信仰	144
麦克拉·卡特的癫狂与迷幻	150
如何用小说笔录写"随笔集"？	155
他能到时间中避难？	160
那小块流着酒的余尘，·布洛克	162
加缪的意义	168
灵魂应是可以随时飞起的鸟	173
记叙事之难重新激动沉落的海水	179
诺奖传奇：所料不及的故事核	185
唯有内心之光奋存	191
时刻等待一颗凶险的人	197
米图塞构的世界	203

目录

我们是世界整体与重生的出发点	3
只有无尽重复的东西才是生命	10
那时,有一束光,照亮了他的脸庞	17
为来世准备佳肴是我们的权利	25
彻底忘记经验的伟大小说家	31
我"你",写信的可无尽	42
我们希望变成世界,但时间会转有穷匀	48
奎福尔,你可天听最的无穷	56
为了创造,我需要孤独、虚构与孤独	60
回到电加家的时代	65
在篝火度下赦极和烟尘考睡	74
幼约的逐流猎手	80
在死亡中寻求蘓醒与救赎的人	85
荒漠亚诗的岷岷涤昆	98
養神核的"亲密之敌"	108

释松

豪迈飘逸 可以随时飞扬的鬓角

上海文艺出版社

III

在暗流涌动中发疯的世界　　209
在发狂的秩序里一头撞上真实　　215
为了孤独的灵魂让时光重现　　221
欧洲的碎片　　226
那些自欺欺人的"动物"　　231
无爱与悲哀　　236
开启欲望与死亡的钥匙　　240
阴翳之美的挽歌　　249
夹杂在腐米里的白石子　　252
巅峰之上的佩索阿　　258
齐奥朗的解毒剂　　264
1842年，来到新世界的狄更斯　　269
毛姆的炭火　　273
生命之花　　281
当时间之箭转向过去　　285
在喧嚣与寂静之间微笑死去　　290

I

戏剧是世界解体与重生的临界点

关于彼得·汉德克的《骂观众》

无论如何，瑞典文学院把 2019 年诺贝尔文学奖颁给久负盛名却备受争议的奥地利作家彼得·汉德克，是需要魄力的。自从 1999 年汉德克抨击北约大规模轰炸南联盟过程中伤害平民的残暴行径，就被西方主流舆论不时口诛笔伐。2006 年，他又参加了前南联盟总统米洛舍维奇的秘密葬礼。结果 2014 年他荣获"国际易卜生奖"时，就被西方重要媒体和批评家斥为"史无前例的丑闻"、"等于把康德奖颁给戈培尔"。

向来特立独行的汉德克，面对世界的态度始终是："我在观察。我在理解。我在感受。我在回忆。我在质问。"他反对文学作品直接服务于任何政治目的，质疑任何"政治正确"。他不能容忍文学上的保守和不思进取。文学对他来说，是不断明白自我的手段，是要表现还没有被意识到的现实，是为了破除任何一成不变的价值模式而存在的。

1966 年 4 月，在德国著名文学团体"四七社"的美国年会上，24 岁的汉德克尖锐地批评了德国当代文学墨守传统描写的软弱无能。两个月后，当《骂观众》在"法兰克福实验艺术节"上首演时，这部没有故事情节、没有人物事件、没有对白……从头到尾只有四个无名者在不停说话、冒犯观众并演示着对传统戏剧的彻底否定与颠覆的戏剧，使汉德克在争议声中开始备受瞩目。

在欧洲现代主义以来的先锋戏剧谱系里，汉德克颠覆传统的精神与在形式创新上的贡献，完全可以跟阿尔弗雷德·雅里、阿尔托、尤内斯库、贝克特等大师相提并论。就像柏林艺术节主席奥伯恩德曾说的那样，汉德克是少有的能将戏剧向前推进一步的剧作家。

从一开始，他的戏剧就直指"语言"本身。在其戏剧观里，"语言"是使一切存在生成与瓦解的根本要素。语言本身的暧昧性与不确定性，使"人"成为语言激流里浮沉隐现的泡沫。而戏剧舞台，只能是呈现语言导致的人与世界的解体与重新生成的临界之点。

暧昧的"我"的无所不是与无所是

在文景版的《骂观众》里，收录了汉德克三个早期剧作：《自我控诉》《骂观众》和《卡斯帕》，以其关联性和演进性呈现了汉德克戏剧创作的脉络。

《自我控诉》篇幅短小，但作为先声，它已明确展现了汉德克的戏剧观和方法论。汉德克称之为"朗诵剧"。它没有角色，主要通过两个朗诵者的"声音相互配合……声音的大小变化鲜明，以制造听觉层次"，而舞台是空的，不使用幕布，演出结束时也不落幕。在这部剧作里，传统的戏剧因素荡然无存。它从一个人的诞生讲起的，然后讲"我"从小到大的变化——尤其是"我学会了词语"，"我变成了句子的对象"，"我学会了会干这干那"，

"我生活在时间中"。随后,"我被各种各样的规则所掌控了。我有个人的信息。我被变成了一个有档案可查的人。我有自己的灵魂。我被与生而来的罪孽玷污了。我有自己的比赛号码,我被列入了比赛者的名单里。我有病了,我被变成了病历中可查的人。我有自己的公司,我被商业登记在册了。我有自己的特征,我被固定在人物描述中了。"

所有的一切听起来都是既具体又抽象的。汉德克关注的是"人"的意识的变化。当读者觉得"我"已渐渐清晰时,却发现作者已通过"我"成年后的罪与罚、义务和责任的确立,引出了对所有"冒犯"行为的疑问,以及随之而来的种种"表明态度"的方式,其中充满了犯规违禁、不合时宜,甚至是大逆不道的另类言行,而更为重要的:

"我没有在意语言的规则。我违反了语言的规则。我说了没有思想的话。我盲目地赋予世界上的物体以种种性质。我盲目地把表示物体的词语赋予表示物体性质的词语。我盲目地用表达物体性质的词语观察了世界。我说物体是僵死的。我说形式多样是多姿多彩的……我说道德是虚伪的。我说界限是模糊的。我说竖直食指是道学的。我说怀疑是有创造性的。我说信任是盲目的……我说正直是知识分子式的。我说资本是腐败的。我说感觉是迟钝的。我说对世界的认识是扭曲的。我说意识形态是假的。我说世界观是模糊的……"

"我"是无所不是的。人有的问题"我"都有。"我"是善的也是恶的,有各种错误和不合时宜,既释放纵容了所有欲望,又承受了一切后果。"我"即是每个人。而这场"自我控诉"所针对的,正是所有人的"自我",进而揭示"我"的无所是。最后,面对死亡阴影的临近,"我"的结论是:"我不是以前的那个我。我曾经不是应该是的那个我。我没有变成我应该成为的那个我。我没有保持应该保持的。"而比这个貌似虚无的结论更为重要且深刻的,则是结尾:"我来到剧院里。我听了这部剧。我朗诵了这部剧。我写了这部剧。"

让剧场解体的"骂观众"

在《骂观众》里,汉德克要做的是对传统剧院和观众的审判与解体。它是"说话剧",没有人物,只有四个说话者。在汉德克提供的有17条要求的《演员守则》,关键词就是"仔细倾听"和"注意观察",而内容则已暗含对观众的讥讽,尤其是最后两条:

"注意观察动物园里那些模仿人类的猴子与那些吐口水的美洲驼。注意观察那些懒汉与游手好闲者在街上走路和在考虑机上玩游戏时不同的神情。"

在开场前的那个说明里,汉德克在细致地描述了传统剧场里的一切现象之后,就先行把要骂的主要句子说出来了:"你们这些丑恶的嘴脸,你们这些小丑,你们这些傻呆呆的眼睛,你们这些可怜虫,你们这些不要脸的家伙,你们这些活宝,你们这些只知道张着嘴巴傻看的蠢货。"

全剧62段文字,除了前面几段是明确告知观众,这不是一场戏剧演出,不会有他们想要看到的情景,也不会满足他们观看的乐趣之外,一直到第47段,作者都在不遗余力地质疑并审判传统戏剧、剧院和观众存在的合理性和意义。因为"在这里,戏剧的可能性并未得到利用。可能性的范围并没有被充分测量。戏剧并没有被解放。戏剧被束缚了。"

这场戏的主角不是舞台上的说话者，而是下面的观众："你们就是主题。你们是核心。你们和我们演对手戏。这一切针对的都是你们。你们是我们话语的靶子。你们充当的就是靶子。这是一个隐喻。你们是充当我们隐喻的靶子。你们充当隐喻。"

在整出戏里，无论怎么说如何骂，都是表象。最核心的其实是："这出戏是一个引子。它不是另外某一部戏的引子，而是有关你们所作所为的引子，包括你们曾经做过的，现在正做的以及将来要做的事情。你们是主题。这出戏就是关于主题的引子。"换句话说，这出戏的主体并不在舞台上，而是在观众那里——观众的过去、现在与未来，以及现场反应，都是这出戏的内容。在这里，与传统意义上的剧场、舞台概念一起被颠覆的，还有"观众"的概念——他们变成了被肆意挑衅嘲骂的戏剧主体。在世界戏剧史上，这是从未有过的戏剧现象。我们甚至可以说，《骂观众》为很多年以后才开始在当代艺术里出现的将行为、表演和现场互动融为一体的艺术方式提供了重要的启迪。

卡斯帕的自我重生与解体

很多人认为《卡斯帕》的成就远高于《骂观众》，这是因为它在骨子里其实是相对传统的。尽管在形式上它更进一步延展了《自我控诉》和《骂观众》开拓的道路，但从对戏剧因素的内在运用来看，它又向"传统"做出了某种"靠近"。但这并不是妥协或退缩，而是汉德克要在颠覆传统的废墟上寻求创新的可能。

首先，这部戏是有"人物"的——卡斯帕·豪泽。其次，虽然作者开篇即声明:"剧本《卡斯帕》表现的不是卡斯帕·豪泽现在发生什么,或者过去发生什么,而是一个人可能会发生什么。它要展示的是,一个人如何通过说话而学会说话。"但是,卡斯帕显然是有过去的。从他那支离破碎的言语中,我们可以发现些过去的迹象和信息。他参加过战争,幸存的是其肉身,被毁的是其灵魂,是其自我意识和语言系统。就像一台系统崩溃的电脑,他需要重装系统及各种软件,要借助语言恢复自我的意识思维系统并实现重启,否则他就什么都不是。

一个不出场的旁白者试图通过语言帮助指导卡斯帕学习恢复语言能力。而卡斯帕最喜欢说的句子是:"我也想成为那样一个别人曾经是那样的人。"旁白者的指导是灌输式的、指令式的、诱导式的,也是道德说教式的,经常充满了清教主义的心灵鸡汤意味,喜欢强调秩序:"你是一个句子幸运的占有者,它将会为你使任何不可能的有序成为可能,使任何可能和真实的无序成为不可能:它将会为你驱走任何无序。"

然而,近乎悖论的是,似乎卡斯帕的语言系统崩溃得有多彻底,他这个人就有多固执:"人家教给他说话的本领,他想保留自己的句子。"这是因为在旁白者的教诲话语中,不仅包含着规训、告诫、心理分析及对秩序的反复强调,还包含着强烈的控制欲。很多时候,这位旁白者的话语听起来甚至有点像上帝。于是问题就来了,卡斯帕意识到自己被控制了。他出现了人格分裂——舞台上出现了多个卡斯帕,他们像一般戏剧人物那样表演着各种手势,讽刺地模仿着卡斯帕说话,制造各种能够干扰卡斯帕的噪音,迫使他用锉刀在麦克风上锉出对抗的噪音……最后,卡斯帕反复念叨着:"山羊和猴子",而沉重的帷幕缓慢移动,直至撞倒了所有的卡斯帕。

一般来说,在西方基督教文化里,山羊,则象征着创造力、活力、攻击性、性欲,甚至是撒旦的象征;而猴子,则象征着邪恶、贪婪和盲目崇拜,或是异端。当汉德克把这两个象征交由恢复语言能力的卡斯帕来反复念叨并作为全剧的结尾时,我们当然有理由认为,他的意图里或许隐藏着这样一种观念:语言的生成是人类走向文明的象征,是人之所以成为人的象征,是人作为个体之所以成为个体的象征,但是,语言并不只是导致文明诞生、宗教与信仰的诞生,也会催生制造邪恶,也会制造战争灾难。

同样道理,要是以为恢复人的语言能力就意味着恢复人的理性存在,那就太天真了。因为在本质上就充满暧昧与不确定性的语言里,从来都是既有上帝又有魔鬼的。在汉德克的笔下,无论旁白者如何费尽心力,卡斯帕如何努力学习恢复,都无法摆脱那个作为人与世界解体和重新生成的临界点,甚至连这个点,最后也会失去。

2019 年 10 月 20 日

只有无法重复的东西才是生命

关于塞萨尔·艾拉的小说集《上帝的茶话会》

"出于这宇宙中亘古不变的传统,上帝每年总会召开一次隆重奢华的茶话会,以此来庆祝自己的生日,而受邀前来的只有猴子们。没人知道,也没有人有办法知道,在这永恒的空间里,从何时开始产生了这个习俗,不过即便如此,它也已经成为了宇宙漫长年岁里的头等大事。等待这场茶话会就像等着死亡一般,看似永不会到来,但实际上它总会如期而到。据比较可信的传言说,举办茶话会最初的理由挺消极的:上帝并不是真的想邀请猴子,他老人家只是更不愿意邀请人类而已。邀请猴子只是对人类这种让造物主大失所望的、被有意(甚至恶意)无视的物种的讽刺罢了(说'讽刺'已经算客气了)。"

在小说集《上帝的茶话会》里,阿根廷作家塞萨尔·艾拉在同名小说的开篇如是写道。要是你被这段文字所触动,并以为他要写的是寓言故事,或是其当代变体,那就错了。可以先告诉你的是,文学史里的多数小说模式与构思逻辑,在这里可能都是无效的。它甚至还会让你放弃诸如人物、情节、命运之类的预设概念,被作者那信口言说的状态所牵引,满怀好奇心地想看看,那被上帝邀请的猴子们到底会遭遇什么样不可思议的事情。

渐渐地，当你觉得猴子们那充满盲目性和破坏力的行为或多或少有点像对当下人类社会的隐喻时，作者随即就颠覆了你的想象与猜测——接下来出场的，不再是猴子，而是"次原子粒子"，一种比原子更小的微粒，它能自由地穿过宇宙里的一切存在而不受阻碍。随后你不免要想，在猴子、上帝与微粒之间，作者到底埋设了什么关系呢？

直到最后你才会发现，作者为这篇超乎想象的奇特小说所设置的视角，既非猴子的，也非上帝的，更不是微粒的，而是人的。通常人不管面对什么样的小说，都会试图建立某种逻辑关系和意义，否则就无法实现任何理解。而在这篇小说里，当读者被那信马由缰的言说所不断引诱，并企图将没什么头绪的小说拉回到合乎逻辑思维的判断里时，却忽然发现，作者真正关注的只是"上帝的秘密"——上帝本无秘密，可是因为有了那个微粒，就有了秘密。而正是这个秘密，以及承载它的那个微粒，为上帝的茶话会以及只邀请猴子出席这件事构建起神秘而又诡异的关系。因为那个微粒的存在，使得整个宇宙里的任何存在都有了本质的关系。那么，它是什么呢？

"事实上世界上没有任何东西，只有语言。是语言把世界切割成一块一块，让人们相信这些就是'东西'。上帝不说任何语言，因为没有说的必要。但是当他需要介入一些事情，比如想在人类的记忆中加入一些东西的时候，他别无选择只能进入语言的游戏中。这对他是个挑战。对于上帝来说，语言比语法老师眼中的更复杂，因为他必须考虑到所有语种，包括现存的和可能存在的（每种语言都是一种不同的切割方式，但从上帝的视角看来，它们之间的共性、差异和交叠构成了一幅极复杂的拼布）。"

上帝以语言创世，这种来自原始犹太教的古老传说并不新鲜。但当塞萨尔·艾拉以这样的方式来谈论它时，似乎意在表达语言与微粒的同质性，它既关乎上帝如何创世，也关乎他如何创作小说的世界。换句话说，他写小说跟上帝以语言创世性质相似，都是无中生有的。他所关注的并非事物是如何诞生并存在的，而是"语言－微粒"何以能随意穿透任何存在，使得本无关系的任何事物在显现中发生微妙至极的关系。或许在他看来，也只有到在这个层面上，小说的写作才能以基因编码般的方式在任一点上开始，在任一点上结束，而整个过程又能具有真正的即兴创作的属性。

在那篇《塞西尔·泰勒》里，塞萨尔·艾拉在探讨主人公塞西尔·泰勒（美国爵士乐新浪潮的代表人物）时这样写道：

"在他的即兴作品中得到发扬的'音群'尽管之前已经为另一位音乐家亨利·考埃尔所用，但是塞西尔把它那和谐而复杂的性质发挥到了极致，尤其是将无调性的连续乐音系统化地整合到了有调性的乐句中，这是一项前人无法比拟的工作。弹奏的速度，不同技法的交织，音乐的连贯和插入其中的间断，重复的乐句，一个个乐章，所有这些被他用以突破传统的手段让他的音乐和任何人们所熟知的旋律背道而驰，构建出恢宏却又宛若废墟般虚幻的巨作。"

这样的说法，与其说是对塞西尔·泰勒即兴创作方式的精辟点评，倒不如说更像是作者对其小说写作方法论的夫子自道。在阅读这部小说集里的那些作品过程中，读者很难不把作者的表现方式与即兴演奏状态下的那些爵士乐手相提并论——不，他不是某个乐手，而是支乐队，他几乎无时无刻不在变着法儿地突破各种界限,包括可能存在的读者们的接受限度。在这部小说集里,每篇小说无论长短、复杂还是简明,都在以不同的角度方式和高超的写作技艺,把作者的小说方法论演绎得淋漓尽致。

当然,在这些小说生成的过程中,始终都隐含着风险性。塞萨尔·艾拉的即兴写作令他就像个高空走钢丝的表演者,尽管动作丰富多变而又刺激,但又总免不了会让读者担心他一不留神就会失足坠落——他的即兴写作,会不会在某个瞬间突然就丧失了那种仿佛能永远肆意言说的诱人效果?事实上,正如所有即兴创作艺术家一样,他的旺盛创作力总是与强大的总体控制力息息相伴的,尽管在写作中他总是花样百出地凌空蹈虚,却从不会失手。

在那篇《上帝的茶话会》里,他仅以"微粒"的意外出场,就精彩地解决了猴子们在上帝的茶话会上所制造的那种难以收场的忧虑,同时又透露了其对于上帝创世与他创作小说的秘密;而在《塞西尔·泰勒》里,他又以环境与声音的微妙相生关系为切入点,在叙述并讨论伟大的即兴爵士艺术家塞西尔·泰勒那充满艰辛曲折的长期得不到认同的音乐生涯,强调温和与沉稳的品质以及不畏惧失败的精神有多么重要的同时,在不经意间还完成了对自己的小说艺术即兴本质的完美揭示,甚至还把某种意义上的作者个人精神传记也隐藏其中。没错,在这部小说里他最想说却又始终没说的就是:"塞西尔·泰勒就是我。"

支撑作者完成其创作的,还有一个至关重要的因素——非凡的想象力。这也是他能在走钢丝般危险的即兴创作中始终拥有源源不断的能量的根源所在。在这部小说集里,最能体现作者想象力的,当属《千滴油彩》和《在咖啡厅中》。在前者中,他异想天开地让世界名画《蒙娜丽莎》作为起点,而主角竟是构成画面的千滴油彩!它们以其超能量穿透了保护罩,散去了世界各地,并拥有了各自奇特的旅程与命运。每滴油彩的经历都像是好莱坞历险片里的片段,充满了日常世界里的戏剧性的喜怒哀乐和得失成败。而在意犹未尽的结尾,当读者意识到,即便是最漫无边际的想象也会有终结的时候,却又被作者那结尾的句子意外击中:"但是那些游走于现实与幻想的边界的油彩们……依然在现实这一边,无法摆脱这悲伤。"

即使是在最为日常的语境里,塞萨尔·艾拉也同样可以把想象力发挥到极致。在《在咖啡厅中》里,他为我们展现的是一个普通小女孩如何激发人们的想象力。当小女孩被沉浸在无聊闲谈中的妈妈所忽略时,咖啡厅里的各色人等以不断升级的折纸游戏为她创造着仿佛能永恒存在的愉悦。他们用最普通的纸给她折出各种事物,而每一个新加入这个游戏的人都展现出更为精妙的折纸技艺。他们好像都不再是日常的自我,都成了充满想象力的通灵自我,其中最厉害的一位甚至折出了俄罗斯女沙皇盛大出行的船队场景……那不断更新的无尽想象的折纸视界,使小女孩始终被简单而又新奇的感觉所包围,充满了愉悦,而更为重要的,显然是所有参与折纸游戏的人不仅同样拥有这种愉悦,还与自己那早已不复存在的童真年代重建了联系,甚至重获生命完整的感觉。当这一切即将结束之际,其实你知道,所有这一切,都是作者为他们创造的白日梦。而这美妙的梦境,也属于作为读者的你。

其实,对于其写作方式的危险性,塞萨尔·艾拉心知肚明。但他并不惮于将它推向极致。他这样做并非要挑战读者的耐心,而是要探讨更为本质的东西。在那篇《无穷大》里,他就把少年时代跟一位伙伴玩的数字比大游戏作为小说的核心内容。那游戏其实是简单的,有着小孩子才能接受的单调。而在成人眼里,这种游戏无论如何持续都是乏味的。甚至在阅读中会觉得,无论作者如何运用奇思异想,都不能让它摆脱那乏味的本质。对于小孩子,"数字就是数字,没有其他意思"。而对于成年人来说,数字可以意味着各种事物,但"没有意思"则永远是最可怕的问题。当读者陷入莫名的厌倦时,其实应该明白,这厌倦并非来自小说本身,而是来自日常生活深处的无聊状态。只有小孩子才能对任何寻常事物以及抽象的概念有着无尽的兴趣和乐趣。而作者还特别想提示我们的是,跟那些"概念"相比,"我们总显得比例失调,不是如巨人般硕大就是如侏儒般渺小。"

他对讲故事毫无兴趣。也正因如此,其小说无论以何种面貌示人,都呈现出正在生成中的状态,而不是确定无疑的完成状态。他给你看到的不是作为制造成果的小说,而是那使小说处在生成状态的场域环境。正像他在小说里揭示的那样:"文学注重的是细节,是环境,是这两者之间恰到好处的平衡。精确的细节使一切跃然纸上,但如果失去了环绕覆盖在四周的环境,细节只不过是一份杂乱无章的目录而已。环境使作家能够以自由的力量写作,不带特定的目的,在这样或者那样的空间中天马行空。它就像一条充满阳光的隧道,在这个空间里作家和作品交融在一起,不再区分彼此……"

哪怕仅凭这一部小说集,我们也可以认为,在二十世纪那为数众多且风格多变的拉美著名作家群里,塞萨尔·艾拉是绝无仅有的异类。他很清楚,任何革新派的道路总是坎坷的,是注定要随时面对种种质疑与拒斥的。因为革新派不能像传统艺术那样"只需要取悦现有的听众","他们必须自己创造出现在还不存在的听众群体,就像是从血液中提取一个红细胞,再用爱和耐心细心培养,然后接着培养下一个细胞,直到将它们打造成一颗心脏,随后是其他器官、骨骼、肌肉、皮肤和毛发,最后用铁砧和小锤子制造出精巧的耳蜗……"作为真正的艺术家他并不在乎其作品能否被广泛地接受,令他无法忍受的只有任何意义上的模式化取向和取悦读者的企图,因为在其漫长而又旺盛的创作历程中他始终坚信:"只有无法重复的东西才是生命。"

他的小说是纯粹沉浸式的。即使在读过之后你也往往无法复述它。因为在他那里,世界从来不是确定在那里的,而是任何一个词语都能生成一个世界。任何一个词语都可以成为一个原点,都能通过不断的裂变而生成新的世界。在他用文字所创造的世界与日常世界之间,是没有界限的,是可以在其语言裂变中不断相互渗透转化的。无论叙述、描写还是议论,呈现的都是他所创造的世界的不同界面,也是游荡其中的气息之流,是隐匿其中的寂静,就像词语裂变生成的空间能摆脱时间束缚,转化为无限生成的衡定,消除了毁灭的可能。

每每沉浸在他的小说文本中,除了感叹那仿佛永远不会衰减的小说艺术的强烈冲击力,你总是还能感觉到,在那即兴的纷繁言语所生成的世界的表象背后,一切的驱动力,其实都是来自他那颗拳头大小的心——它微不足道,但是足够炽热,跳动有力,像颗微粒,能够穿透整个宇宙,然后击中了某些微不足道却又鲜活的心,并引发一次或许只能持续一秒钟却又无比强烈的心灵核爆,释放出无尽的想象力。

那时,有一束光,照亮了他的脑海

《和博尔赫斯在一起》前言

若按希伯来原初宗教里的说法——上帝以语言创世,那像博尔赫斯这样的人,在其内心深处就很可能藏着一个渴望成为"上帝"的人,企图用文字创造并主宰另一个无限的世界。或许也正是基于类似的理解,翁贝托·埃科才会在其重要的长篇小说《玫瑰的名字》里借用博尔赫斯的形象,塑造出那个暗中掌控修道院并狂热地守护着图书馆的盲修士豪尔赫,后来他甚至声称:"图书馆加上盲人,只能产生博尔赫斯。"而在那部小说杰作中,最后豪尔赫是吞吃了那本被他自己涂了毒的珍贵古籍,在自己意外引发的图书馆大火中死去的。这种处理方式似乎也证明翁贝托·埃科对博尔赫斯有着极深的了解,因为后者曾表示过,有时候,他其实也想象过一个完全没有书的世界。

上个世纪五十年代中期,阿根廷的独裁者庇隆下台后,博尔赫斯已是享誉欧美的代表性拉美作家,并众望所归地成为阿根廷国立图书馆馆长。也正是在这个时候,家族遗传性眼疾却已令他近于双目失明。为此他自嘲道:"命运赐予我八十万册书,由我掌管,同时却又给了我黑暗。"而这黑暗,这漫无边际的囚室,就好像是上帝专门用来惩戒这位胆敢声称天堂是图书馆的样子的人的。这个兴趣极其广博的不可知论者,这个沉湎于神秘主义的异教徒,这个在本质意义上的渎神者……无论是他写的书还是读过的书,都是他构建通天塔的砖石,最后也将会是其坟墓的理想材料,当然,死亡还不会很快就降临,失明之后他还要等很久,在慢慢变深的昏暗中,在逐渐降临的黑暗里,在日复一日的倾听中……等到他拥有了足够的耐心,他将领悟:黑暗即光明。

当然,在领悟的时刻,博尔赫斯可能还会意识到,在奥林匹斯诸神和古希腊英雄的早已不复存在的世界里,自己如何才能成为一个兼擅散文与短诗的荷马,以文字之舟去做无尽的言说与漫游,却又不会令人厌恶。

有谁能为博尔赫斯写本理想的传记呢?在看过常见的几种博尔赫斯传记后,我觉得,博尔赫斯,其实并不需要传记;或者,还可以换个说法,博尔赫斯不可能有真正的传记。因为没人能让自己的文字越过博尔赫斯的作品来重构其存在,任何要在博尔赫斯的生活、阅读与写作之间构建起某种因果关系的企图都注定是徒劳的。

博尔赫斯的日常生活在很大程度上已被他的阅读与写作所瓦解甚至吞噬。或者说,他的日常生活不过是写作与阅读行动留下的遗迹,任何关于博尔赫斯日常生活的叙事与分析都注定会显得微不足道且相当乏味……而当传记作者为了消除或缓解这种尴尬状态时,又必然会去试图通过引用博尔赫斯的作品内容来谋求某种平衡,可是这样做的结果,只能是适得其反。说到底这些来自作品的文字不会成为他个人生活的任何意义上的证明,相反,它们会让那些与他的生活相关的文字黯然失色,会让读者忽然意识到——博尔赫斯的世界不会在其传记里,只能在其作品里。他的传记，只能是他所有作品的集成。

阿尔维托·曼古埃尔的这本薄薄的《与博尔赫斯在一起》，既没有为博尔赫斯作传的野心，甚至也没有写成文学评传的意图。这位从前辈博尔赫斯那里习得了淡定、从容与克制的作者，深知记忆与回忆的可贵与不可靠，因此他才会说："这些文字不是回忆，是对回忆的回忆的一种回忆。而能证明这些回忆存在过的事实都已日渐模糊，只依稀留下一些图像，一些我也不能确定准确记得的只言片语。"当他如是说时，意味着这个试图穿越岁月的迷雾，重新发现光芒闪烁的时刻与耐人寻味的场景的文本，有其天然的文学属性。他为它选择了双线结构：一是简练描述那些令他印象颇深的场景；二是反思评述与博尔赫斯的阅读、写作及思想密切相关的人与事。在前者中，他仿佛只是默默地看着博尔赫斯，写下他看到的一切；而在后者中，他则试图让人意识到，当他追忆博尔赫斯时，已不只是作为曾经的在场者，更多还是作为能与博尔赫斯进行平等对话的作者来发声的。

"博尔赫斯的世界完全是由语言构建的，很少涉及音乐、色彩或是形状。"曼古埃尔写道，"他的事，就是文学。"在几乎立即就认同了这种精辟的说法时，我其实想说的是，博尔赫斯的这种特质，恰恰是很多貌似迷恋其作品的人和那些莫名讨厌他的人所无法意识到的基本事实。很多人喜欢跟传媒一起把博尔赫斯塑造成一个文学传奇，去反复谈论他的智慧与神秘、他的镜子与迷宫，还有他对独裁的反抗与他的失明，却从来都无法真正靠近他的语言世界——不管他们以何种方式打开他的书，或是以何种夸张的姿态与腔调来谈论他。就通常最多见的关于博尔赫斯的说法来看，人们所执意迷恋的，其实都不过是些姿态与腔调，对于他们来说,博尔赫斯就像他们在化装舞会上碰到的一位戴着奇特面具而又低调的贵客,他们热情地谈论着他的一切,却从未倾听过他的声音,也从未凝视过他的文字。

他们也不可能会明白,为什么曼古埃尔会说:"博尔赫斯是一个充满激情的梦想家,他很喜欢讲述自己的梦境。在梦境中,在梦的'无限疆界'里,他觉得自己可以超越思想和恐惧的极限,并且能够在完全自由的情况下发展自己的故事情节。他特别喜欢睡着之前的那几分钟,介乎清醒和进入睡眠状态之间,正如他所说,能够'意识到自己正在失去意识'。'我会自言自语些无意义的话,看到新的地方,让自己顺着梦境的斜坡下滑。'"因为他们从来不在博尔赫斯所预设的读者范畴:

"我并非是为了少数精选的读者而写作的,这种人对我毫无意义。我也并非是为了那个谄媚的柏拉图式的整体,它被称为群众。我并不相信这两种抽象的东西,它们只被煽动家们所喜欢。我写作,是为了我自己和我的朋友们,我写作,是为了让光阴的流逝使我安心。"

我的一位朋友曾有些抑郁地告诉我,这个阿根廷老头子,他的文字,能让某些人暴露自己那疯狂的本质。或许,他这样说只是为了表达其对博尔赫斯又爱又怕并难以割舍的情绪。这个偶尔也会在梦境里对镜子和迷宫感到恐惧的博尔赫斯,之所以能让某些人暴露出疯狂的本质,是因为他总能以最为简约的方式构建并传达自己的那些沉湎于幻想、文字、书籍,以及神秘事物的趣味,并总能让人的想象在不经意间慢慢地失控。正像翁贝托·埃科所暗示的那样,博尔赫斯无论是在失明前还是在失明后,在其内心深处总归都隐藏着某种与书籍世界密切相关的疯狂,这种情绪或者说激情就像某种毒液与烈火,会让他即使在平静中也会处于某种莫名的危险的边缘。

在《特隆,乌克巴尔,奥尔比斯·忒蒂乌斯》里,博尔赫斯写道:"我靠着一面镜子和一部百科全书两者加在一起,发现了乌克巴尔。"他似乎想要通过这个小说来折射自己那魔法般疯狂的秘密。"这部小说……其叙述者要省略或者歪曲许多事件,引起各种各样的矛盾,使少数的几个读者——极少数的读者——能够从中预见到一个残酷而平庸的现实。"而在那个特隆星球的国家里,"(人人)都是——天生都是——理想主义者……他们并不认为空间持续地存在于时间之中。地平线上一团烟雾的观念,原野着火的观念,一枝没有熄灭因而引起火灾的雪茄的观念,被认为是思想互相联系的一个例子……特隆的形而上学家,不探求真理,也不探求近似的真理,他们只探求大吃一惊。他们认为形而上学是幻想文学的一个分支……他们的理论是:现在是不确定的,将来并不现实,不过是现在的希望,过去也并不现实,不过是现在的记忆。另一个学派声称:全部的时间已经过去,我们的生命仅仅是一个无可挽回的过程的模糊记忆或者反映,所以无疑是虚假的,而且是残缺的。"

在追忆博尔赫斯的过程中,曼古埃尔并没有表现出对这位前辈大师的仰视状,而是始终保持着某种平视靠近的感觉,并且内心平静。在这本小书里,他的叙述很可能跟他当初给博尔赫斯读书时的语调与节奏相近似。当然,他丝毫都不会怀疑自己给予博尔赫斯的那至高的评价:

"在这个喧闹的世纪,博尔赫斯是如此重要,没有一位作家能像他一样改变我们与文学的联系,尽管也许其他作家在探索我们的内在世界时能够更大胆、更深入。毫无疑问,有些作家能够比博尔赫斯更加有力地记录下社会的苦难和我们的生活;也有些人能够更自如地在我们内心丛林地带冒险。但博尔赫斯从不担心这一切。相反,在漫长的一生中,他为我们勾勒了其他的探索版图,尤其是他自己喜欢的类型——幻想。"

令博尔赫斯在欧美走红的那些西方文学批评家们,也喜欢称博尔赫斯的文学实践为拉美幻想文学,或称之为拉美爆炸文学、魔幻现实主义的先驱。他们之所以会如此热衷于肯定博尔赫斯的价值并给予其极高的地位,有一个重要的原因,就是在他们看来,博尔赫斯是以现代主义的视角、极简主义的笔触,成功地为处于十八、十九世纪欧洲的神秘主义、人文主义之间的某些知识与趣味创造出新的存在方式。现代主义以来的欧美世界里还没有出现过像博尔赫斯这样的集神秘、渊博、芜杂、矛盾和精练于一体的作家。而对于那些晚辈拉美作家而言,博尔赫斯是现代主义文学在拉美获得成功的象征,这个成功给他们带来了前所未有的信心。他们在博尔赫斯式的现代主义探索方式(形式创新加书籍知识之海)里找到了新方式——形式创新加拉美语境。正像曼古埃尔所说的那样,"尽管无意为之,博尔赫斯却永远改变了文学的概念,也改变了文学史的概念。"

曼古埃尔在书中透露,几乎所有慕名到博尔赫斯家里做客的人都会非常意外地发现,在这位阅读大师的家里,并没有想象中那么多的书,即使也有放满书的书架摆在客厅或书房的角落里,地板上也会堆些书。更让人意外的,是博尔赫斯家里没有一本他自己的著作,用曼古埃尔的说法就是:"博尔赫斯记得所有,手里不需要拿着书就能清楚地记得自己写下的一切,尽管他总说这些作品属于被遗忘的过去,却能背诵他创作的每一篇文章,常常让听者既讶异又惊喜。对于博尔赫斯来说,遗忘是经常会出现的一种愿望,可能是因为他知道这是不可能的;记忆的缺口只不过是一种假装的遗忘。"

在谈及博尔赫斯自上个世纪二十年代就不断遭受的各种批评时,曼古埃尔为博尔赫斯作出了辩护,最后还颇为宽容地认为:"尽管博尔赫斯充满人道主义,但有时他的偏见也让他看起来幼稚得出人意料。"在这样说的时候,他可能忘了,在他眼中博尔赫斯当然是个脱离现实的人,但对于博尔赫斯来说,他所书写的世界就是现实,即使他的言说,也是书写,因为"博尔赫斯的世界完全是由语言构建的……"其实,喜欢博尔赫斯的人都知道,他的秘密都在其作品里,而不在其日常生活中。正如曼古埃尔所说的那样:"对于博尔赫斯来说,永生不朽存在于作品中,存在于他的宇宙梦想中,因此他并不觉得永恒存在是必要的。"而且,"如果有一本书会永远消亡,那么一定有人会再重写一遍。对于任何人来说,这已经算是一种不朽了。"

曼古埃尔还以最为平淡的笔触让我们意识到博尔赫斯的孤独有多么的深,"我最后一次见到博尔赫斯是在 1985 年,在巴黎 L'Hôtel 酒店的地下餐厅。他很忧伤地谈到阿根廷,说即使有人说那是他的土地,是他生活过的地方,但实际指的也不是具体的场所,而是一种归属感,是他为数不多的朋友们的陪伴。"这种孤独的状态是那些仰慕者、好奇者、猎奇者们所无法理解的,甚至也不是很多阅读方面的资深人士、狂热的写作者们所能理解的。他们不可能知道,这位名声显赫的博尔赫斯,既是他那个文字世界的创造者与守护者,同时又被冥冥中的上帝把他的肉身遗弃在这个他所无法看见的日常世界里。

相对于那些试图对博尔赫斯的人生做出更深度的挖掘与分析的传记作者而言,曼古埃尔的方式是克制而又得体的,而这种方式自是所来有自,不管这么多年以来他对博尔赫斯的印象有什么样的改变,也不管他对博尔赫斯的作品的评判发生了多少变化,他非常清楚的一点是,记忆中的那些与博尔赫斯有关的时刻,对他来说无论它们会如何的模糊都永远是神秘而又珍贵的,当他使用自己的语言作出呈现时,他知道,他必须保持某种意义上的静默,而不是像很多人那样喋喋不休。

"1986年6月14日,博尔赫斯在日内瓦辞世。在医院里,护士为他阅读了最后一本书,是诺瓦利斯的《亨利希·冯奥夫特尔丁根》;也正是在日内瓦,青少年时期的博尔赫斯第一次读到这部作品。"无论如何,当你在这本小书里看到这样的一段文字出现在全书即将结束的地方时,都不免要对作者曼古埃尔表达赞许,能注意到这样的细节,说明他真的是有心人,也能说在他的心里,始终都怀有对博尔赫斯这位前辈及其作品的深深的热爱。他用这样一本极为克制得体的书告诉你,"与博尔赫斯在一起",绝对不是一种日常生活意义上的经历,而只能是精神层面的经历——那时,有一束光,照亮了他的脑海。

2019 年 4 月 13 日,上海

为幸存者赢得说话的权利

关于耶日·科辛斯基的《被涂污的鸟》

这是一本令人窒息的书。

不管你是否了解或相信东欧的反犹排犹的历史，或是对苏联红军解放东欧持何种负面的判断；不管你对东欧有着如何美好而又诗意的想象，或是对曾遭受纳粹与苏联双重摧残的波兰怀有何等的同情；也不管你在多大程度上会对这种密集呈现普通人之恶的写法持保留态度，甚至干脆就认为这样做很难不是以偏概全……波兰裔美国作家耶日·科辛斯基的这部《被涂污的鸟》，都会让你从头到尾感到窒息。

甚至，这是一本从序言开始就令人窒息的书。在这篇直到本书出版十年后才出现的长序里，作者以异常平静的语言回顾了这本书所遭受的与书中那个犹太男孩惊人相似的命运，尤其是他和他的母亲所承受的来自祖国乃至整个东欧，甚至包括很多移民美国的同胞们的恶意攻击与肆意侮辱——因为这本小说"是一本煽动性的纪实作品，影射了可以指认的一些社群在'二战'时期的生活。""引用民间传说和本国习俗细致到了厚颜无耻的地步，是对他们特定的家乡省份的丑化和嘲讽。""它歪曲了本国的民间传说，诋毁了农民的形象，为本国的敌人的宣传式武器提供了炮弹。"

  平心而论，在过去的一个多世纪里的任何一个时代，任何胆敢写下这样一本书的人都是要面对巨大风险的。因为按照"二战"后的主流思维方式，像科辛斯基这样一位在纳粹集中营大屠杀的灾难中死里逃生的人，怎么能不把聚焦点放在对纳粹恶行的揭批上，却偏偏放在了对祖国人民的反犹传统的揭露上呢？更何况在当时冷战的背景下，一个跑到美国的波兰人放弃母语改用英语写下这样一部邪恶之作，并执意把本国人民个别行为当成普遍现象大肆揭露，又怎么可能不是以丑化、歪曲和诋毁祖国和人民为能事，达到为西方敌对阵营帮凶的目的呢？面对来自东欧阵营的有组织的舆论攻击，科辛斯基百口莫辩。而在这部小说的最后部分出现的对苏联红军的感恩赞美式的描写，则又令西方舆论也几乎不大可能给予他什么支持。这意味着通过这部小说，科辛斯基让自己处境孤绝、孤立无援。

  关于反犹排犹、集中营和大屠杀，人们已经把所有的账算到了纳粹分子的头上，这就是历史意义上的盖棺论定。可是科辛斯基却偏偏要从另一面把它重新撕开，把饱受纳粹铁蹄践踏的受害者——祖国人民描写得跟纳粹分子同样残暴，还企图把东欧反犹排犹的历史传统跟纳粹的行径进行深度关联，这何止是逆潮流而上，简直就是大逆不道。在今天，我们已经知道纳粹的反犹与大屠杀并非孤立的偶发行为，而是有其复杂而又深远的历史渊源的。但在"二战"后国际新秩序的背景和语境下，东西方阵营都更愿意以近乎简化的方式将反犹与大屠杀的所有责任归咎于纳粹，而对其复杂的历史渊源采取选择性遗忘甚至有意去遮蔽，去抹掉。

科辛斯基写这部《被涂污的鸟》，在很大程度上就是要挑战乃至戳穿这种极其虚伪的面对残酷历史的态度。在他看来，那些发生在纳粹集中营里的有组织、有计划的大屠杀固然是惨绝人寰的悲剧，但对于犹太人而言，人间地狱却并非仅限于纳粹集中营的范畴，它的根基深扎在民间。作为人间地狱的幸存者，他必须说出真相，哪怕如此呈现真相会让他成为东欧之敌也在所不惜。

"农民们最喜爱的娱乐活动之一，便是逮住一只只鸟儿，把它们的羽毛涂成彩色，然后放了它们，让它们返回鸟群中。这些色彩鲜艳的生灵飞到同类中寻找安全，可其他鸟儿视其为有威胁的异类，纷纷攻击和撕扯它们，直到把这些弃儿活活杀死。"

把这个令人震惊的带有某种原始色彩的残忍民间习俗，作为小说《被涂污的鸟》的构思原点，是非常耐人寻味的，因为它所暗示的几乎就是隐藏在所谓的人性中的某种野蛮之极的非人性的特质，尽管我们并不能完全用其来解释发生在人类历史上的所有种族大屠杀事件，却足以用来作为反思"人性"之复杂与残酷的参照点。而他之所以选择塑造一个犹太小孩的形象来饱经九死一生的磨难，是因为"我希望弱小的个人与强悍的社会之间的对抗，孩子与战争之间的对抗，能够展现那种彻底反人类的状况。"同时也是因为"既然我们无法重返人生中最早、最敏感的那个时段，我们就得把它再创造出来，然后我们才能开始评估现在的自我。"

当那个犹太男孩的父母双亲在战争中选择把孩子交给陌生人，希望孩子成为幸存者的时候，并不知道这个幼小的生命此后将会遭受怎样的磨难，更不可能知道他的苦难历程并不只是幸存的过程，还是见证各种邪恶、死亡与承受残酷伤害的过程。而当这些痛心与窒息的感觉累积到一定程度的时候，甚至会让人本能地产生某种无法忍受的"受够了"的感觉,并由此多少有些质疑作者如此倾尽全力地描述这些残暴的事实有过于刻意和用力过猛之嫌,进而还极有可能引发对小说本身的呈现方式乃至结构问题的怀疑——如此持续不断地展现残暴行径与极端痛苦的处境,难道不就是像用尖锐的金属利器反复敲击钢化玻璃上的一个点吗?当敲击所产生的频率在某一瞬间刚好与钢化玻璃的频率发生共振之时,当然就会引发玻璃的爆裂。可是从小说艺术的角度来看,这样的方式难道不是明显片面的和过于偏执的吗?

"我决定我也要把我的作品置于某种神话境地,一种永恒的虚构状态,全然不受地理环境或历史因素的约束。"作者科辛斯基显然早就预料到了可能会有的质疑,因此才会在那篇长序中写下自己的回应。他清楚,唯有那种类似于神话传说的叙述方式才有可能让其叙事的文体不会在残酷事实的轮番呈现进程中被压垮撕碎,才会摆脱所谓的"现实主义"语境下的"理性"束缚,才会让一个无辜的小男孩以某种类似于灵魂出窍的状态抵抗各式肉体伤害,然后在种种磨难中幸存下来并安静地讲述所经历的一切刻骨铭心的痛苦——如此纯净的文体与如此残暴的事件视界竟然会达成如此诡异的平衡。你不得不承认,这是一种非同寻常的天赋与才华。正如作者本人所说的那样,"当我决定写一本小说,目的是考察暴行的'这种新语言'以及由此而生的痛苦和绝望的反语言。"

这本小说的大部分篇章都是极度绝望的冰冷色调,仿佛每个字词都是用冰制成的,晶莹剔透而又寒彻骨髓。它们每一个都仿佛是主人公那饱受摧残的肉身重构,能把濒临解体的肉身从一次又一次残酷伤害中拯救出来,继续行进在地狱般的世界里,去见证或承受那些来自普通人的恶行。科辛斯基有意把所有的暖意都留在了最后几章,从那个男孩被苏联红军救治并备受关爱开始。在这里,曾被神圣化的后又被污名化的苏联红军的形象获得了一种非常踏实的展现。那个男孩的感恩视角固然会给这些最为普通的红军官兵们以某种光环效应,但即便如此,作者也还是透过这男孩的敏感观察暗示了一些更为深层的东西:"这些苏联的大人们生活也不太容易,也许和我那种从一个村子流浪到另一个村子、同时被当成一个吉卜赛人的生活一样艰难。一个人可以从很多条路中进行挑选,穿越生活之国的道路大小不一,数目众多。有些路通向绝壁,有些路通向沼泽,通向危险的圈套和陷阱。在加夫里拉的世界里,只有党知道正确的道路和正确的目的地。"

最后一次暖意的释放,是他被送进孤儿院结识那个被称为"沉默者"的男孩之后。尤其当有一天他得知那个男孩被转移到另外一个城市的时候,作者并没有写一丝一毫主人公内心的感受,而是直接就去写春天里战争结束的消息传来时人们欢庆胜利的场景。这种转换之间所隐含的巨大伤感是微妙得难以形容的,也是足以让跟主人公一起经受了漫长而又残酷的苦难历程的读者会忽然落泪的地方,因为这里触及的,是一个饱经苦难后幸存的男孩内心深处仍旧留存的最为柔软的所在,是一息尚存的希望微光。

尽管主人公受关爱教导他的红军士兵的影响,相信"一个人应该为自己蒙受的每一种冤屈和羞辱复仇,这个世界的不义行为实在是太多了,人们没法对它们全部进行权衡和审判,一个人应该自己考虑自己所蒙受的所有冤屈并决定采取什么方式复仇。只有深信自己跟敌人一样强大并且能加倍回报敌人,一个人才能幸存下去。"但对于作者科辛斯基而言,面对这个充满选择性遗忘甚至抹杀真相的企图的世界,作为一个大屠杀的幸存者,他最想表达的却是这样的信念:

"对于我来说,死里逃生是一种个人行为,它为幸存者赢得的只是为自己说话的权利。"

制造心灵核爆的伟大小说家

关于克洛德·西蒙的《弗兰德公路》

克洛德·西蒙行事非常低调,当年瑞典诺贝尔文学奖委员会宣布他为获奖者时,许多西方主流媒体纷纷向文学评论界以及巴黎的媒体打听,这位冷门的克洛德·西蒙,到底是何许人也?而在法国,立即就有人发表文章愤慨地声称,把这么重要的文学奖颁给西蒙是"全法国的一场灾难";有家大媒体甚至质疑,是不是苏联的克格勃已经渗透进入了诺贝尔文学奖评委会里?

诺贝尔文学奖颁给西蒙,其实也是颁给在二十世纪五六十年代影响很大的先锋文学现象——"法国新小说派"的,又有不少人认为,即便如此,那也理应颁给罗伯·格里耶——这位"新小说"旗手,或者是娜塔丽·萨洛特,而不是西蒙——这样一个"晦涩难懂"、"令人生厌"、"无法卒读"或"含糊不清"的作家。

面对舆论,西蒙在受奖演说里提到,令他高兴的,是刚出版的《农事诗》最早的几个译本,是瑞典语、挪威语和丹麦语的。然后他在芬兰一个小镇上还看到了芬兰语译本。在他看来,这并不是偶然。北欧四国虽然人口稀少,"但从其文化、传统、礼貌、求知欲和法律方面的成就看来,却是那么伟大,以至它在充满铁血和暴力的世界边缘组成了一个得天独厚的模范小岛。"而与之相对的,则是那些影响力巨大的欧美主流文学保守势力,以及在"那些最怕文艺发生变化的各种势力影响下""变得胆怯、迟钝"的公众。

那篇精彩的受奖演说更像是"新小说"的胜利宣言。当西蒙说:"现实主义小说在其诞生之始就已开始实现自己的死亡"时,他其实想表达的是,巴尔扎克在十九世纪所创造的现实主义小说范式,在二十世纪不断激变的现实面前已丧失了能量和价值,而那些仍然固守这个传统的作家们所做的,不过是千篇一律的老调重弹。在西蒙心里,真正的现代小说传统已然在二十世纪初期的乔伊斯、普鲁斯特、卡夫卡那里完美地创建,并在后来福克纳等大师手里不断延伸发扬,而法国"新小说派"则正是在这个新传统的大方向上作出的大胆探索。

那么这位西蒙,是一个怎样的人呢?其实他有着非常传奇的人生经历。

西蒙的父亲是当时法国殖民地马达加斯加的骑兵军官,他就出生在马达加斯加首都塔那那利佛。四岁时,也就是1917年,他父亲战死在"一战"的沙场上。母亲带他回到法国,在故乡佩皮尼昂小镇读了小学。到巴黎读了中学后,他远赴英伦,到牛津、剑桥大学读哲学和数学。大学期间,他立志成为画家,拜立体派画家安德烈·洛特为师学习绘画。

他23岁那年,西班牙内战爆发,他跟很多欧洲进步青年一样,满怀革命热情跑到西班牙,去帮助共和政府对抗佛朗哥军队,参加过多次激烈而又残酷的战役,他在后来的多部小说里都描述过当时的印象和感受。这些战争经历对他的思想影响深远,令他对"革命"的态度转向了幻灭、虚无和悲观。西班牙共和政府彻底失败后,他游历了苏联、印度和中东等地,去重新认识世界。

"二战"爆发后,他就应征入伍,跟父亲一样,成为了法军骑兵。在1940年5月的牟兹河战役中,法军溃败,西蒙头部受重伤,成了德军的战俘。后来他逃出战俘营,回法国参加了地下抵抗运动。"二战"后,他在故乡从事葡萄园种植,专心写作,偶尔到巴黎居住,但不问政治且淡泊名利,很少出现在公共场合。他孤独而又沉默,很少谈自己的生活。

他在"二战"中的经历给他的小说创作带来了丰富的素材,这本《弗兰德公路》就取材自1940年的法军大溃败。

这本小说是西蒙的成名作。1960年它被提名进入法国最重要的龚古尔文学奖候选名单,并获得当年的"快报文学奖"。25年后,诺贝尔文学奖的《授奖词》里这样评价它:"那像滔滔流水般的叙述带着零碎回忆片段、断断续续不连贯地联系着的各种不同场景,以及故事中插入的故事,冲破了传统现实主义小说技巧的局限。"

也就是说这本小说,它不像传统小说那样有一个完整清晰的故事可以复述,书里有各种印象与想象相互渗透。

小说共有三个部分。每部的卷首都有具有点题作用的分别引自达·芬奇、马丁·路德和马尔科姆·德·沙扎尔的话,指涉生是学习死、上帝创造男人与女人不必要、性爱与死亡与时间的关系。如果一定给它一个所谓的主题的话,那就是战争灾难中人的绝望处境、对世界无尽破碎的感受。

小说的主要背景,就是法军在比利时的弗兰德地区被德军击溃后的仓皇狼狈的大撤退。贯穿全书的主线,是贵族出身的骑兵队长德·雷谢克死亡之谜。1940年春,法军在法国北部接近比利时的弗兰德地区被德军击溃,骑兵佐治跟战友布吕姆、依格莱兹亚少尉一路撤退,后被德军俘虏。佐治越营逃跑回家后,一心经营土地。他从一个赌徒口中得知,依格莱兹亚少尉的情人科里娜已重新结婚,居住在图卢兹。这位科里娜,其实可以称得上是驱动整部小说情节交织及结构变化的关键人物,正是她和依格莱兹亚少尉的奸情,导致雷谢克队长始终怀着绝望的心情在战场上总想暴露自己,想通过阵亡的假象达成自杀的目的。同时,也正是由于科里娜后来又跟佐治发生了私情,又使得佐治的诸多战场回忆得以不断生成。他们在旅馆幽会,但此时他仍摆脱不了战争噩梦的纠缠,大脑在似睡非睡、似醒非醒之中涌动着没完没了的回忆、联想和梦幻。战争的故事、战争的惨烈、充满破灭感的个人体验最后再由佐治与科里娜在旅馆里的私通过程来展现,而当所有这一切交织重叠在一起的时候,就生成了一幅漫长复杂、无始无终的融合了战争世界与人的内心世界的奇妙画卷。

《弗兰德公路》的三个乐章,又可以概括为三个主题:

第一个主题,是世界时空的破碎。

从小说一开篇起,人物那纷乱断续的回忆就像潮水一般涌现并此起彼伏、交相荡动。此后三个骑兵和那位队长在战争中的惨痛遭遇跟山河破碎的世界,以异常纷繁凌乱的方式一阵阵浮现。在西蒙笔下,世界的破碎首先体现在空间的破碎。从始至终我们都看不到一个完整清晰的环境背景的视界,所有场景都是局部的,它们那种动荡的状态就好像这破碎的过程还在持续着,而空间里的所有事物也是破碎不堪的，地上残缺的尸体、植物、烂泥都在映衬着空间的破碎。其次，时间也是破碎的。在现代派小说里，打破时间次序已不新鲜，但在西蒙小说里的时间状态，已无法用打破次序来概括了，而只能说时间已完全的破碎。在他的描写与叙述中，任何时间节点几乎都是可以随机浮现的，它们通常会在那些长达几页的段落里频繁交替出现，产生了一种不同时间点和事件并置的效果。

举个比较具体的例子，在小说的开篇，前三行字还是写队长雷谢克正在看佐治母亲来信的场景，到第四行就突然跳到了事后回忆的视角，以战友瓦克随口说的那句"狗在啃吃烂泥"，联想起野狗吞食、打扫战场、腾清地面的场景。然后又突然闪回到队长看信的现场，通过佐治的观察与联想，呈现队长的性格和背景，接着在谈及作为队长人生悲剧根源的跟科里娜的婚姻后，直接就切换到对队长阵亡的现场描述，在这长得四页半的一段的收尾处，谈到队长那"类似于耶稣受难的痛苦"时，又把女人肉体隐秘深处比喻为受难的祭坛，从而为我们揭示了队长之所以一心求死，主要是因为他自认犯下了被欲念所迷的罪过，只有自杀才能赎罪。

第二个主题，是人的意识的破碎。

与破碎的世界相伴的，是人的意识的破碎。表达残酷的战争对世界的破坏，可以通过场景、事物的破碎的视觉效果来传达，但在战争的灾难中被破坏的最为深重的，其实是人本身。自然环境破坏了还可以慢慢恢复，其间的万物也可以重生，但人在遭受了战争摧残之后，心灵层面上的破坏是根本无法恢复的。因此可以看到，在西蒙的笔下呈现的破碎世界时空深处，还有人的意识的破碎状态。关于这一特点，可以举个具体的段落为例，在第 71 页到 74 页的这一大段里，佐治的意识突然从他跟科里娜的随意对话和亲热状态直接转到了押送战俘的密闭列车里，在黑暗中一阵混乱的战俘对话过后，他的意识开始变得异常散乱，在说到"我们总是在不知不觉中变成类似动物的东西。我似乎在什么地方读到过这样的故事，有一些人在魔杖一挥下就变成猪猡或树木或小石头，这一切都是借助于拉丁文诗……"之后，就联想到了他父亲花钱让他学好拉丁文的事。接下来的，是这样的一段文字：

> 后来他不想想下去了。他想要交谈的，不是他的父亲，也不是那睡在他身旁的隐隐约约的女人，甚至也不是布吕姆，而他却正在黑暗中低声向布吕姆说明，要是还有太阳的话，他们就能够看见他们的影子是走在哪一边：现在他们再不是在绿色田野中骑马而行，或更确切地说，田野的绿径突然隐没了，而他们（依格莱兹亚和他自己）仍然停留在路的正中央，骑在他们瘦长的马上，愕然不动，与此同时，他怀着一种惊愕、绝望、冷静的憎恶的心情在想（像一个苦役犯放开那条使他得以越过最后一堵围墙的绳子，跳落地上，站了起来，准备向前奔跑，这时却发现自己刚落在正等候着他的守卫脚下）："我在什么地方看见过这些事。我经历过。但什么时候？在什么地方呢？……"

由记忆、想象、梦幻构成的人的意识世界，在正常的情况下尽管也会有无序混乱的时候，但基于理性思考的前提下还是能够保持大体的稳定有序与平衡的。而在上面这段文字里展现的，却是人的意识彻底破碎后的无序流动、泛溢的状态。也正是人的这种意识状态，使得所有时空、事物的碎片突破了不同层面的界限交织纠缠在一起，共同生成了一个极度破碎的世界，将死去的、幸存的人们深埋其中。

第三个主题，是试图通过性爱融合破碎的一切。

身处一切破碎的战争恶果中，人当如何继续存在？这是《弗兰德公路》里隐含的一个重要问题。对此西蒙也没有提供任何答案。我们在小说里看到的，是战后主人公佐治与队长遗孀科里娜私密而又狂野的性爱关系。"感觉的享受，就是两个活着的人对一个死者身体的搂抱。这里指的'死尸'，是变为与触觉同体的，一时间被毁灭了的时光。"西蒙在第三部前面引用的这句沙扎尔的话，形象地说明了他之所以这样描写两个幸存者的性爱过程，其根本目的是为了追寻被战争毁灭了的那些时光。尽管一切都已破碎不堪，但两个人的身体至少还是完整的。当性爱高潮双方腿脚相互交缠、搂抱挤压产生的肢体麻木，立即就让佐治的脑海中浮现了残酷的战争情景，并同感了在德军战俘车厢里，铁罐车的极度寒冷、黑暗、饥饿和拥塞的生不如死的感觉。而做爱时科里娜含混不清的快乐叫声，又让佐治联想起战俘集中营里疯子恐怖的彻夜悲号声。几乎所有战时回忆，均由佐治和科里娜做爱时相似的感觉而引发：由佐治与科里娜做爱时的气喘吁吁，化入他逃出集中营时上气不接下气的狂奔；由对科里娜身体的描写与感受，化入被俘后露宿的冬日草场和草场上清晨寒冷中的战抖；由对二人身体的描写，化入战俘集中营的饥饿感、死亡的恐惧感和被追捕时藏身于壕沟的隐匿感。

在西蒙之前，没有任何一位作家像他这样以如此新颖独特而又复杂的手法写过战争与人。

像十九世纪最伟大的小说之一，以写战争著称的巨著《战争与和平》，托尔斯泰写的是大历史背影下的战争场面以及战争中的人的心灵世界的剧变，无论是宏观场面还是微观场景都很精彩，写人物的心理活动和精神层面的深刻变化也是活灵活现，从总体上说，托尔斯泰要做的是尽可能地还原历史语境下人的真实，他所追求的叙事与描写效果就是写实绘画长卷般的高度真实感，让人真切地看到那个大历史背景下的大事件是如何发生和变化的，最后导致了什么样的结果——社会的、人的状况是如何被深刻改变的，并赋予相应的历史与现实的意义。对照着《战争与和平》来看西蒙的《弗兰德公路》，就会发现，西蒙的世界观与小说观跟托尔斯泰比起来，已发生了根本的改变。

在西蒙眼中，战争除了异常残酷地彻底破坏了整个世界和战争中的人所拥有的一切之外，毫无意义可言。战争瓦解了一切存在的意义与价值，把历史、社会、自然、人、物都砸得粉碎，留下的就是幽灵般的人的意识四处游荡，像无形的风一样卷集了所有破碎的东西，慢慢地以极其复杂的状态生成了另一个世界——令人目眩神迷的人间地狱般的立体派与野兽派绘画融合的图景。阅读《弗兰德公路》这样的小说所能带来的体验是完全沉陷式的，面对这样的作品读者几乎是不可能以置身事外的状态来看故事的，因为西蒙笔下的所有叙述、描写，在第一人称和第三人称视角之间反复切换，总是像潮水、暴雨般的扑面袭来，不断地淹没读者的意识，让读者在不知不觉中就有了深陷其中的感觉——不仅仅是异乎寻常强烈的切身现场感，更重要的是还有对战争导致的一切破碎的过程体验感。

西蒙的厉害之处在于，他所呈现的并不是战场上宏观的崩溃或是细节上的精妙准确，而是把发生在人心里的、环境上的、物上的各种崩溃及破碎完全融为了一体。打个比方说，他能把每个瞬间都变成一场风暴，意识的、意念的、感觉的、想象的、记忆的风暴，在他的笔下，战场中的几分钟，都可以变成小说里的十几页甚至上百页。有时他会使用电影手法不时切换镜头画面，有时又像在绘画，甚至会给每个人物、主题用彩色铅笔确定一种颜色，然后按写作时的感情与感觉决定颜色的配置、组合、交织方式，就像画一幅画那样描绘出整体。

例如他写赛马场的场景：

> 在当当的钟声里，骑师纷赴赛马起跑处，排队走过，在那干大叶茂的野栗树绿得无可比拟的、几乎近黑的颜色前清楚显现。这些骑师像猴子似的高踞在那些纤细优美的马上。他们穿的各式颜色鲜艳绚烂的绸上衣在阳光的小圆点图案中相继出现：黄色的绸上衣，蓝色的背带和窄边软帽——野栗树墨绿的衬底——黑色上衣，蓝色的圣安德烈十字和白色的窄边软帽——野栗树形成的墨绿色的墙——蓝与粉红相同的方格，蓝色软帽——野栗树形成的墨绿色的墙——樱桃红和蓝色的条纹，天蓝色的软帽——野栗树形成的墨绿色的墙——黄色上衣，环滚黄红两色边的袖子，红色软帽——野栗树形成的墨绿色的墙——红色上衣，灰色的缝线，红色软帽——野栗树形成的墨绿色的墙——浅蓝色上衣，黑色袖子，红色的护臂与软帽——野栗树形成的墨绿色的墙——石

榴红上衣,紫酱色的软帽——野栗树形成的墨绿色的墙——黄色上衣,绿色的滚边袖和护臂,红色的软帽——野栗树形成的墨绿色的墙——蓝色的上衣,红色袖子,绿色的护臂和软帽——野栗树形成的墨绿色的墙——紫色的上衣,鲜红色的洛林十字,紫色软帽——野栗树形成的墨绿色的墙——红色蓝点的上衣,红色的袖子和软帽——野栗树形成的墨绿色的墙——栗色镶天蓝色边的上衣,黑色的软帽……慢慢移动过去的色彩鲜艳、闪闪发光的绸缎上衣,簇叶形成的深绿的墙,闪闪发亮的上衣,跳动的阳光的小圆点图案,还有那些跳动的马的名字……

从句法上看,西蒙在小说里大量使用迂回曲折的长句,并用很多现在分词联接,还常用不完整的句子,有时一句话没说完就突然终止了。而西蒙认为,我们的回忆、思想、日常说话的方式往往就是这样的。比如下面这段文字:

(或男或女)低声细语喁喁的声音在野栗树浓密的簇叶下,悬空浮荡。这些说话的声音不失礼貌,毫无变化,十分无聊,所用的话语完全不堪入耳,甚至是像侍卫兵说话一样;所谈论的内容不外交配(兽或人的)、金钱、初次洗礼等,不论谈什么都是同样缺乏连贯,同样客客气气,同样骑士般从容。这些声音混合了踏在砾石小路上的皮靴和高跟鞋发出的持续不断、纷纭杂至的声响,滞留在空中,无法捉摸的金色浮尘中,在那飘浮于平静的处处绿荫的午后闪闪发光,与鲜花、马粪和香水散发出的气味混在一起……

在《弗兰德公路》出版后,西蒙在对《快报》记者谈到这部小说的创作过程时这样说道:"当我们想写一部小说时,当我们开始想叙述一个故事时,实际上这故事已完结。我们转过身来,朝后看自己刚走过的道路,看到的是全程呈现一片混杂,远景与前景一样的清晰、逼近,像从望远镜里看去一样。"

近乎"悖论"的是,当西蒙的笔墨把我们拉入到那个残酷之极、破碎至极的世界深处,并不断经历体验战争毁灭一切之后的幻灭、虚无的过程中,那来自不同层面的碎片所生成的视觉的、感觉的阅读效果又是极其绚丽而又奇妙的,就好像西蒙不是在用文字写小说,而是在用几十甚至上百台高速摄像机从很多个角度去拍摄战争中所有纷繁破碎的场景,然后再以正常速度放映出来,于是每个瞬间里的每个细节都以高清晰的极其缓慢的状态呈现在我们的眼里……而所有这一切,又会融汇生成洪流不断淹没我们,并在我们目不暇接的时刻涌入我们的意识深处,产生内化的史诗般的阅读效果。

当你从这样的小说世界里抽离出来时,会忽然发现,自己观看世界的方式、感受和想象世界的方式都会发生很大的改变。同时还会深切地意识到,人的存在与否,并非取决于其现实身份或经历,而是他体验世界的方式如何独特和强烈。在这个世界上,确实从未有哪位作家能像西蒙这样,以如此独特而又异彩纷呈的小说方式去回应那些剧变的历史时刻,能创造出如此不可思议的将绘画、电影、小说、历史与诗意交织一体的世界,在读者内心深处制造一场心灵的核爆……这样的作品,在西蒙之前没有过,将来也不会再有。

给"你"写信的里尔克

关于里尔克的《给青年诗人的十封信》

里尔克神话与文本宇宙

里尔克是西方现代重要诗人中的一个特例。在其众多推崇者那里,他写下的所有文字都有着"福音书"般的光辉和意义,于是就有了"里尔克神话";而在晚近的研究者看来,这种"神话"对于理解里尔克只会产生庸俗的误导,里尔克的卓然独成,关键在于他与西方传统诗学和现代诗学的双重疏离,甚至包括其诗学的内在不一致性和矛盾性。

在里尔克的诗里,几乎看不到传统的传承性以及跟现代的关联性。正如学者刘皓明所说的:"要了解他作品中名词、概念、意象等的意义,人们只能从他自己的写作中寻找旁例和关联,而且在其书信日记与正式作品之间,意象、想法和概念的确是流动性的,具有高度的互明互解性……作为诗人和作家的里尔克最了不起的成就在于……他以几乎可以称之为浩瀚的写作数量,特别是数量庞大的书信,创造出了一个完全属于他自己的文本宇宙,迫使学者和读者必须几乎完全在这个宇宙内收集解读的证据资料。"

作为现代作家中"最勤奋、最多产、最擅长"的书信作者，里尔克留下了大量的书信。它们不仅对解读其诗学至关重要，甚至有很多本身就是"作品"。在里尔克的"文本宇宙"里，书信就像其人生舞台上层次丰富不断变幻重叠的背景，跟其创作构成了紧密的互文关系。《给一个青年诗人的信》《交织的火焰：三诗人书简》和《谁此时孤独：里尔克晚期书信选》这三本书信集，虽不足以一览里尔克书信全貌，却能让我们体会到他中、晚期的思想、诗学的变化，更容易进入其"文本宇宙"，而不会迷陷于那些"神话"。

"好好地忍耐，不要沮丧"

文学青年卡卜斯是幸运的，他遇到了刚进入创作成熟期的里尔克。但《给一个青年诗人的信》里这十封书信之所以那么的富有感染力，恰恰在于其目的并非谈论写作，而是讲一个人何以真实存在，为什么"艺术也是一种生活方式"，人如何能"寂寞而勇敢地生活在任何一处无情的现实中"。

从第一封信开始，你就知道，这不是写给卡卜斯一个人的，而是写给所有想以自己的方式存在的人的，甚至就是写给你的："一切事物都不是像人们要我们相信的那样可理解而又说得出的；大多数的事件是不可信传的，它们完全在一个语言从未达到过的空间；可是比一切更不可言传的是艺术品，它们是神秘的生存，它们的生命在我们无常的生命之外赓续着。"里尔克知道你的困境，"你向外看，是你现在最不应该做的事。没有人能给你出主意，没有人能够帮助你。只有一个唯一的方法：请你走向内心……在夜深最寂静的时刻问问你自己：我必须写吗？你要在自身内挖掘一个深的答复。若是这个答复表示同意，而你也能够以一种坚强、单纯的'我必须'来对答那个严肃的问题，那么你就根据这个需要去建造你的生活吧；你的生活直到它最寻常最细琐的时刻，都必须是这个创造冲动的标志和证明。"道理就这么简单。

他提醒你不要被"暗嘲"的习气所支配，"尽可能少读审美批评的文字，——它们多半是一偏之见，已经枯僵在没有生命的硬化中，毫无意义；不然就是乖巧地卖弄笔墨，今天这派得势，明天又是相反的那派。艺术品都是源于无穷的寂寞，没有比批评更难望其边际的了。只有爱能够理解它们，把住它们，认识它们的价值。"他告诫你，"对于你心里一切的疑难要多多忍耐，要去爱这些'问题的本身'，像是爱一间锁闭了的房屋，或是一本用别种文字写成的书。"

极少有人能像里尔克这样，以非同寻常的坦诚和耐心为一个年轻人解析那些关乎生命存在的重要话题，并留下那么多纯净深刻而又令人不能不为之感动的语句。即使是多次谈及的"忍耐"，他也会尽可能地将对它的探讨推向更高级的精神层面："好好地忍耐，不要沮丧，你想，如果春天要来，大地就使它一点点地完成，我们所能做的最少量的工作，不会使神的生成比起大地之于春天更为艰难。"

远离尘世的孤独言说

里尔克只活了51岁。1921年到1926年，是其生命的最后时段。他的身体每况愈下,胃病时常令他苦不堪言,他能用以与之抗衡的,唯有阅读、写作和穆佐城堡的寂静。也正是在这个时期,他走出了近十年的创作枯竭期,抵达了前所未有的巅峰状态,写出了《杜伊诺哀歌》和《致俄尔甫斯的十四行诗》。正像奥登所说的,"他对一切作出了交待"。

在朋友为其租下的瑞士瓦莱州山区的穆佐城堡,他不仅写出了最好的作品,还留下了大量的书信,《谁在此时孤独:里尔克晚期书信选》即是对它们的精选。这些书信让他保持了与外界的联络,为其孤独的写作提供了某种平衡。作为"文本宇宙"的组成部分,它们还是他酝酿思想与灵感的渊薮,以及解读其作品的重要线索藏匿之处。

在这些仿佛无尽戏剧的书信里,里尔克始终坦诚而又严肃,没有任何敷衍虚浮之词。他非常清楚,自己负有艺术精神的导师的责任,因为"我们时代的厄运之一,乃是时代潮流迅猛湍急,正将这类内心的自白……卷至已被无数伪劣和功利的半吊子产品所淹没的公众之前,当真正的佳作随此浪潮漂向公众时,人们却没有时间和能力,对真品给予应有的关注并予以接受,因为人们更喜欢耸人听闻的或简单诱人的东西。"

尽管他也曾因写信耗费了太多的精力和时间而宣布要戒信一段时间,但实际上只要有空,他仍会集中偿还"信债"。即使是给陌生人复信,在他也是必要的义务,哪怕他"正一筹莫展地面对生命最紧迫的要求。"更不用说对那些年轻人了,因为他们"大多是革命的,他们走出国家这座监狱却找不到任何方向,于是逃向文学,创作迷醉和尖刻的诗歌。我该告诉他们什么?该怎样安慰他们绝望的心灵,怎样塑造他们难以定型的意志,它在时代风暴的强制下接受了一种借来的、纯属临时的性格，现在他们身上装着这样的意志，如同一种陌生的力量，但几乎不知道如何运用。"

如果说他的写作是不断向上生长的树梢和结下的果实，那么他的写信则就是向泥土深处延展的根茎。而他用以写信的言语，也必然属于他"今后必须打造的一切言语"中的一部分，"全是以不可言喻的窒碍为材料做成的……自然是沉重的，坚实的。"因为对于他来说，"最难的事，莫过于说些轻松、随便和讨人喜欢的话，以此抛头露面。"

最后的火焰

诗人帕斯捷尔纳克的父亲不会想到，自己在1925年写给里尔克的问候信，竟会在一年后引发三位诗人之间那么热烈、复杂而又微妙的思想碰撞与情感交织。《交织的火焰：三诗人书简》，则正是与之密切相关的现场证据。

火源是茨维塔耶娃。她才华横溢、充满激情，视诗歌高于一切。但她如此迅速地将对里尔克的仰慕转变为爱情，却有着复杂的背景：一是传统的俄罗斯被革命颠覆了，她成了流亡者；二是她跟帕斯捷尔纳克的恋情因后者不愿伤害善良的妻子而陷入僵局，她很失落；三是她始终渴望着爱与诗的充满激情的应和与融合。应帕斯捷尔纳克的请求，偶像里尔克给她写了信，瞬间就引燃了她的激情，她爱上了里尔克，因为诗，里尔克在她心中就是诗国之王，也因为帕斯捷尔纳克——她要让他看到，她能赢得诗国之王的爱情。果然，帕斯捷尔纳克随即陷入了沉默，不再跟里尔克通信。

"在您之后，诗人还有什么事可做呢？可以超越一个大诗（比如歌德），但要超越您，则意味着（也许意味着）去超越诗。"她是如此的大胆、奔放、无所顾忌，里尔克也无法抵挡。在持续升温的书信里，茨维塔耶娃将其激情与天才展现得淋漓尽致，生命正走到尽头的里尔克被她点燃了。向来克制的他在信中坦承，他已被她"强烈地控制了"。他的感情就像最后的炭火，在病痛所带来的不安阴影里燃烧着。只是她并不知道，这是里尔克生命中最后的火焰。她恳求跟里尔克见面，最后时刻又拒绝了他，这是必然的。因为这场烈焰般的遭遇激情是她的一个近乎完美的诗的梦，她怕见过即醒。她不知道，在里尔克，这是最后的爱之梦，他先醒了，在沉默中等待着死神的怀抱。

世界上还从来没有过这样的一本书信集，能以如此独特的状态，为我们呈现出三位伟大诗人那样强烈而又丰沛的激情与诗意，包含了那么多的渴望与想象，同时又是那么的纯净。他们身陷各自的极端困境里，却又竭尽所能地以文字与爱的火焰给予彼此光亮和温暖，而所有绝望的时刻，又都被他们小心地藏在心底，以沉默的方式。

我的命运是改变世界,但时间会毁掉罗马

关于约翰·威廉斯的《奥古斯都》

距今两千多年前,即公元前44年的3月15日,罗马共和国发生了一件影响深远的大事件——终身独裁官尤利乌斯·恺撒在元老院遇刺身亡。随后出现的,却并非刺杀恺撒的那些贵族共和派所宣称的"自由",而是罗马陷入了无政府状态的可怕动乱。

恺撒的老部下马克·安东尼和雷必达趁机拥兵自重,以西塞罗为首的贵族元老们则试图为刺杀者们正名,而恺撒遗嘱指定的第一继承人——其甥外孙盖乌斯·屋大维·图里努斯,当时在人们眼里还是个出身不高贵、才华也不出众的19岁青年。没人能料到,正是这个不起眼的瘦弱年轻人,彻底地改变了罗马的命运。他只花了不到一年的时间,就利用罗马人民怀念恺撒的心理、元老院与安东尼的矛盾,组建起自己的军团,随后又与安东尼、雷必达结成"后三头同盟"。一年后,他联手安东尼打败了刺杀恺撒的主凶布鲁图斯等人。七年后,他兵不血刃地剥夺了雷必达的军权,接着打败了安东尼,彻底掌控了罗马军政大权。

他以高超的政治手腕逐步将罗马政体从元老院主导制改为元首制。34岁那年,他获得了"英白拉多"(Imperator,意为战功显赫的统帅)称号。一年后,元老院赐予他"奥古斯都"(意为神圣

伟大）称号。他在位长达 43 年，创造了罗马帝国最强盛的时代，还为此后两个世纪的和平与繁荣奠定了坚实的基础。公元 14 年 8 月，在他去世后，罗马元老院将他列入"神"的行列。

回到奥古斯都时代的现场

奥古斯都给罗马帝国带来了空前的秩序与繁荣强大，对于经历过恺撒遇刺后那段血腥混乱时期的人们来说，这当然是难能可贵的。但是当人们对太平盛世习以为常之后，奥古斯都所创造的"秩序"及其持续的巩固，就渐渐成了令人厌恶的"专制"。关于奥古斯都的史料、传记多不胜数，多数都是肯定其历史功绩，但对其集权过程中的冷酷无情、缔造独裁政体、终生紧握兵权不放，还有粉饰自己的丰功伟绩与仁慈宽容、将自己逐渐神化等等行径颇多微词与嘲讽。虽说有些求全责备，但跟奥古斯都生前身后所遭受的非议比起来，也还算公允。奥古斯都一生谨慎，虽然生前始终牢牢掌控着罗马帝国的军政大权，但他为人行事极为克制和低调，很多次拒绝了元老院给予他的各种荣誉。尽管他为罗马帝国所做的一切足以令他不朽，在其生前罗马人就有神化他的倾向，但实际上他并不相信这一套，不相信这世上真的会有什么不朽与永恒，正如他从来都不相信世上会有什么"神"。历史中的"奥古斯都"形象是清晰的。那么，对这样一位人物，小说家还能做些什么呢？是依托信史加以适当演绎，还是任取野史戏说之？1973 年，美国作家约翰·威廉斯出版的长篇小说《奥古斯都》给出了一个颇为独特的方式。凭借这部杰作，他荣获了当年的"美国国家图书奖"。

想想看,就在你觉得关于罗马帝国最辉煌时代缔造者的史书与传记已足够卷帙浩繁的时候,有人为你提供了一批奥古斯都时代的文献资料,其中有书信、日志、回忆录残片、手记、口述记录,还有备忘录、报告、公告、会议记录、饬令、军令,甚至还有请愿书、谤文,它们出自奥古斯都的好友、近臣、亲人,还有他所宠信的著名文人,以及他的对手、其他人等等,最后还有"屋大维·奥古斯都"的长信,你会不会觉得很惊奇?这就是约翰·威廉斯的小说方式。

他要让"神圣的奥古斯都"从盖棺定论式的历史语境里解脱出来,因此他对于讲一个完整的"奥古斯都人生故事"毫无兴趣。他营造了一个由其好友、妻子、情人、女儿甚至对手等以在场者的视角勾勒出的多重形象——没有光环,没有神话,没有传奇,没有对政治斗争的刻意渲染,他们的叙述就像来自历史幕后深处的各种声音,而奥古斯都则像个淡淡的影子,从那些人的眼里不时折射出来,如同形状各异而又色泽斑驳的玻璃碎片,为你拼贴出一个与历史传记里不一样的充满现场感的"屋大维·奥古斯都"形象。

奥古斯都的人生三部曲

在《奥古斯都》里,"奥古斯都"这个名字只出现过两次,都出现在第三部分,一次是在标题里,"书信:屋大维·奥古斯都致大马士革的尼古拉乌斯",一次是在此信的内文里。使用"屋大维·奥古斯都"作为写信者的名字,而不是"盖乌斯·屋大维"或"盖乌斯·尤利乌斯·恺撒·屋大维",约翰·威廉斯显然是

我的命运是改变世界,但时间会毁掉罗马

颇有深意的。一方面,意味着他想要传达作为"人"的"屋大维"是如何成为"奥古斯都"的,另一方面,则又意味着"奥古斯都"如何在最后的反思中完成对"屋大维"的重塑。

约翰·威廉斯的文风朴素节制,而那些体裁各异的"文献资料"又都有着独特而又真切的个人视角,不管是奥古斯都身边重臣的"客观"陈述,还是对手们的各种讲述与"诋毁",也不管是贺拉斯等文人更具现场感的生动描述,还是那些至亲者的真情流露,以及一些次要旁观者的观感,每个视角所提供的,都是人与事件的印象碎片,与之相对应的,则是其间大量的空白时段与人事的留白,而所有这一切,仿佛都被作者恰如其分地置于合适的声部与沉默部,此起彼伏地呈现出这部内含激荡而又低回的"奥古斯都随想曲"。

作者为这部小说设置了三部曲式的结构。第一部曲,可称之为"得到"。写的是恺撒遇刺后,奥古斯都如何以一个微不足道的地位与身份,利用各方势力之间的矛盾及对手的弱点,有步骤地逐个击破,登上罗马权力之巅。第二部曲,可称之为"失去"。处于权力巅峰期的奥古斯都不得不面对其家人围绕权力展开的残酷的明争暗斗。尤其是他的爱女,他的"小罗马"——尤利娅从十六岁初次嫁人时起,就是他手中的一枚政治棋子。她的每次出嫁都是基于他权力平衡的需要,而她则因逆反心理放纵情欲,一步步走向了他的对立面,最后加入了企图颠覆政权的反对派,被他流放荒岛。她多年以后的荒岛手记,是这部分的主要内容。当然,对于奥古斯都来说,"失去"几乎是不断的。他的亲密战友先后去世,他最欣赏的文人朋友贺拉斯、李维也都陆续死了。他掌控着罗马帝国,却失去了所有最在乎的人,成了世界上最孤独的人。

在前两部曲中,作者还设置了两条时间线,一条是事件正在进行时的,一条是多年以后当事人追述的。这种时间的错落并置的好处,是使得那些多视角片段式叙事的过程因时空交织重叠而产生了丰富的肌理效果。此外,作者在用那些私人文献资料的形式讲述奥古斯都的故事时极少浓墨渲染,而是尽可能保持着朴素日常的气氛与基调,其真正目的,就是为了在第三部曲里释放出被抑制的全部能量。这一部分,可称之为"彻悟",或是"奥古斯都沉思录",也是整部"乐曲"的高潮乐章——奥古斯都在人生的最后时段花了三天时间给大马士革的史学家尼古拉乌斯写的长信,终于敞开了"屋大维·奥古斯都"的内心世界。这也是全书写作难度最大、最为出彩的部分。约翰·威廉斯呈现的,是作为"屋大维·奥古斯都"的精神世界。那封长信无异于最后的独白,其中多的是心气平和、入情入理的回味与沉思,多的是参透人生的通达与面对生命终点时的坦然,而且还不时隐含着沉郁而又超乎任何对象的莫名深情,散发出极具感染力的温暖光芒,在不知不觉中照亮了前面的所有篇章。

不管怎么说,约翰·威廉斯似乎在暗示我们,在奥古斯都亲手导演的那出时代大戏里,他让所有人都成了戏份不同的角色,并决定了他们的命运,只是没人知道他的剧本是怎么写的;他对人性弱点有着异常深刻的洞察,任何时候都不会受感情、情绪及欲望的影响,而且在关键时刻总能作出正确的抉择;当然,他也以别人所没有的雄才大略、高超手段与非凡的气度成功地扮演了自己的角色、始终掌控一切;最后,作者还试图展现奥古斯都作为一个"人"的那种极为隐秘的悲剧意味——不管他成就了怎样的伟业，都不得不面对不断失去其深爱的朋友与亲人的现实，而且面对时间，他还清楚地知道，不管他所创造的罗马帝国有多么繁荣强大，他所做的一切最终都将是徒劳的……在其导演的这出罗马帝国"喜剧"的背后，留给他的，或许还有一出不为人知的个人悲剧，而这，恰恰又是最容易被人们所忽略的。

改变世界之后的沉思者

至此你或许会忽然意识到，屋大维·奥古斯都，这位现实主义者、不信神的人，真正的政治家和战略家，从他被推上罗马历史舞台那一刻起就已树立了跟恺撒、安东尼、雷必达、西塞罗、布鲁图斯等人截然不同的政治思想和权力观（恺撒的被刺杀跟过于自负有关，安东尼、雷必达都不是真正的政治家而且短视幼稚，而以西塞罗为首的元老们既无远见又私欲膨胀）。虽然奥古斯都没有恺撒那种个人魅力，但他有足可与恺撒相媲美的政治头脑和战略眼光，更重要的是他还有恺撒所没有的隐忍、谨慎和现实。

恺撒之死与之后罗马的血腥混乱让奥古斯都明白，他必须赢得绝对的权力，但是，比权力更重要的，是权力的目的——让罗马帝国获得秩序与繁荣。因此他比任何对手都更隐忍、更耐心、更谨慎、更执著，也更懂得自我克制和妥协的必要性。跟他比起来，无论是军事强人安东尼、雷必达，还是老牌政治家西塞罗、政坛新锐布鲁图斯等人，他们最致命的问题，其实就是根本看不到罗马需要什么。而奥古斯都从一开始就知道。更为关键的是，他清楚地知道：他的命运，就是改变世界。

在约翰·威廉斯笔下,自知生命将近终点的奥古斯都并没有贪恋权力与人生,相信永恒与不朽的他也并没有倒向虚无。他知道提必略不是理想的接班人,厌恶他的残忍性格,但在他看来,"残忍在皇帝身上是比软弱或愚蠢更轻微的缺点"。为了避免罗马再次陷入权力之争导致的动乱,他最终还是采取了顺其自然的态度,让提必略成为继承人。他回顾了自己曾作出的那些重要决策的心理背景,思考了那种超越日常感情与对象的爱,也探讨了人生的孤独本质,并认为情欲之爱尽管注定短暂易逝但也因此而弥足珍贵;他没有回避利用权力塑造自我历史形象的问题,也没有回避自己"对国人的欲望顺水推舟,以便操纵他们";他不讳言与李维娅的婚姻关系从始至终都有着政治意图;他赞赏"诗人沉思着混沌的经验、迷离的偶然,无法参透的可能性领域",并认为诗人所发现的和谐与秩序是政治家所追求的秩序不能比拟的;他坦承自己不信神明,但会出于政治目的而加以利用;他承认自己的人生在很大程度上是困囿于一个角色里;在回忆当年与儿时保姆希尔提娅最后一面并由此想到自己的种种说不出口的不得已时,他写下了那句耐人寻味的话:"一时间,我又成了个孩子,在我感到深不可测的一种智慧面前哑口无言。"

屋大维·奥古斯都知道,罗马帝国不会永恒。在书的最后,约翰·威廉斯让雅典的菲利甫斯——那位陪伴奥古斯都来到生命终点的医师,在晚年给尼禄皇帝的老师塞涅卡写的那封信的末尾不无欣慰地写道:"但是他开创的罗马帝国经受了提比略的冷酷无情、卡利古拉的残暴不公,以及克劳狄乌斯的昏庸无能而依然存续。现在我们的新皇帝,少年时蒙受您的教导,登基后仍然与您亲近;我们都应当感恩,他的统治将会辉映着您的智慧与美德之光,也让我们向众神祈祷,在尼禄君临世界的年代,罗马终将实现屋大维·恺撒的梦想。"

当然,约翰·威廉斯的意思是,这个菲利甫斯不会知道,就是这位尼禄,在经过初期德政之后,就开始了极尽奢侈腐化残暴之能事,上演了一场又一场歇斯底里式的残酷闹剧,不但赐死了老师塞涅卡,后来还与那场把罗马城烧毁的九日大火有着直接关系。正是那场大火,把奥古斯都留给后世的丰厚遗产多数化为了灰烬,也诡异地验证了奥古斯都那句预言:"时间会毁掉罗马。"

安德烈·塔可夫斯基的元素

关于罗伯特·伯德的《安德烈·塔可夫斯基：电影元素》

在电影被资本深度绑架并不断堕落的今天，要是还能有幸在电影院里的大银幕上看了安德烈·塔可夫斯基的电影，比如《安德烈·鲁布廖夫》《潜行者》或是《乡愁》等等，就会深切地觉得，它们其实既属于过去，又属于遥远的未来，却不属于当下这个时代。令人震惊的，是在它们的映照下，当代的电影世界如同一个巨大的空洞，而时代精神的溃退之潮浊浪滔天，更主要的，还是塔可夫斯基所创造的影像世界所开启的精神视界超越了时间的限度，以异乎寻常的力度越发明显地呈现的艺术高度。

塔可夫斯基的影像世界及其电影艺术是可以解读的么？这种顾虑近乎本能。要是承认这是可能的，会不会忽然有种强烈的失落感？从某种意义上说，我宁愿他的所有电影作品始终都能留在无法解读的范畴里，宁愿每次观看它们都像初次陷入他所创造的影像深海里，任凭那些暧昧的影像瞬间像潮水般不断淹没我的感觉与想象，任凭每个既熟悉又陌生的长镜头的缓慢移动都像无形的手一样反复摩挲我的心脏，让我被一次次无以言表的震惊所俘获，随后沉入内心深处无边的寂静里，就像时间已不复存在，就像我正处在时间开端出现之前。

在《安德烈·塔可夫斯基：电影元素》的扉页上，罗伯特·伯德引用了塔可夫斯基的父亲阿尔谢尼·塔可夫斯基的诗句："现在，在未来的时间，/我像一个孩子，站在马镫上。"它们打消了我的顾虑。看完《引言：电影的元素》，我就确信，此人是真懂塔可夫斯基的，不仅懂他的艺术秘密，还懂他那孤独而又执拗的灵魂。作为跨越时空的艺术精神共鸣者，他要通过深入塔可夫斯基电影艺术的生成过程，来呈现其精神世界的肌理与复杂的变化。

值得注意的是，罗伯特·伯德并没有纠缠于始终围绕着塔可夫斯基的官方意识形态尤其是审查机制的影响与限制，而是以难得的冷静深入解析了这种限制中存在的共生性。他试图告诉我们，即使是在备受限制的痛苦煎熬中，塔可夫斯最为独特之处也并不是体现在对妥协与不妥协的抉择上，而是如何以其影像艺术的非凡生长力曲折突破各种限制，最终生成其非凡的影像艺术视界。

伯德用四种构成世界的基本元素：土、火、水和气来归纳塔可夫斯基的电影元素。在"土"里，他探讨了"体制"、"空间"、"银幕"；在"火"里，他讨论了"话语和影像"、"故事"、"想象"；在"水"里，他分析了"感官"、"时间"、"镜头"；而在最后的"气"里，他阐释了"气氛"。在谈及这种结构编排方式时，他特意强调："只有把塔可夫斯基的电影作为艺术作品直接理解才能获得其意义和重要性。"同时，他还敏锐地指出，"事实上，塔可夫斯基的电影为我们理解新媒体和新型审美体验层出不穷的当代艺术，提供了宝贵的材料。"换句话说，在他眼中，塔可夫斯基的电影艺术始终都具有"当代性"。

对于塔可夫斯基电影里的两个重要元素——"空间"和"时间",伯德的解析尤为精彩。比如:"在他的电影空间里,既没有囚禁,也没有解放,既没有普罗米修斯式的英雄主义,也没有耶稣一样的牺牲,只有人类形象被拉着穿越空间,上下起伏地通过空间,还被拉出空间之外。电影不是从空间中解放,而是空间形成了视觉的场所。"随后他指出,塔可夫斯基在电影里最关心的除了"创造开放的空间",就是"在其中捕捉时间","如果说在舞台作品中,只要行动继续,塔可夫斯基就保持钟摆的摆动,那么只有当钟摆停止摆动,释放时间自由地流过镜头时,他的电影才刚刚开始。"

伯德并不讳言塔可夫斯基为了在体制里达成创作的自由也是个"八面玲珑的人",正如不讳言塔可夫斯基在晚年写的《雕刻时光》里"采取了说教和经常是妄自尊大的语气"所产生的误导性。因为"塔可夫斯基把自己的命运跟哈姆雷特相提并论",塔可夫斯基知道自己那不折不扣的人生悲剧意味着什么,"我的整个一生都是由妥协组成的……"他的电影艺术越是伟大,其个人的悲剧意味就会越发显得深重,而他当然清楚,这是他必须承受的。

因而在本书的结尾处,伯德认为,塔可夫斯基"珍视稳固地站在地球上的安全感(在社会和专业体系中,在审美和精神传统中,以及在家和大自然的空间中)……但是作为电影导演,他的主要兴趣和义务在于影像——尤其是电影影像——在调和个人体验与物质世界之间的这种关系中所起的作用。"但让这一切成立的唯一条件是,"在一个复杂编织的同步中,塔可夫斯基用时间的线缝缝合可见世界,用感官的抵抗阻止我们对连续性的欲望,这种抵抗突出了媒介本身的物质介入。最后，像弗拉马里翁木刻画中的天空，银幕提供了在凝视和物质力量的交叉中重构体验的条件以及时间本身的可能性。"

为了创造,我需要黑影、寂静与孤独

关于让·菲利浦·图森的《足球》

让·菲利浦·图森,这十多年来他留给我的,始终是寡言少语的孤独观察者的印象。这跟他的《浴室》《先生》《照相机》等一系列小说给我的感觉倒是颇为一致。但他最近几次中国行的翻译、也是其作品译者之一的潘文柱告诉我,图森其实只是在国外时才话少,他平时不但很会聊,还善于把控聊天气氛,会见缝插针地讲些玩笑话,有时简直就是个段子手。他会组织其作品的各国译者聚在一起聊翻译问题,还专门办了个网站,跟译者们一起更新。他还会不时参加艺术展、拍电影、搞戏剧、做讲座。他很享受像个明星那样被记者包围采访的过程。

尽管如此,我仍然会认为,那个日常状态下的图森,对于我,是不存在的。我所认识的,只是那个作为作家的让·菲利浦·图森。我宁愿通过他的作品而不是与他的一次次碰面,去想象去理解他的世界。幸好,除了小说,他还有非虚构作品。如果说在 2000 年的《自画像》里,他通过旅行的引子为我们揭示了其如何以写作抵抗时间流逝的悲哀与无力,2012 年的《急迫与忍耐》,展现了他对其作家历程的追忆与反思,那么,2015 年出版的这本《足球》,则以其出人意料的角度和方式透露了他更为深层的内在世界。它所呈现的那一切，足以让我更坚定地回到对他的最初印象里，让我更为深刻地感受到他的孤独与执著。

图森喜欢足球。这是2006年5月，他离开上海前的那个晚上我才知道的。问及接下来的打算时，他说要去德国看世界杯。他会不时写些与足球有关的文字。他喜欢齐达内，也一直想写齐达内。后来，那届世界杯上发生了著名的齐达内头撞马特拉齐事件。没多久，那本《齐达内的忧郁》就在午夜出版社出版了。在这个法文版只有17页的作品里，他赋予了齐达内以全新的形象，他塑造了一个文学意义上的齐达内。即使多年以后，齐达内本人形象已然完全模糊，他笔下的这个忧郁的齐达内形象依然会鲜活如初。中文版出来后，在回答中国读者的问题时，他透露了要出个关于足球的文集的计划，结果就是眼下这本《足球》。

这是本翻开就会让人感到意外的书。在扉页上，他写道："这是一本不会让任何人开心的书，既不会让知识分子开心，他们对足球不感兴趣，也不会让足球业余爱好者开心，他们会觉得它太知识分子趣味了。但我还是必须来写它，我不愿扯断把我跟世界连在一起的那根纤细的线。"让人意外的，是最后那句耐人寻味的话。这也是我在他的所有书里看到过的最具孤独意味的一句话。

构成这本书的，一部分是与足球有关的个人回忆，从童年、青年直到最近。穿插其间的另一部分，是关于个人与世界的一些沉思的。如果说前者那片段式的自传体叙事不时闪烁着朴素动人的光泽，那么后者则是犀利而又深刻的，令这本小书拥有了非同寻常的质地与隐秘的力量，也让我们完全有理由将它称之为"让·菲利浦·图森的精神自传"的一次意味深长的预演。

其实，早在《齐达内的忧郁》里我们就知道，图森几乎不可能是一般意义上的足球评论者或"球迷"，尽管在《足球》里他坦承，自己在比赛现场也会"向胡闹和庸俗化让步"，做些低级的情绪宣泄。这本小书里的文字又一次告诉我们，很多时候他都是一个能跳脱群体语境的孤独在场者。他关心"一些次要的、无关紧要的或微小的主题，我让它们直面正视时间与忧伤那永恒不变的支柱。我始终拉开了距离，远远地观望着关于作为社会或政治现象的足球的理论大争论。我对作为全球化象征或社会隐喻的足球不感兴趣。"虽然他也曾像那些最狂热的球迷一样追随着世界杯做环球旅行，但他还会尖锐地指出足球的本质，是使人成为"沙文主义者"，那是"一种幼稚的民族主义，属于低等的自吹自擂的范畴，一种稚气十足的耀武扬威。"

他提到了自己的渐渐变老。他谈到2014年他"经历了一场危机，一个时期的短暂疑虑、不确信、沮丧"，并对自己的生命及其文学介入的意义提出了疑问。在阅读的过程中，你会忍不住想象着他写下这些文字时的样子。无论如何，这可能是他写过的最能透露其内心世界的一本书。他就像人潮涌动的体育场或正直播世界杯的发热的电视屏幕上一个寂静的黑洞，所有的现场图景都已虚化了，一切都被推向了远处——跟他的表情一样，像在超慢镜头里播放的状态，慢得仿佛随时都会归于静止，以至于读者也会在不知不觉中凝固了。"足球，当人们观看它时，会让我们从根本上远离死亡。我假装是在写足球，实际上，如同一直以来，我写的是消逝的时光。"其实，他写的不只是"消逝的时光"，更主要的，还是他的孤独与使命。他清楚，不写作的时候，所有的日常经验对于他来说都是毫无意义的。

为了创造，我需要黑影、寂静与孤独

他的孤独,不仅仅是"足球"这条纤细的把他与世界连在一起的线所折射的现实状态,在很大程度上,还是他所迫切需要的文学状态。因此他才会说:"我总是在寻找一个封闭的地点,与世界隔绝,热乎乎的,令人欣慰,一个梦想之地,它能获得我第一本书中一个浴室的形象,但它现在只能是文学本身了。"在此之前,他还曾这样自问自答:"今天,在我们生活的这一世界中,还能创造什么呢?还能,时不时地,通过一个虽不卑微但又很小的抵抗行动,创造出一个信号——一本书,一个艺术品——它能在黑夜中发出一道没什么实际用处的纤弱的微光来。"

他的文学使命感之诚挚与强烈也是出人意料的。不管你有多么了解他的作品,都不大可能会想到,向来给人以冷峻印象的他会写下这样直白深情的话:"围绕在我周围成问题的,并不是世界的黑暗,正相反,是它过于耀眼的光亮。我所做的,三十年来孜孜不倦地持续不断地从事的作家工作,只不过是在竭力地肯定一种可能的人类之路,一条道路,一种态度,一份细腻,一丝纤细,一片温柔,一种尊严。它,从当下的好处——荣耀,金钱,名望,总之,任何一个足球明星都会在其重压下崩溃倒塌的这一切——兴许不能为我带来什么,但它对我的孩子们具有榜样的价值,并且通过他们,影响到未来的后代,影响到普遍意义上的人类。尽管有困难,尽管任务很苦涩,都必须坚持不懈,不偏离道路,远远地避开世界的喧哗与骚动。"

于是你就会想,他在日常生活中所作出的所有那些与世界发生关联的努力,其实都只是为了能让自己在某一时刻以更为决然有力的状态重新跃回到科西嘉岛上的那个小村子里,回到那幢几乎与世隔绝的工作室里,以一如继往的冷静、坚韧与节制,把自己的写作推向新的陌生领域。当然，他并不拒绝光亮，也不害怕光亮，"但是，为了创造，我需要黑影、寂静和孤独。"

2018 年 6 月 3 日

回到毕加索的时代

关于让·科柯托的《遇见毕加索》

1

"毕加索跑得比美快,这就是为什么他的作品看上去很丑。"

此言出自让·科克托1962年出版的《巴勃罗·毕加索:1916—1961》一书。而早在四十三年前,也就是1919年4月7日,在给《巴黎午间》写的"自由定夺"系列随笔里,谈及毕加索,他是这样写的:

"乍一看,他的静物与实物的差距就如同小丑与我们的服装及语言的差距一样,而一旦凝视,真实性就体现出来,撼动人心、出乎意料,如同一幅运用透视而具有立体感的上等装饰画。"

时隔近半个世纪,面对毕加索这个人,这位过去百年里最为复杂多变的艺术大师,一个绝无仅有的艺术现象,让·科克托的看法其实并没有多大变化,只是表达得更为直接而已。其实,他想表达的,始终都是这样的观点:毕加索超越了传统,超越了身处的时代。

当然,让·科克托从来都很清楚,"在所有时期,艺术总会激起误解。"而这"艺术",当然是指波德莱尔所说的"最新的表达",而非泛指的。也正因如此,从"遇到毕加索"时起,让·科克托就笃定地认为,自己理应担起毕加索的艺术与时代、社会乃至大众的"中间人"重任。事实证明,他做到了。

这在他的同代人(不管他们喜欢他与否)中几乎是公认的。就像他把毕加索、萨蒂拉入迪亚吉列夫的芭蕾舞剧《游行》——他写剧本,毕加索创作舞台造型布景和服装设计,萨蒂创作音乐,在此之前,这种合作是人们无法想象的。即使是诸如阿波利奈尔等朋友也无法想象的是,像毕加索、萨蒂这样的人,都能被让·科克托说服。对于让·科克托来讲,最重要的并不是《游行》的最初失败与后来的成功,而是事件本身的意义:

"无论如何,在毕加索之前,布景并不在剧中表演,而只是参与其中。"

还有,留存于他记忆深处的某些最为动人心魂的场景:

"我永远也不会忘记罗马的画室。一只小小的货物箱里装着《游行》的模型,里面有房屋、树木和小木棚。在美第奇别墅对面,毕加索在一张桌子上画中国人、经纪人、美国女人、马,对此,诺阿耶夫人写道,我们会以为看到一棵微笑的树,还看到马塞尔·普鲁斯特将其与狄俄斯库里比较的蓝色的杂技演员。"

2

堂而皇之的"艺术史"与过度发达的"理论"的存在,已使百年前发生的那些反传统行动被轻松置于"现代主义"名下,而欧美各大美术馆里供人瞻仰朝拜的现场,拍卖市场上一轮接一轮的天价,则更进一步让那些曾经的"坏孩子"们头顶神圣的光环,带着各自的传奇故事位列仙班，一切看起来都是那么的顺理成章、确定无疑，就好像他们一出场就打翻了旧世界，打出了一个新世界——从意外的革命者，到永恒的胜利者，仿佛一蹴而就那么简单。

一切被神话的，都注定被简化。

所幸，毕加索当年还有让·科克托这样了不起的同路人，写下了当年见证的那些鲜活时刻，尤其是毕加索开始成为"毕加索"的关键时刻。当然，让·科克托希望自己写的一切都是"诗"。因此，无论是在1923年写下《毕加索》，还是在1962年完成《巴勃罗·毕加索：1916—1961》，他所写的都不是回忆录，也不是艺术评论，而是跟《毕加索颂》一样，都是真正的"诗"。尤其是这篇最早的《毕加索》，它能引领我们重返"毕加索"诞生的那个年代。

3

无论是艺术上，还是世俗意义上，伟大的巴勃罗·毕加索所获得的巨大成功都是空前绝后的。可是，在此之前，当他还只是旅居巴黎的一位西班牙画家，只是"蒙马特高地上的堂·吉诃德"之一的时候，让·科克托就是最早认识到其艺术价值的少数人之一，也是毕加索最早的知音与最出色的解读者。

"在这里，你不会发现任何人们常做的关于柏格森、弗洛伊德、爱因斯坦和艺术之间的对比。这种卖弄学问的风气已经过去了。尽管毕加索是一个诗人型的画家，但是，他的的确确站在文学型画家的对立面。再没有什么比行话和现代批评更让他觉得荒谬的了。"

从《毕加索》的第一段开始，让·科克托就定下了调子。这种定调方式即使放在今天也是足以振聋发聩的——那些喜欢兴冲冲地扯上时髦理论的艺术评论与创作，那些喜欢文学化的艺术评论和创作，在今天不也仍旧在大行其道么？

"应该支持毕加索，这位画家从来都只插手他看到的东西，并且远离柏格森式的思考，就如同神童远离机会那样。"让·科克托写道，"就像所有重大事件一样，毕加索是自然而然出现的。"

随即，他又进一步指出毕加索创新的根源：

"或许，那些进行惊人举动的最初的日子，和童年时光一样，都是些玩耍的日子。这与任何人都无关。很快，这些日子就变成了上学的日子。但是，毕加索从不执教。他从不剖析那些从他袖子上飞出去的鸽子。他满足于画画，满足于获得一个无与伦比的行当，并让其为偶然服务。"

4

让·科克托去世两年后，也就是 1965 年，英国作家兼艺术评论家约翰·伯格在《毕加索的成败》一书中就强调，毕加索所遭受的误解、歪曲，要远远多于理解：

"毕加索的名字所造成的联想创造了他人格的传奇。毕加索是老夫还娶少妻，毕加索是天才，毕加索是疯子，毕加索是当世最伟大的艺术家，毕加索是数百万富翁，毕加索是共产党，毕加索的作品毫无意义：小孩画得比他更好，他在玩弄我们。如果毕加索能摆脱这一切,祝他好运!这是毕加索这个名字在欧洲所造成的联想的一般情况。明显的矛盾是可能的,甚至是必需的,因为日常的逻辑不需要也应适用于神话的人物。"

在约翰·伯格看来,让·科克托也未能免俗地参与了"毕加索神话"的创造过程。他甚至认为"毕加索的朋友们所应用的意象都企图贬抑绘画的艺术。越看他们写的文字,越让人觉得毕加索的实际作品不过是附带的。"但是显然,他冤枉了让·科克托。尽管他还特意引用了让·科克托1950年底写的那段话作为重要佐证:

"一连串的物体亦步亦趋在毕加索之后,顺从他,一如野兽们顺从俄尔甫斯。我以这种方式来推介毕加索:每次他着迷于一个新鲜的事物,都能巧妙地赋予它一种视觉习惯无法辨识的形状。我们的形状魔术师将自己化装成破烂王,清扫着街道,希望发现任何可资利用的东西。"

可是,约翰·伯格没有意识到,让·科克托是诗人。在这段话里,让·科克托不只是在回忆自己早年为推介毕加索所作出的努力,当他把毕加索比喻为"形状魔术师"时,在很大程度上他已令自己在想象中以"诗的方式"重返那个现场。

约翰·伯格着意指出毕加索区别于其他优秀但并非天才的艺术家们的地方——没有连贯性。然而,他可能没有意识到,让·科克托同样也是个没有连贯性的天才艺术家,只是他们的跳跃性是那么的不同,大概也只有他们彼此之间凭借天才的直觉才能意识到这种差异将会导致的深刻互动吧。而这,也正是让·科克托会在二十世纪之初,在那个"现代主义"还处于未知状态的时刻就"遇见(发现)毕加索"的真正原因。

5

"无论如何,毕加索是勇于挑战主客观相结合而产生的怪兽的第一人,他敢向纳西斯递出一面镜子,这面镜子既不会歪曲他的外形,也不会把他暴露在更复杂的情况下。然而,承认毕加索肩上担负着将这场游戏推向极致的重任,并不是否认这场游戏无论如何都要达到那种程度。"让·科克托如是写道,"毕加索的角色在于打扫干净土地,并竖起障碍。"

在毕加索刚出现的时代,最好的艺术批评几乎都出自诗人之手。安德烈·萨尔蒙在《二十世纪》一文中写道:"我们已经杀死了旧的批评。它已永远地消逝了。交托到诗人手中的批评使得由临时法官定罪成立或宣告无罪的这种批评变得不可能。正是诗人的批评让公众摆脱了那些最顽固的偏见。"但让·科克托跟阿波利奈尔等诗人最大的不同,在于他跟毕加索一样,从来都不会对所谓的持续发展和有内在联系的变化有什么兴趣,因为在他们眼里根本就不存在什么不可跨越的界限,而他在不同艺术领域之间的穿越强度,显然跟毕加索在艺术风格上的跳跃强度同样令人震惊。

作为一位几乎想要贯通一切艺术领域的诗人,让·科克托的洞察力不仅体现在艺术上,还体现在人性上。他太了解那些天才艺术家的内在特性了,"在缔造者身上,必定有一个男人和一个女人,而这个女人往往是令人难以忍受的。"还有,"相对于吉普赛人和行军者,我们都很敏感、易动怒。"也正是基于这样的认识,让·科克托既能把那些貌似根本不可能合作的天才们串联起来,制造不可思议的艺术事件,也能随时与他们分道扬镳,各走各的路。而在他认为需要的时候,他也能随时跟他们恢复友谊,毫无违和感,就像当年不再往来一样自然而然。他很清楚,在真正的艺术家之间,世俗意义上的友谊是没什么意义的,真正有意义的地方,只有他们在精神上和创造性上的某种契合,哪怕只是很短暂地存在过。

当晚年的让·科克托跟比他大八岁的毕加索重逢,并一起去西班牙看斗牛的时候,相信他跟当年遇见毕加索一样淡定自如,同时又充满了热情。他对毕加索的热爱从未消失过,正像他在几十年前所预言的那样:

"至少,如果我垂下眼睛,我的目光仍会有机会向毕加索致敬。"

6

"当我们列举艺术的顶峰时,意外、偶然性、波动之类的东西就会充斥在艺术创造的过程中。"

让·科克托在格言体风格的作品《雄鸡与小丑》中写下的这句话,道破了现代主义艺术、文学的本质。当然,那时他还无法预料,这种特质,将会被纳入现代艺术史和文学史中大书特书,成为老生常谈式的纯知识性的东西,而不再是某种毅然决然的艺术精神的追求。更无法预料,在他与毕加索身殁之后,这种特质会在不知不觉中逐渐消散,变成一种遥远的传说。他无法预料,越来越老于世故的当代艺术,有很多都是那些深谙"适可而止"和取悦传媒、资本和公众之道的人所干的事。

可是,在让·科克托的心里,"适可而止,意思就是知道自

己所能到达的极限。"同样,他也非常了解"公众"的特性:

"公众——那些借由昨日来为今天开脱,并预感明天的人(百分之一是如此)。

"那些以摧毁昨天来为今天开脱,并否认明天的人(百分之四是如此)。

"那些以否认今天来为昨天和他们的今天开脱的人(百分之十是如此)。

"那些认为今天就是一个错误而期盼后天的人(百分之十二是如此)。

"那些属于前天,并用昨天证明今天是冲破了既定限制的人(百分之二十是如此)。

"那些还不明白艺术的持续性,认为艺术昨天就停止了,因而可能重拾明天的人(百分之六十是如此)。

"那些既看不到前天、昨天,也看不到今天的人(百分之百是如此)。"

可以肯定地讲,要是让·科克托还活着,他一定会对这种状况发出最强烈的质疑——所有这一切都是如此的没有理想、缺乏创造力,尤其是轻浮、精于算计、功利主义。或许,他会再次重复那个句子:

"重要的东西不会轻盈地漂浮,它会一边沉重地消失,一边散播出轻微的波浪。"

7

让·科克托十几岁时就结识了普鲁斯特,文学、艺术天赋极高，性情落拓不羁，时而颓废时而叛逆，有时机智优雅，有时敏感多变。他曾是吸鸦片者，也是双性恋者，还曾是巴黎时尚的引领者，为此毕加索曾说过这样的话："无论在什么场合，让·科克托的裤线永远熨烫得笔直完美。"

让·科克托自比俄耳甫斯。但直到他去世三十六年后，1999年，法国迦利玛出版社的"七星文丛"才终于收录了他的诗歌全集；2003年，"七星文丛"又收录了他的戏剧全集。这意味着，他终于以诗人的身份，进入法兰西经典作家的行列。

作为二十世纪绝无仅有的集诗人（20多本诗集）、作家（7部小说和多部随笔集）、编剧（27部剧本）、电影导演（6部电影）、艺术家、舞蹈设计、艺术评论家、演员、设计师于一身的头号杂家，或者说跨界之王，让·科克托也饱受诟病。有人嘲笑他是文艺领域的变色龙，有人讥讽他是艺术圈的公子哥。而最尖锐的批评，则来自法国著名作家朱利安·格拉克，他认为，科克托直到72岁都没有写出一部成熟的作品。其实，关于这个问题，我们完全可以套用约翰·伯格评价毕加索的那段极有见地的话来回应格拉克：

"让·科克托是未完成的——不是未完成的作品，而是未完成的经验——大师。如果所有的作品都跟可见与不可见之间的对话有关，那么让·科克托的艺术，在它最深刻的状态，自我定位于两者之间的门槛，在存在的、刚开始的、未完成的世界的入口。"

在炮火底下软软和和地安睡

关于雷马克的《西线无战事》

过去一百年里,关于战争的小说数不胜数。有歌颂英雄主义的,有民族主义情绪泛滥的,有弥漫浪漫主义情怀的,也有兼而有之的,当然,还有反战的。平心而论,在反战小说里,雷马克的《西线无战事》无论是从写作意图、切入角度,还是从手法风格上看,都是当之无愧的经典中的经典。

这部出版于1929年1月的长篇小说令雷马克一举成名,没过多久就成为世界级畅销书(总发行量超过500万册),1930年被好莱坞拍成世界上首部有声战争片后还荣获了奥斯卡金像奖。当然,它带给雷马克的不只有巨大的成功,还有灾难性后果——希特勒上台后,它就被列为禁书并被当众焚毁,雷马克被迫流亡国外,还被剥夺了国籍,而他留在德国的妹妹,被纳粹当局判处了死刑。

为什么以"一战"为背景的《西线无战事》能迅速在世界范围内引发强烈共鸣?当然与其鲜明的反战立场,尤其是尖锐的反英雄主义、反民族主义态度密切相关,但更主要的原因,还是在于作为一部战争题材的小说,它提供给人们的是普通人视角下关于战争的残酷、无意义和毁灭性的身临其境式震撼体验。其实对于这部小说的特质，作者在扉页上写的那段话表达得更为清楚："这本书既不是一种控诉，也不是一份自白。它只是试图叙述那样一代人，他们即使逃过了炮弹，也还是被战争毁灭了。"

在《西线无战事》里，没有英雄人物，没有伟人名将，也没有宏大叙事，没有历史意义诉求，没有保家卫国情怀，也没有正义与非正义，没有忠诚与背叛，更没有任何意义上的传奇与煽情……它有什么？有的只是那些被抛入残酷战争并不断被毁灭的普通人的最直观而又深刻的现场体验，有的只是他们在饱受战火煎熬的过程中对战争本身意义何在的质疑和对生命意义的幻灭，有的只是他们（一群十九岁的青年）在英雄主义加民族主义教育鼓动下，被抛入反复的炮火洗礼和巨大的死亡阴影深处之后的种种恐惧与茫然、痛苦与麻木、绝望与挣扎。每个人都是那么普通，平凡弱小得如同蝼蚁，就连每个人最后的牺牲都显得那么轻易、微不足道、无声无息。但是，他们却足以代表整个"一战"制造的两千多万无辜的炮灰。

令这部小说产生异乎寻常的震撼力、让人触目惊心而又复杂微妙的现场体验感的，除了深陷战争中的普通人那不可避免的悲剧命运，更主要的还在于作者雷马克基于亲历者的丰富经验、对这场战争本身的盲目性和无意义性的深刻认识，特别是他那貌似朴素无华实则高超的叙事技艺与结构方式所产生的强烈代入感。即使是没有亲历过战争的人，在读完《西线无战事》之后也会深切地意识到，只有真懂战争且洞悉人性的人才能写出这样的作品。

雷马克的高明之处，首先是他没有选择传统线性叙事方式，而是采取了散点叙事。这种方式有一个突出特点，就是时间的模糊性与破碎性。在整个叙事进程中,所有事件、场景、细节都不是按时间顺序依次出现,而是随主人公保罗·博伊默尔的经历、回想与联想一阵又一阵随机浮现的。仿佛这是一场漫长得无始无终的战争,你几乎无法判断它到底持续了多长时间,顶多只能感觉到季节、日夜的变换,但又无法理出清晰的时间线索,有的只是时间在炮火中持续破碎、日益模糊的感觉——在这场战争里,日常意义上的时间已然不复存在。与破碎的时间相伴的,是不断破碎的世界,以及不断破碎的人,从精神到肉体。正是这种强烈的破碎感所生成的莫名压抑的气息始终弥漫在整部小说里,像看不见的雾一般包裹着所有人物,让他们带着浓重的幻灭感和虚无感一步步地走入死神的怀抱,化作尘埃。

其次体现在主观视角的选择和呈现方式上。在作者笔下,主人公保罗·博伊默尔与其说是个人物倒不如说更像一架被他始终扛在肩上的隐形摄像机,时而摇晃前行,时而静观,很多时候这种视角所产生的效果都非常像战地记者拍摄到的各种场面,但又有着强烈太多的切身感和残酷意味。同时,为了强化现场体验的客观性,作者又着意把保罗的主观感觉和情感情绪的表达成分调到尽可能低的程度,也就是说最大限度地让事件现场的一幕幕场景本身传达一切,而不是让人物自说自话,因此才会让阅读中的人在不知不觉中产生极为真切的身处现场的感觉,仿佛那些异常惨烈的战斗场景就发生在眼前——那被炮弹削掉半个脑袋后还在奔跑的人,那些被毒气熏死在战壕里的人,那些被炮弹炸成碎片挂在树上的人,那些被弹片切去了手臂或大腿慢慢死去的人,那些在战地医院里因无人理睬或粗暴救治而死去的人,那些死于流弹的人,那死在保罗背上的亲密战友卡钦斯基,甚至还有那匹拖着肠子还在四处乱撞发出刺耳哀鸣的战马……所有这一切，都像是你亲眼看到的，而不是别人讲的故事里的或电影里的。

如果雷马克只是倾尽全力去描述这些残酷的战争现场与近观式体验，那么不管他写得多么精彩到位、给读者带来怎样强烈的直观体验，也仍旧不能保证这部小说成为真正意义上的杰作。作为优秀小说家，他非常清楚，要想让这部小说获得整体结构上的均衡感和非同寻常的叙事张力，就必须采取对称的结构手法。具体讲，就是他选择了用充满黑色幽默意味的部分来对应那些残酷的战场部分。于是我们看到，在血腥的战斗间隙不时出现的，竟是一幕又一幕与吃有关的既让人忍不住想笑又会为之莫名唏嘘的场景。给养的严重匮乏，使得这些普通士兵根本不可能奢求什么美味，他们既要在炮火中竭尽全力活下来，还要在短暂的战斗间隙穷尽一切办法与饥饿作斗争。

恐怕没人能想到，这部反战小说的开篇竟然从吃写起。在雷马克笔下，一支伤亡过半的连队撤回到驻地后，所呈现的并不是悲痛恐惧的场景，而是为了能让每个人都获得双份食物和香烟跟炊事员争执半天以及达成目的后又都流露出满足感的场景。为什么会这样？因为他们已不是新兵，过于惨烈的战斗经历在短时间内就把这些十九岁青年变成了老兵。为了能抵挡住战争的恐惧、死亡的阴影以及身心俱损的现实，他们除了让自己变得冷酷无情甚至麻木坚硬之外，还不得不把求生的欲望聚焦于对食物的渴望上——仿佛只要能搞到食物，以最快速度把它们吃到肚子里，生的希望就还在那里，甚至还会产生一星半点活着的乐趣。因此每一次触及这样的场景，雷马克都会不吝笔墨地使之看上去生动有趣而又带着古怪的喜感。甚至还会让人觉得，就连动人的战友情谊也是在一次次吃的过程中不断浓郁起来的。

　　无论是他们临时负责看管军需仓库时把意外发现的两头小猪烤了、就着平时只有军官们才有资格享用的上好红酒和咖啡吃个精光，导致胃肠不适拉上十来次肚子，还是保罗跟卡钦斯基一起乘夜色去农民家偷来一只大白鹅烤了分给大家吃，并把鹅毛收藏起来准备做两个枕头，在上面写上"在炮火底下软软和和地安睡吧"，都让人产生强烈的喜剧感，甚至会暂时忘掉之前那些惨烈之极的战斗场景所带来的令人窒息的压抑和绝望。但是这种喜剧效果的存在注定是非常短暂的，当与之对应的残酷战争场景出现时，此前所有的喜感转瞬就都从微小的亮色变成了全然的黑色。这时候，你会意识到，这里根本就没有什么喜剧色彩，有的只是那些普通人基于维持最低限度的求生渴望而产生的某种幻觉。

　　战争对于普通人究竟意味着什么？即使在今天，这也并非是个不言自明的问题。因为无数事实证明，人类对战争的反思和健忘的程度几乎是同等的。尽管"二战"后地球上已有七十多年没再发生过世界大战，但局部战争几乎从未间断过。更何况，世界上主要强国的核武库和常规武器储备量早已达到了足够把地球毁掉 N 次的地步。人类对于战争本质的认识跟一百年前相比其实并没有多大的改观。战争仍旧是由极少数人的野心与欲望所驱动、以普通人为牺牲品的毫无意义的野蛮事件，至今都没有找到真正的解决方案。身处当今这个动荡不安的世界里的亿万普通人，可能多数都已失去了想象理想世界的信心和动力。跟那些此起彼伏的局部战争相比，真正可怕的，其实永远是可能要发生的战争。

　　尽管早在九十多年前雷马克就看透了战争那邪恶而又毫无

意义的本质，并以这样一部反战小说杰作给予了异常深刻的揭露，但他恐怕不会想到，当我们在网络上搜索"一战"信息的时候，竟然还能在概念解释中看到这样一些貌似客观实则冷漠之极的字句：

"第一次世界大战给人类带来了深重灾难，但在客观上促进了科学技术的发展。在一战中，各种新式武器如飞机、毒气、坦克、远程大炮相继投入战争，是武器发展史的重要阶段。"再对照一下雷马克以沉痛的笔调写下的那些发人深省的字句吧：

> 我们都已不再是青年了。我们不愿用突击的方式去攻取这个世界。我们却在逃跑。我们在自己的面前逃跑，在我们的生活面前逃跑。我们刚满十八岁，刚刚开始热爱世界，热爱生活，而我们却不得不把它打个粉碎。那第一颗炮弹，那第一次爆炸，在我们的心头炸开了。我们被切断了跟行动，跟渴求，跟进步的联系。我们再也不相信这些东西了。我们相信战争。

纽约的灵魂捕手

关于盖伊·特里斯的《被仰望与被遗忘的》

当听说盖伊·特里斯要在其新闻纪实写作中获得跟菲利浦·罗斯、厄普代克这样的小说大师相比肩的成就时，说实话我几乎是本能地笑了。作为一个记者，假如他只是矢志要成为小说大师，这倒是可以理解的，毕竟在他之前就已有不少前辈先例。但说到要把新闻纪实写作提升到可与大师级小说相媲美的境界，不免让人觉得与妄语无异。无论他所倡导的"新新闻"或"新闻小说"这种纪实性写作在手法上如何的"新"，都会因"新闻真实性"跟"小说真实性"的本质不同而无法与小说置于同一范畴相提并论——尽管在手法上二者之间并无藩篱，但在方向与目的上是截然不同的。我就是带着这样的"偏见"翻开盖伊·特里斯这部厚厚的《被仰望与被遗忘的》的。

读完最后一页，放下这部书时，我已不再关注文体上的本质差异问题了。我的脑海里浮现出的，是那个举世闻名而实际上我又一无所知的城市——纽约的鲜活形象。盖伊·特里斯坦承其在语言和手法上受益于欧文·肖、约翰·奥哈拉的小说颇多，事实上从他的行文方式中也确实不难发现这种影响——简练紧凑的叙事，寥寥几笔即现神采的白描，结构布局的讲究，对话设置对叙事层次的丰富等等。最为直观的感觉，就是他的写作非常重视"形象"的塑造与呈现，而这里所说的"形象"并不止于人，还包括城市的，大桥的，街道的，物的，他从前辈小说家那里学来的手法都是为此而服务的。他意图清楚，无论写什么，都要让"形象"朴素呈现在眼前。这也是为什么在读这本书的过程中，我总是有种在看BBC精心制作的那些经典纪录片的感觉，我看到了纽约城，也看到了它的所有街道，看到了大桥，也看到了那些平凡而又令人难忘的建设者，看到了些声名显赫的纽约人物，也看到了游荡在街头巷尾的野猫……而在这些形象一阵阵浮现的过程中，盖伊的很多文字会自然地变成字幕或是低沉平缓的解说声音。我甚至觉得，很多后来欧美的经典纪录片的叙事结构以及解说词的文风，都是受过盖伊·特里斯的作品的深刻影响的。

假如我们把这部书想象为一部名为《纽约传》的纪录片，那么就可以发现它的视角是从宏观逐渐过渡到微观的，而它的节奏则是从轻快渐次变为缓慢的，其基调则是从明朗变为低沉的。尤其是在阅读第一部分时候，跟着他的笔触，你会觉得就像坐在飞行器里跟着摄像机镜头一起在半空中飞行，去扫描似的俯瞰纽约——这个无比巨大而又复杂之极的城市，这个现代国际大都市的象征与范本，它的无数秘密都在像难以磨灭的瞬间似的闪烁浮现，它们每一个都是异常生动鲜活而又突兀的形象，它们就在那里，不容置疑地以各自的方式映射着纽约的古怪与神秘。

"每天晚上，百老汇都会驶来一辆又大又黑的1948年款的劳斯莱斯，一位身材瘦小的女人，一手拿着《圣经》，一手拿着一个写着'受神谴的人不能进天堂'的牌子……走到街角处，向来百老汇的无数'罪人'大喊大叫，有时一直喊到凌晨三点，然后再由司机开着那辆劳斯莱斯把她送回到韦斯特切斯特。"

"第五大道上的橱窗模特都是以世界上最迷人的女性为模型制造出来的。"再比如,"每年,在纽约城,美国防止虐待动物协会（ASPCA）要杀死哥谭市万只无人认领的野猫……在纽约的每个街区,野猫们都由一只最大最强壮的母猫支配。"

"下雨时,纽约的自杀事件比平时少。雨过天晴后,纽约人看上去又很开心了。而那些抑郁的人会变得更加抑郁,又会有更多的自杀未遂都被送到百乐威医院。"

"纽约城里有500名巫师,从半恍惚到全恍惚到深度恍惚型,无所不有。这些巫师大多住在纽约西城七十、八十和九十几街。每到周日,这里的一些街区鼓号齐鸣,招魂祭鬼,好像人间万事在这里都可以化解。"

"大多数纽约人都习惯于每天早晨从一个固定的转门入口进地铁,他们永远不换别的门。"

盖伊·特里斯的真正贡献,其实并不在于他是否已把新闻纪实性写作的艺术性提高到可与小说艺术相比拟的程度,而是在于他确实以其出色的实践为后来的"非虚构写作"开出了新的路径。这一介于小说虚构视界与新闻现实视界之间的领域,在他的有力开拓下展现出非凡的魅力。尽管他始终怀有非同寻常的好奇心在观察着一切,但他无疑并非通常意义上的"猎奇者"。从这本书的结构上看,他更像是一台要对整个纽约城进行从物理到精神层面扫描的无形而又精密的扫描仪,不仅要呈现城市本身的各种细节瞬间,还要不动声色地展现这里最底层的人和所谓的精英人士的精神图景。在第一部分《纽约——一位猎奇者的足迹》中,他打开了纽约的大门,领着你不断地快速穿行其中,不放过每个值得关注玩味的细节，了解这座巨大而又复杂的城市的肌理与气息，它的每个横断面与角落，甚至是它的每根神经的感应与悸动。在第二部分《大桥》里，他则带你去见识那些工蚁般的城市建设者们，那些为纽约构建起经脉使之成为庞然大物的纽约的大桥工人们，让你近距离看见他们如何以"渺小"的力量完成伟大的工程，以及如何为此而不断行进在危险中、四处为家。尽管他并没有说这些人更能代表现代美国的精神，但你从他的笔触中能够清晰地感受到这种深沉的赞颂。他为这些注定会被遗忘的无名者勾勒出最为质朴动人的肖像。

而在第三部分《走向深处》，他选择的是为那些天赋异秉、经历奇特的精英人物立传——体坛巨星、伟大歌手、戏剧导演、著名演员、黑手党领袖、时尚推手……而这一部分也因此成为全书的华彩乐章。出人意料的是，在这一部分他的笔调是异常低沉缓慢的，甚至是隐含着某种莫名的忧伤与同情的。因为他真正要写的，并不是这些星光璀璨的人物的发迹成功史，而是要写他们那种几乎与其生命力同等强大的孤独。他们在各自领域都已攀至巅峰，为人们所推崇追捧和仰望，但他们都有着只属于自己的那份巨大的难以化解的孤独。

他就像个影子似的挨着他们，倾听他们发自内心的语音与叹息，体会着他们的那种独有的沉默，以最日常的方式细致入微地观察并展现着他们的生活足迹，让你感觉到他们的心跳与呼吸。他们一定能意识到，这个要写下他们的人，就是一个真正意义上的灵魂捕手，他眼光犀利、嗅觉敏锐，令人有些畏惧，同时也让人无法拒绝。或许，从接受他的那一刻起，他们就都已默默地给予他信任，愿意让自己的灵魂以某种特殊的方式留在这位名叫盖伊·特里斯的文字里。

　　盖伊·特里斯的方法论简明扼要:"在各种场合对人物进行观察,记录他们的各种反应,以及别人对他们的反应时,我力图做到既能全面跟踪人物,又能使自己不对人物产生影响,努力把握整个场面、人物对话、情绪、冲突、紧张关系、戏剧性场面。这样我就可以从主人公的角度去写故事了,有时能揭示我所描述的那个时刻主人公所表现出的思想。"还有一点他没有说,那就是他对于人性的复杂与矛盾总是有着非同寻常的洞察力,并因此能够敏锐地把握到时代的脉搏和气息,就像他在那篇短得出奇的《舞会结束了》里所概括的:"人们对这类舞会已司空见惯,可以说,舞会已成了我们这个时代的象征。美国现在正处于一个到处是各种聚会的时代,没有谁能抵挡得住这种诱惑。"

　　他还更进一步地揭示了深层原因:"人人都得让别人看到自己的存在,因为没有其他方式可以证明这一点了。以前那种从个人所从事的'手艺'中获得个人存在及成就感的方式已不存在了,人们只能依靠自我推销来让别人了解自己的存在。现在已没有了优秀演员的精彩表演,只剩下舞台上空旷的布景。和平大进军已演变成了化装舞会。新闻现场也只是摄影机的舞台。评论家们则闭着眼睛跳舞。"这段写于几十年前的话,即使在今天看来,也仍然是精辟有效的。我们甚至可以把它视为他写一个至今仍未完结的时代的悼词里的核心段落,这确实是个"坏消息"。

在死亡中寻求解脱与救赎的人

关于列夫·托尔斯泰的《伊凡·伊里奇之死》

1

要是老托尔斯泰还活着,估计也会赞成把《伊凡·伊里奇之死》《克莱采奏鸣曲》和《魔鬼》结集的。因为在这三个晚期小说代表作里,探讨的都是他终生为之困扰不已并不断反思的婚姻、爱、欲望,还有死亡的问题。

说实话,它们令人窒息。晚年的托尔斯泰虽热衷于道德反思与说教,但写起小说时,他就立即展现出一个伟大作家的艺术自觉与强悍之力——无论是描述那些人物的可悲命运,还是对他们灵魂的无情拷问,他都让读者不时震惊甚至不寒而栗的地步。阅读它们,就像是慢慢吞下莫名的药,味道苦涩而又复杂,还混杂着某些刺激心神的奇妙味道,它们煎熬着你,让你感同身受,又引诱着你,让你又欲罢不能。

托尔斯泰夫人一定不喜欢它们。《伊凡·伊利奇之死》那么阴郁晦暗,充满了平庸之辈的绝望气息;《魔鬼》与托尔斯泰自己年轻时的经历有关,他在婚前交给她看的日记里就提到过,曾让她坠入近乎绝望的心理阴影里;《克莱采奏鸣曲》呢?在情感上,她根本无法接受它（尽管为了让它通过检查机关的审查，她曾去彼得堡觐见过沙皇亚历山大三世），因为它几乎不加掩饰地露出作者对婚姻、爱情、家庭的质疑，对女性的某种蔑视……另外，那个男主人公波兹德内舍夫的某些观念跟她日记里谈及的是那么的相似，而且，她也确实喜欢过一位到家里做客的年轻的捷克音乐家，当然那是因为托尔斯泰对她的冷漠与排斥。

在帮托尔斯泰誊抄过《克莱采奏鸣曲》的手稿之后，她会跟他说点什么？她会直率地表达自己对小说的不满，比如，他对婚姻、家庭甚至女性的敌意？她会告诉他，他对年轻女人在性欲方面的描写完全是错误的？他们会争论，她会强调必须要维护家庭、孩子们的利益，而他则认为，一个人脑子里只想着自家利益就是精神堕落？于是他们争吵，最后当然都会愤怒，互相说最狠毒的话，弹无虚发，击中要害？于是，她会又一次陷入最深的痛苦与绝望，想自杀解脱，而他呢，则会又一次想离家出走……然后，或许次日早晨，或许隔上两天，他们会选择和解，在彼此都疲惫不堪的状态下？在他们那漫长婚姻的最后二十来年里，这一切几乎随时都会发生。

实际上，从她1887年（也就是托尔斯泰开始写《克莱采奏鸣曲》的那一年）的日记中，我们已能清楚地感觉到，他们夫妻的矛盾之所以不断激化，主要还是由于观念冲突，他们的生活悲剧也正是随之悄然拉开帷幕的：

"3月6日。抄写完了《论生与死》，方才又仔细读了一遍。我聚精会神地寻找新鲜的东西，我找到了许多中肯的表述，美妙的比喻，但其基本思想对我来说并不新鲜，老调重弹。就是说仍是号召人们为了精神生活而放弃个人对物质生活的追求。在我看来有一点是办不到的，也是不公道的——那就是为了博爱，为了爱整个世界而放弃个人生活。我以为，有些职责是上帝安排的，天经地义的，谁也没有权利放弃，这些物质的东西不会妨碍，甚至有助于精神生活。"

2

晚年的托尔斯泰越来越专注于精神世界和全人类的困境问题。曾带给他很多幸福感的婚姻与家庭，却已在不知不觉中成了让他焦虑厌倦却又无法摆脱的大麻烦。被称为"世界的良心"的托尔斯泰，登临了欧洲文学巅峰的托尔斯泰，在世界各地拥有无数信徒，生命力、思想力和创作力依旧旺盛的托尔斯泰，面对这些问题，他似乎只是一个惶惑不安、焦虑易怒甚至不时绝望的老人。否则的话，他也不会在生命的最后时段选择离家出走了，更不会在弥留之际仍拒绝与陪伴其一生的妻子见上最后一面了。

托尔斯泰夫人说过："我和列夫·尼古拉耶维奇共同生活了四十八年，到了儿也没弄清楚他究竟是个怎样一个人。"但是，她也曾咬牙切齿地断言："谁也不了解廖瓦奇卡（托尔斯泰的爱称），只有我了解，他是个有病的、不正常的人。"她的理由是："如果一个幸福的人忽然像廖瓦奇卡一样，只看得见生活中丑恶可怕的东西，而闭眼不看美好的东西，那么他一定有病。"接着她就对托尔斯泰说："你应该去治病。"而托尔斯泰在晚年的日记里却极为无奈而又意味深长地写道："我周围的人不理睬我的真实的'我'。"

尽管他们曾有过最美妙的幸福——新婚不久，托尔斯泰甚至为这幸福感像个孩子似的含泪拉着妻子的手说:"我们怎么办啊?"尽管托尔斯泰夫人是个热情率真、气质非凡的集最佳灵魂伴侣与理想的生活助手于一身的令屠格涅夫等人都对托尔斯泰羡慕不已的女人,尽管她为他生了十几个孩子(有四个夭折了),在四十多年的婚姻生活里,她出色地承担了他的管家、秘书的角色,不仅要操持整个家庭的生计,还要帮他誊抄作品草稿,打理他的作品出版事务,更要负责那一大群孩子的教育成长,但是,他们之间的分歧与误解却与日俱增。

托尔斯泰家并没有传说中的那么富裕,这就要求操持家务的托尔斯泰夫人必须是个现实主义者,否则这个家就会陷入混乱。因此她认为自己所争取和捍卫的一切都是为了这个家,为了孩子们,这是上帝赋予她的神圣职责。但在托尔斯泰看来,这种凡事只想着自家利益的状态是极其自私、可耻的,令人厌恶。而在夫人看来,托尔斯泰对家庭毫无责任感,他根本不爱这个家,不爱她,也不爱孩子们,他对她只有肉欲的需求,而没有爱的需求,他只知道贪慕虚荣、沽名钓誉,否则的话他怎么竟会想到要放弃作品的版权呢?说到底他根本不在乎她跟孩子们将来是死是活。

也正因如此,在《伊凡·伊里奇之死》和《克莱采奏鸣曲》中,我们才可以看到,在托尔斯泰笔下,家庭生活几乎都是灰暗的,令人绝望,没有爱,互不了解,互不理解,也没有彼此的同情与怜悯,有的只是冷漠、误解与怨恨。而在《魔鬼》中,虽然婚姻生活看上去是那样的美好,实质上却是脆弱而又徒有其表的,轻易就被男主人公那失控的肉欲所毁掉。

3

这三篇小说所涉及的问题以及素材，在托尔斯泰心中应是索绕酝酿了很多年。

《伊凡·伊里奇之死》的人物原型是托尔斯泰认识的，但病中体验与心理状态则跟他1886年的那场重病有关；《克莱采奏鸣曲》的男主人公在性格塑造上明显跟托尔斯泰夫妻的性格多少都有些关系，更跟他们日益激化的观念冲突和家庭矛盾有关；《魔鬼》则跟托尔斯泰父亲死后留下的财务困境以及他婚前与某村妇私通的经历有关。

但这三篇小说却又并不是自传体的。作为一个真正的小说艺术家，托尔斯泰当然清楚，写小说并不是为了解决什么个人现实问题，也无法解决任何现实问题，而且，每个小说都有自身的逻辑，无论素材是自己经历过的，还是道听途说的，在运用与转化的过程中都必须遵从小说本身的需要，即使是作者也不能任意为之。

小说里的人物，都是他精心塑造出来的。他赋予了他们灵魂和命运。他异常冷酷地解剖他们，层层剥开他们，展露其内心世界，进而拷问他们那痛苦不堪的灵魂，在这个过程中，他还深深地触及某种隐秘的力量——它能让人在极端痛苦中开始追问，并因此产生某种觉悟，能让人不断反省肉欲之恶与道德克制的必要性，也能让人沉湎欲望深渊烈火之中，还能让人完全失去理性、走向毁灭，或制造他人的毁灭。

《伊凡·伊里奇之死》远没有《克莱采奏鸣曲》和《魔鬼》那么激烈，它压抑，极度的压抑。读它的感觉，有点像进入渐行渐深、空气稀薄的隧道,一直走到无路可走,最后窒息的过程。很少有什么以普通人为主题的作品能让人有如此压抑难过得透不过气来的体验。作为那个时代里典型的"三观正确"的人,伊凡·伊里奇以他认为正确的上流社会言行模式为参照,把握住了机会,稳步爬上了高等法院审判委员这一要职。他是上司眼中的优秀官员,为人稳重、品行端正、奉公守法、恪尽职守,还是谦恭有礼、处事公正的人。他办理公务"不仅轻松、愉快和体面,而且甚至可以说技艺精湛",他还有意"采取了一种对政府略有不满的、温和的自由主义和强调公民权益的调子"。总之,他就是个各方面都没什么明显缺陷的职场赢家。哪怕是婚姻无爱、家中无趣,在他看来也没什么,因为他不仅学会了无视这一切,还知道用工作、打牌来平衡疏解。当然,他不文艺,品位平庸,但对于切身利益却精于算计,从不做吃亏的事,他家里从来都是往来无白丁,只接待有用的"上流人士"。

但是,意外降临的绝症病痛转眼就打破了他精心营造的平衡,将他逼入了绝境。令他绝望的不只是病痛与恐惧,也不只是周遭的冷漠,而是观念的颠覆——他忽然意识到,自己过往的一切都是不对的!他周围的一切都是虚伪的!"他就这样孤苦伶仃地生活在死亡的边缘上,没有一个人理解他,也没有一个人可怜他。"非但如此,"无论是他的妻子、女儿、儿子,还是他的佣人、朋友、医生,更主要的是,他自己,大家都知道,别人对他的全部兴趣仅仅在于他是否能很快地、最终地腾出位置,使活着的人摆脱因他的存在而产生的麻烦,而他本人也可以从自己的痛苦中解脱出来。"他怨恨这一切,"他感到这种怨恨会送他的命,但又克制不住自己。"

"这到底是怎么回事呢？为什么呢？不可能是这样的。生活不可能这样毫无意义，这样丑恶。如果生活真是这样毫无意义，这样丑恶的话，那又为什么要死，而且死得这样痛苦呢？总有什么地方不对头。或许，我过去生活得不对头呢？……但是，不管他怎样苦苦思索，还是找不到答案。可是当他想到（这个想法时常出现在他脑子里），这一切是因为他生活得不对头的时候，他就立刻想起他一生都是循规蹈矩的，于是他便把这个奇怪的想法赶走了。"但是最后，"当他看见仆人，然后是妻子，然后是女儿，然后是医生的时候，他们的每一个行动，每一句话都证实了他昨夜所发现的那个可怕的真理。他在他们身上看到了他自己，看到了他过去赖以生存的一切，他清楚地看到这一切都不对头，这一切乃是掩盖了生与死的可怕的大骗局。"

托尔斯泰为何要以如此细致的笔墨去描写伊凡·伊里奇病中那复杂痛苦的心理活动？是为了呈现病痛与对死亡的恐惧如何毁掉一个"轻松、愉快和体面"的人么？他想传达给读者的是，像伊凡·伊里奇这样一个平庸的正常人在痛苦与绝望中开始追问了！

开始追问，一个人才会有觉悟的可能，才会有自我救赎的可能，尤其是获得精神上的"重生"的可能。是，他确实不懂得什么是爱，既没有真正爱过谁，也没被谁真正爱过，可是在来到生命的终点之前，他开始追问了，并因此醒悟了，否定了自己曾信奉的一切，接受了过去的一切都"不对头"这个事实，他不再怨恨，也不再恐惧，他希望被原谅，并原谅了所有人——哪怕是那些正等着他死掉好腾出位置的人，因此他解脱了，"任何恐惧都没有，因为死也没有。取代死的是一片光明。'原来是这么回事！'他突然说出声来,'多么快乐啊！'"而这,又有多少人真能理解呢？托尔斯泰是个很怕死的人,尽管他也喜欢以各种方式去不断思考探讨死亡的问题。他更是个喜欢追问的人。以至于当他生命的最后时刻里,他仍然被那些没有答案的问题煎熬着,在痛苦中不断地追问着。他最心爱的小女儿劝他不要琢磨这些问题了,他却痛苦地反问:"不追问怎么行啊？！要追问！"就连伊凡·伊里奇都通过不懈的追问在临终前获得了解脱与重生,他为什么不能呢？

4

《克莱采奏鸣曲》命运多舛。完稿之后,它是以手抄本和油印本来传播的。但没多久就引起了检查机关的注意,禁止它正式出版。虽然后来托尔斯泰夫人为此不得不去找沙皇亚历山大三世说情,才获准允许这篇小说在作品集里出版,但仍旧禁止出版单行本。直到1903年这个禁令才取消。被禁的主要原因,显然不只因那个杀妻者被无罪释放的案子,还有对婚姻、家庭、爱情、欲望的冷酷剖析与无情抨击。《克莱采奏鸣曲》,一个如此美妙的名字,却又有那么激烈残暴的内容,估计书报检查官也被它的力量所震惊了。

托尔斯泰夫人不喜欢它是可以理解的。但主要原因并不是男主人公波兹德内舍夫所标榜的禁欲主义观念,因为类似观念她也曾有过,她本来就是个重视精神生活而对肉欲有着近乎本能反感的女人。当然这种反感并没有上升到对整个社会习以为常的那种鼓励纵欲的倾向的抨击。她不能认同的是,托尔斯泰在小说中借波兹德内舍夫之口表达出来的对于夫妻关系的那种过于残酷无情的剖析，尤其是对女人的误解、蔑视与冷漠。还有一点很关键，波兹德内舍夫的妻子与那位年轻音乐家的惺惺相惜的暧昧关系，肯定会被她视为对自己的影射。

看过小说之后，一般人很容易觉得，作者似乎是在暗示：在两性关系中，除了性欲满足的需要，除了开解寂寞与繁殖后代的需要之外，并没有什么爱情的位置。那么，这是托尔斯泰的想法么？要是去对照一下他当年写的那篇冗长说教的乏味后记，倒是确实容易得出这样的结论。但只是看小说本身，谁都不能得出这样的结论。在小说中，托尔斯泰跟所有伟大作家一样，并没有什么要表达的，他只关心作品本身的完美呈现，并为此调动一切。

托尔斯泰家的人多半都热爱音乐、会弹钢琴，尤其喜欢贝多芬的作品。不仅孩子们会弹贝多芬，心情好的时候，托尔斯泰夫妇偶尔也会来一次四手联弹贝多芬奏鸣曲。《克莱采奏鸣曲》应是经常会响起的曲子。在1887年7月3日的日记中，托尔斯泰夫人就曾写道："多么有力的乐曲，把人间的所有情感都表现出来了！"而且，当时家中的一切都碰巧刚刚好："我的桌子上放着玫瑰花和桂花。现在我们要进行一次美妙的中餐，天气柔和，温馨，刚刚过去一场雷雨，孩子们坐在我的四周，一会儿，温存的、受大家欢迎的廖瓦契卡就要来了。这就是我的生活，我有意识地享受着生活的乐趣，我感谢上帝赐予我这样的生活。在这一切之中我找到了福祉和幸福。"

小说《克莱采奏鸣曲》跟那首同名乐曲同样有力，同样地把所有情感都表现出来了，可是，在内容上、气息上以及观念上，它刚好是那首名曲的对立面。它是激烈的、愤怒的、嫉妒的、怨恨的,最后还是残忍的、血腥的。它展现了冷漠无爱的婚姻生活、对肉欲的质疑与批判,还有因嫉妒而起的占有欲和破坏欲。

这篇小说的可怕之处,在于它竟让一个原本应在法庭上受审的杀妻犯变成了整个社会的审判者。法庭以保护个人名誉为由将他无罪释放,他却宣判整个社会在两性关系上有罪。这位波兹德内舍夫真的认为自己无罪么?显然不是。否则的话他就不会如此急切地想要说出一切了。他这个无爱之人,因怀疑和嫉妒而杀死了妻子——他看到什么?只不过是她在音乐中重新焕发了生命力、变美了。而这是他所没有的。当然导致他最终冲动杀妻的,并非只有嫉妒,还有道德依据——就是托尔斯泰在小说开篇处引用的《圣经·新约·马太福音》里的那段话:"只是我告诉你们,凡见妇女就动淫念的,这人心里已经与她犯奸淫了。"

而法庭上的最终判决表明,法官们跟波兹德内舍夫是一致的,尽管没有明确的事实为证,但她"犯奸淫了"。这就是为什么当波兹德内舍夫被迫去看了她咽气前最后一眼时,心里想的却是,"她的身上已经没有任何一点美,有的只是使我感到厌恶的东西。"作为道德审判者,当时他甚至以为她会忏悔。但最后想忏悔的,却是他自己。因为在看到她变成尸体时,他才忽然意识到,他所做的一切,就是剥夺了一个活生生的人的生命。

托尔斯泰为了回应很多读者来信,专门写了篇《〈克莱采奏鸣曲〉后记》。在这里,小说艺术家的托尔斯泰让位给了道德家和禁欲主义者托尔斯泰,他简直就像是把波兹德内舍夫的言论整理在一起重新发布。但这一切也确实就是他晚年所关注和思考的。托尔斯泰夫人在 1887 年一篇日记中曾写道:

"我在抄写廖瓦契卡的文稿《论生与死》,他指给我的却完全是另一种幸福。当我还年轻时,当我还未出嫁时,——我记得我曾一心一意地追求过那种幸福,那就是放弃一切物质享乐,为别人而生,甚至还向往过禁欲主义。但命运使我有了家庭——我为这个家而生活着,然而突然间我现在必须意识到这不是我应该过的那种生活。难道我什么时候能够想通,接受这种观点么?"

她为何如此反问?因为在她的经验里,托尔斯泰从来都不是一个真正的禁欲主义者,她有时还会认为他对她只有肉欲而没有爱。托尔斯泰会认同她的这种判断么?是的,他会认同的,作为那个道德家和禁欲主义者来认同。而作为作家,他同样也会认同肉欲的存在,正如认同生命力之美的存在。从这个意义上说,在这篇残酷的小说里,他所做的实际上相当于把他们夫妻的观念及一些个性因素给了波兹德内舍夫这个人物,同时也把他们另外的一些个性因素给了波兹内舍夫的妻子,你看,在这篇小说中"他们"可以合作得如此完美,就像演奏"克莱采奏鸣曲"的钢琴与小提琴,配合得天衣无缝。

配合这个小说,假如你去听一下贝多芬的那首同名曲子,就不难发现,那首曲子里隐含着某种忧伤的调子。小提琴与钢琴的相互配合,表面上看是非常和谐的,彼此呼应的,可是,不管它们配合得如何完美,它们对于彼此来说仍旧是两种截然不同的乐器,它们的语言是不同的,有种本质上的疏离状态,只不过是在彼此配合着自说自话。因此,在美妙的"克莱莱奏鸣曲"衬托下,波兹德内舍夫杀了妻子,而在另外一种意义上,在托尔斯泰心里,他跟托尔斯泰夫人也是在现实生活中一次又一次地"合作"杀死了彼此。

5

《魔鬼》里的家庭生活看起来是美好的，正像托尔斯泰夫妇的婚后生活初期那样。叶甫根尼·伊尔捷涅夫跟托尔斯泰一样，也是从败家老爸那里继承了让人悲观的不良资产和债务，而且曾在婚前跟庄园里的农妇有染。这篇小说的风格跟前面那两篇是完全不同的。尽管是悲剧，但整体行文所营造出的气氛，就像早晨用清冽的泉水洗涤刚被射杀的鸟，剖出它那仍然滚烫的小心脏，用带着露珠的草叶慢慢地包裹好，整个过程都在某种田园气息中隐约透露出朴拙原始而又残酷的意味。而这也正是托尔斯泰的高明之处。

从叶甫根尼·伊尔捷涅夫经人搭线认识斯捷潘妮达，直到最后他开枪自杀（或按照另一个结尾写的那样，他开枪打死了她），读者会发现，无论如何，这两个结局都不像是前面的逻辑所以能推导出来的。整个过程，就像在俄罗斯的乡村原野上，有树林，有草场，有湖泊，有庄稼，有健壮漂亮的姑娘，有纵马奔驰的老爷，还有懒洋洋的庄稼汉……魔鬼在哪里？是在那个专门给老爷牵线找姑娘的老头眼里？还是在那个好像跟任何男人都可以搞一搞的斯捷潘妮达体内——因为"她身体健壮、精力充沛、脸颊红润、神情快活"，还能歌善舞？没错，她好像跟谁都可以，但她跟谁有过都像没有发生过一样，完全了无挂碍，就算是全世界都厌恶她、抛弃她、诅咒她，她还是照样会继续自得其乐地活下去，与世无争地过自己的日子。魔鬼似乎只能在叶甫根尼·伊尔捷涅夫的内心深处。因此在托尔斯泰写的第一个结尾中，这位叶甫根尼开枪自杀了，以此来消灭或彻底摆脱寄居他体内的魔鬼。

其实，魔鬼不只是他心底的肉欲。那股藏在他的身体里他却经常无法加以控制的力量，那种让身份地位、家庭责任、道德廉耻以及爱情统统失效的力量中，还有斯捷潘妮达那种原始的生命力所产生的诱惑力。他不仅为之背叛了自己那温情善良的妻子，还一次又一次地无法克制地走向那个斯捷潘妮达身边，尽管他总是会后悔不已，却也明白，她已经颠覆了他的家庭生活。是她的存在，使他只能听从于自己最本能的反应，使生活变成一谎言般的存在。他拒绝不了魔鬼的诱惑，他也战胜不了魔鬼，更不用说掌控魔鬼了，他想尽一切办法，都无济于事。于是就有了第二种结尾：他杀了那个女人。

联想到托尔斯泰晚年有过太多反肉欲的言论，要求人们克制肉欲、拒绝放纵，我们不免要问，他笔下的这位叶甫根尼·伊尔捷涅夫，最后因既无法克制自己的肉欲、又经不住斯捷潘妮达的诱惑而走上绝路，究竟意味着什么？如果无法遏制的欲望是痛苦与毁灭的根源，那么，是不是无论如何只有死亡才意味着真正的解脱与救赎？

2017 年 8 月 13 日，上海

莫迪亚诺的幽暗迷宫

关于莫迪亚诺的《暗店街》

1997年4月,国内文坛最大的新闻,就是备受瞩目的作家王小波英年早逝。两个月后,王小波生前写定的最后一部长篇小说《青铜时代》出版,它的第一部分叫《万寿寺》,开头是这样写的:"莫迪亚诺在《暗店街》里写道:'我的过去一片朦胧……'这本书就放在窗台上,是本小册子,黑黄两色的封面,纸很糙,清晨微红的阳光正照在它身上。"

当时王小波在国内已是名满天下,他的写作对后辈的影响至今犹存。他在自己的小说开头引用莫迪亚诺作品的开头,当然是一种推崇的表现。而在他生前写的文章《小说的艺术》里,这种推崇则表达得更为直接,他是这么说的:"现代小说的最高成就是:卡尔维诺、尤瑟纳尔、君特·格拉斯、莫迪亚诺……"而莫迪亚诺之名,也借王小波之力,被国内读者所熟悉。

实际上,在法国,莫迪亚诺早在1968年发表处女作《星形广场》后就已一举成名。1972年他以《环城大道》获"法兰西学院小说大奖"。1978年则更是以《暗店街》摘下了法国最重要的文学奖"龚古尔奖"。1996年他又荣获"法国国家文学奖"。2010年和2012年,他又分别获得"法兰西学院奇诺·德尔·杜卡基金会世界奖"和奥地利的"欧洲文学奖"。当然最近的一次获奖，也是最重要的文学奖，就是2014年的"诺贝尔文学奖"，可以称得上是实至名归。

莫迪亚诺1945年生于巴黎郊外的布洛涅·比扬古地区，父亲是个犹太金融企业家，母亲是比利时演员。从1968年到现在，他已出版了近三十部小说，还被翻译到三十多个国家。在中国，目前翻译过来的也有近二十部。

比利时著名法语作家让·菲利普·图森，在点评莫迪亚诺跟另一位诺奖得主——法国作家勒克莱齐奥的不同时，这样说过：勒克莱齐奥的小说还是那种很传统主流的写法，但莫迪亚诺则完全不同，他的小说语言简练而又微妙，蕴含着幽深的诗意，尤其是在小说结构的开放性和气氛的营造上，始终有着非常迷人的魅力。接下来，我们就以《暗店街》为例，来具体解读这种魅力究竟是如何形成的。

我先简单介绍一下《暗店街》的主要情节。

在"二战"后的巴黎，一个得了失忆症的男人，被好心的私家侦探于特收留，在事务所帮他做事。鉴于此人已想不起自己姓甚名谁、来自哪里、有什么身份、经历过什么，也正像小说开头所写的那样："我什么都不是。"大家可能觉得有点奇怪，王小波引用的不是"我的过去一片朦胧"么？这是新旧译本的差异，我们这里就不展开说了。侦探于特就想办法帮这个人解决了名字和护照问题，告诉他："现在你叫居依·罗朗了。"

在小说的开篇，这位于特先生就决定歇业不做侦探业务了。十年前，他们刚认识的时候，居依·罗朗原本是想请于特帮忙寻找能够让他想起过去那一切的证人和证据的,但于特告诉他,你还是不要回头看了,想想今天和未来吧。随即就拉他入伙,一起做私家侦探了。这位于特之所以会同情居依·罗朗,主要是因为,"他的一部分身世突然间好似石沉大海,没有留下任何指引路径的导线,任何把他与过去联系起来的纽带。"

这里先要告诉大家的是,在《暗店街》这部小说里,除了于特侦探,还有好几个人物,其实都是出自流亡法国的俄罗斯侨民家庭。这也是小说里一条重要的背景线索。于特之所以说自己的身世有一部分消失了,主要指的也就是因为流亡所导致的家国不复存在的事实。于特去尼斯隐居之后,把事务所留给了居依·罗朗,因为里面有多年积累的关于各色人等的信息资料,可以供居依·罗朗查阅,以有助于他追寻自己的过去。

后来,从漫无头绪的不是线索的线索里,居依·罗朗先是几经周折找到了一批旧照片,确定了与他有关的三个主要人物,一个是叫作盖·奥尔洛夫的俄裔女子;一个是他的朋友,也是这个女子的丈夫弗雷迪;还有一个是他的妻子德妮丝。没过多久,也是通过对这些人相关信息的搜寻,在知道了他们的一些经历背景的同时,他也知道了自己身份,他原来叫佩德罗·麦克埃沃依,曾在多米尼加驻巴黎总领事馆协助总领事做事,那位总领事也是他的朋友。随着线索和信息不断增加,他的记忆也有所恢复。实际上,他的失忆,并不是什么都忘得一干二净,主要遗忘的,是人物、事件以及相应关系的信息。有一些重要的场景,他还是能逐渐回想起来的,只是有点像纯视觉的,处在没有前因后果的无法确认性质的状态。

等到他把搜寻到的那些信息跟他脑海里残留的那些场景记

忆结合起来,就基本上勾勒出了他人生经历中最重要的那个部分的轮廓和脉络。"二战"中,德军占领法国后,他跟德妮丝、盖·奥尔洛夫、弗雷迪以及另一个好友,共同谋划了一条逃离法国途经葡萄牙去瑞士的路线。在他们抵达法国边境在山区里躲下来,伺机寻找越境的机会期间,一个叫奥列格·德·弗雷德的俄侨和一个叫鲍伯·贝松的人提出能帮助他们达成所愿,只是每人要花费五万法郎。急于越境脱险的他并没有想到这是个骗局,结果他被抛弃在深山雪岭几乎丧命,而他那漂亮的妻子德妮丝和他的全部家当则都被那两个人拐走了。后来他又查到了德妮丝在巴黎留下的蛛丝马迹,但又不知去向,还有那个奥列格投靠德国人后滥杀无辜的恶行。当他怀着最后一丝希望,远渡重洋去太平洋小岛想找到老友弗雷迪,以期找到最为重要的恢复过去记忆的线索时,弗雷迪却出了意外。

接下来,我们就来讲一下这部小说究竟有什么特别之处。

第一个特点,就是这部小说有个貌似侦探小说的外壳。

差不多有三分之二的篇幅,主人公都是在像一个侦探那样不断搜寻着各种线索,去跟各种可能有关联或知情的人会面,拿到第一手的资料比如照片之类的,还有一些二手资料,也就是这些人口诉的与其他几个人物有关的信息。而在这个过程中,于特跟其他同行也在不时为他提供着各种比较重要的人物资料。这些信息是逐渐浮现的,它们所产生的最直接的作用,就是会让读者在不知不觉中就陷入了读侦探小说的思维,尤其是在提到主人公的妻子德妮丝时,几次提到她喜欢看侦探小说的细节,这就更进一步地强化了这部小说在结构布局方式上,也就是侦探小说式的感觉。

到了小说的最后部分，当读者觉得，之前发生的那些寻找的过程、陆续浮出水面的各种资料、逐渐恢复的一些记忆场景，就像拼图游戏里的各种形状的碎片那样逐渐拼合起来，即将呈现完整的事件图景时，却忽然发现随着弗雷迪那条线索的中断，之前所有仿佛已拼合起的那些转眼间就解体了。那个案子又恢复了原来扑朔迷离的状态，那貌似侦探的过程是完全无效的，不但最重要的结果和答案没有出现，就连此前所做的那一切寻找和信息也都变得可疑了。实际上，之所以主人公所有试图恢复记忆的努力都变成了徒劳无功，真正的原因并不是失忆症本身，而是他特定的历史时代，也就是"二战"期间德军占领法国所导致的他所赖以生存的环境与人际关系的崩溃与瓦解，而这一后果意味着，承载记忆的那个世界已是无法恢复的，也就是说，他失去的不只是记忆本身，还有属于他的那个世界。就像主人公最后写给于特的信里所说的那样：

"直到目前，我觉得一切都是那样混乱无序，那样的破碎不全……在寻觅的过程中，我会突然想起一件事的某些细节，某些片段……总之，或许生活正是如此……这确实是我自己的生活呢，还是我潜入了另一个人的生活？"

第二个特点，这部小说的深层结构方式，其实是"纯粹反侦探小说"的迷宫。

这个说法来自评论家珍妮·尤尔特。在她看来，当训练有素的读者随着小说的展开渐渐辨识出侦探小说的结构特征时，就会满怀期待地想象着将要看到的可以推断的关于所有问题的答案，她异常明确地指出：然而，这部小说挫败了读者们寻求解答的欲望，或者说挫败了他们认为在阅读过程中答案会确定呈现的欲望，就这样，这部小说以后现代的不确定性取代了传统的终局："反侦探小说的拒绝提供终局，以及它乞灵于恐惧而不是笃定，参与了后现代对归纳推理和一个能慰藉人心的线性目的论宇宙之信仰的抗拒。"

这个时候，如果我们还能耐心地返回到小说里，去把那所有的章节里出现的各种线索、浮现的记忆、证人们提供的资料证据统统再仔细过一遍，就会忽然意识到，这所有的一切其实都是充满了不确定性的、都是非常可疑的，它们从来就没有真正联接起来生成所谓的线索逻辑，它们始终都处在最初的线头的状态，从根本上说，就是无解的。当然，也正因如此，它们为读者提供了近乎无尽的想象的可能性，使得我们在读罢这部小说之后，留下的最深感受，即从总体上来说，它像一个迷宫。就像 L·墨菲所说的那样："不管任何时候，只要迷宫这一象征被唤起，无论是明确的还是隐晦的，这张力就得以显现。虽然并不总是被贴上迷宫的标签，但是迷宫这一意象通过文本对如下事物的描写反复不断地被暗示出来：街道、建筑物、锁住的门、门廊、门厅，还有巴黎的公寓，以及后来的那些林中小径、通路，和法国乡下的那些蜿蜒曲折的道路，叙述者在其中迂回穿梭，闲庭信步。"

比如小说里就有一段文字，是关于主人公还在误以为自己可能就是弗雷迪时，进入弗雷迪祖父种下的"迷宫式树林"，这段文字是这样写的："我们从侧面的一个入口进入迷宫，俯身通过一道由青枝绿叶组成的拱门。多条小径纵横交错，有十字路口、圆形空地、环形弯道或九十度的拐角、死胡同、一个绿树篷以及一条绿色的长木椅……小时候,我一定和祖父或同龄的朋友在这里玩过捉迷藏的游戏,在这散发着女贞树和松树清香的神奇迷宫中,我一定度过了一生中最美好的时光。我们走出迷宫时,我忍不住对我的向导说:'真怪……这座迷宫使我想起了一些事……'"

在莫迪亚诺笔下,这种迷宫的意象,会不时以不同方式在不同地方出现,比如下面这段文字:"天黑了。窗户开向另一个四周有楼的大院子。远处是塞纳河,左边是皮托桥,以及向前延伸的岛。桥上车辆川流不息。我注视着大楼的一个个正面,照得通明的这一扇扇窗户,它们和我站于其后的窗户一模一样。在这迷宫似的楼梯和电梯中,在这数百个蜂窝中间,我发现了一个人,或许他……"

主人公其实多次出现在让人容易产生幽闭恐慌感的公寓里,透过窗户注视外面的巴黎。这样描写的效果就是,不只是各种空间暗示着迷宫,甚至整个巴黎都是迷宫的象征。就像下面这段文字所呈现的那样:"我一直走到窗前,俯视着蒙玛特尔缆索铁道、圣心花园和更远处的整个巴黎,它的万家灯火、房顶、暗影。在这迷宫般的大街小巷中,有一天,我和德妮丝·库德勒斯萍水相逢。在成千上万的人横穿巴黎的条条路线中,有两条互相交叉,正如在一张巨大的电动台球桌上,成千上万只小球中有时会有两只互相碰撞。但什么也没有留下,连黄萤飞过时的一道闪光也看不见了。"

他始终在努力回忆着,试图更多地回想起巴黎被占领期间的那些时光,并能把相关的一切变成可以使他走出迷宫的"阿里阿德涅线"。这里指涉的是古希腊神话里克里特岛国王弥诺斯的女儿阿里阿德涅的故事——她的母亲帕西法厄生了一个牛头人身的怪物米诺陶洛斯。代达洛斯把它幽禁在一座迷宫里,并命令雅典人民每年进贡七对童男童女喂养这个怪物。雅典王子忒修斯领着童男童女上了克里特岛,借助阿里阿德涅给他的线球和魔刀,杀死怪物并沿着线寻找来路走出了迷宫。但这个故事后来的结局其实是悲剧性的,这就意味着,当小说里的主人公想着要找到助他走出迷宫的"阿里阿德涅线"时,其实也会意识到,与迷宫相关的,还有不被神祇祝福的爱情甚至人生的那不可避免的悲剧结局。

这部小说的第三个特点,是支离破碎的世界、记忆与简练诗意的文体之美的对应。

在《暗店街》里,莫迪亚诺的行文是非常简练的。他很少会使用长句,多数情况下用的都是精练的短句。而且在整部小说里多数段落都不过几行,至多不过七八行,通常都是三两行就是一段。有时候十来行字就是一章,有时候一章只有两行字,甚至一章只有一行字。可是,耐人寻味的是,虽然莫迪亚诺行文简练,多用短句、短段落,但是读起来却丝毫都不会有轻快、迅速的感觉,恰恰相反,从始至终,有的都是缓慢的效果。为什么会有这样的效果呢?因为简练也好,精短也罢,都只是表面的形式。而实际上这里面无论是描写、对话,还是联想思绪,从句子结构上说都是极有层次感的,另外,从段落结构上说也是富有留白效果的。说到底,莫迪亚诺的目的并不是为了讲好一个故事,而是为了营造深沉而又微妙的氛围,以生成一个充满想象的可能性的、纯然开放的叙事空间。

比如我们来读一下第三十一章,大家体会一下,在书里它只

有九行字:

"这天是德妮丝的生日。一个冬季的夜晚,巴黎纷纷扬扬的雪化成了泥泞。人们涌进地铁入口或疾步行走。圣奥诺雷城关的橱窗灯火通明。圣诞节临近了。

"我走进一家珠宝店,珠宝商的面孔又浮现在我眼前。他蓄一把胡子,戴着镜片略带颜色的眼镜。我给德妮丝买了一枚戒指。离开商店时,雪仍在下。我担心德妮丝不来赴约,我第一次想到,在这座城市里,在这些急匆匆赶路的人影中间,我们俩有可能再也见不着面。

"我记不得这天晚上自己名叫吉米还是佩德罗,斯特恩抑或麦克埃沃依。"

在我们把这段文字读下来的过程中,会发现,整体上的调子就是既简练又是非常缓慢的。无论是场景描写还是叙事或心理活动,几乎都是闪回状态的,可是字里行间始终又都隐约着某种微妙的诗意。我们甚至可以说,要是再多分一下行,那这段文字其实就会变成一首真正的好诗。它的美,似乎既是不言而喻的,又是无法形容的,值得你反复玩味。而且不管你如何玩味,都不会穷尽它的意蕴。

莫迪亚诺的行文总是能给人以不动声色的感觉,常常只是寥寥几笔,就能达成在不经意间深深触动人心的效果。比如下面这段文字:

"这天晚上,我坐在于特带我去过的那家酒吧兼食品杂货铺的一张桌边,它位于尼耶尔林荫道,正对事务所。一个吧台,货架上有些外来货:茶叶、阿拉伯香甜糕点、玫瑰酱、波罗的海鲱鱼。经常光顾此地的是一些原来的赛马骑师,他们在一起回忆往事,传看折了角的照片,照片上的马早已被肢解了。"

前面那些文字看起来都是漫不经心、平平淡淡的状态,直到最后那一句,"照片上的马早已被肢解了"出现,并戛然而止的时候,读者才会猛然意识到,这里面暗示的是多么残酷的事实啊!被肢解的岂止是照片上的马,还有人的记忆、人的历史、人的关系,甚至是整个与之相关联的世界都是"早已被肢解了"。

最后,我们还可以再读一段小说里的文字,作为这次解读《暗店街》的结束,也让大家更深入地体会一下莫迪亚诺那深厚的写作功力和文字之美。而且可以说,也正是有这样一些精妙段落的存在,才使得整部小说始终都充满了内在的微妙张力。尽管我们读到的已是翻译成汉语的,但读下来的感觉,却是丝毫都不影响阅读的效果。

这段极具点题意味的文字是这样写的:

"古怪的人。所经之处只留下一团迅即消散的水气。我和于特常常谈起这些丧失了踪迹的人。他们某一天从虚无中突然涌现,闪过几道光后又回到虚无中去。美貌女王。小白脸。花蝴蝶。他们当中大多数人,即使在生前,也不比永不会凝结的蒸汽更有质感。于特给我举过一个人的例子,他称此人为海滩人:一生中有四十年在海滩或游泳池边度过,亲切地和避暑者、有钱的闲人聊天。在数千张度假照片的一角或背景中,他身穿游泳衣出现在快活的人群中间,但谁也叫不出他的名字,谁也说不清他为何在那儿。也没有人注意到有一天他从照片上消失了。我不敢对于特说,但我相信这个海滩人就是我。即使我向他承认这件事,他也不会感到惊奇。于特一再说,其实我们大家都是海滩人,我引述他的原话:'沙子只把我们的脚印保留几秒钟。'"

塞林格的"芝诺之箭"

关于塞林格的《破碎故事之心》

1941年,二十二岁的塞林格正在纽约努力拓展其写作之路,并因在《纽约客》上发表小说而开始受到关注。同时,他还在跟著名剧作家尤金·奥尼尔的女儿乌娜热恋,被圈内人视为最佳恋爱组合。这位年仅十六岁的文艺圈名媛,美得不可方物且绝顶聪明,经常在放学后就跑到文艺圈名流喜欢聚会的鹳鸟酒吧里并倍受追捧。塞林格对她是既痴迷不已又时常焦虑。他跟她那位冷酷无情的老爸一样,非常厌恶庸俗的社交圈里的一切,不希望她混迹于这种地方。实际上,他完全低估了这个小妞的能量,一年后,她就遇见了闻名世界的喜剧大师——五十三岁的查理·卓别林,并在十八岁时成为后者的第四任、也是相濡以沫伴终生的妻子,还生了八个孩子。

乌娜最终移情别恋这件事给塞林格留下的心理阴影面积有多大,我们姑且不论,至少在1941年,他还沉浸在与美少女乌娜的爱情里。也是在这一年里,他在《时尚先生》杂志上发表了一个短篇小说《破碎故事之心》。这篇富有才华而又极为自信的游戏之作从未被收入他的作品集,但可以肯定的是,在他心里,它的意义非同寻常。其中一方面涉及他对于小说这种文体的态度,还有一个方面，是他试图传达自己对于爱情的独特认知——因为这篇小说的第一个读者，很大程度上可能正是乌娜。

在小说的写作上，塞林格是个早熟的作者。在让其一举成名的《麦田里的守望者》出版之前，他陆续发表的短篇小说就已经证明了这一点。这篇《破碎故事之心》后来没有被他收入集子里，固然有乌娜的因素，但更主要的，还是他并不认为它是真正的杰作。它的价值，在其他方面，而对于他来说，这些已是过去时的了。不过这丝毫不影响今天的我们透过这篇风格奇特的小作品来探知塞林格小说思维的特质。

二十世纪四十年代的美国，尽管早已有过了海明威式短篇小说的强烈冲击，但在时尚、大众媒体层面上仍然热衷于寻找各种"好看的故事"，最好是各种"温柔动人的言情故事"。当时刚刚在文坛崭露头角的塞林格，常为那些杂志提出这种令人恶心的趣味要求而苦恼不已，但他坚持与之划清界限，决不妥协。在很大程度上，《破碎故事之心》即是出于嘲讽这种俗套故事趣味而动笔的。但是，塞林格之所以是塞林格，其与众不同之处，就在于即便是写这样一篇多少带有游戏性质的作品，他也能写得漂亮，能异常准确地把控行文的调子尤其是整体结构的要点，放得开、收得住，而不会让小说在尽情嘲讽与调侃中失之于油滑。如果没有对短篇小说文体的深刻认识，没有高超的写作技巧，是无法做到这一点的。

在小说的开始部分，塞林格先提供了一个流行故事文本片段，以非常夸张的叙述方式摆出了一位三十一岁的孤独印刷小工跟一位二十岁貌美如花的姑娘在公交车上的偶遇场景，他为这位"可能是曼哈顿最有杀伤力的女人"的美所征服，也为此而痛苦不已。在接下来的第二部分,他在煞有介事地表示自己无论如何都不知道"怎么让男孩遇上女孩"的同时,开始以调侃的方式探讨那个男的搭讪姑娘的从低到高各种级别的庸俗套路。在逐一否定了各种可能性之后,他为这位可能来自西雅图的男主人公选择的符合其自身逻辑的方案,是抢劫。注意,从开始直到这里,读者的心态都会是非常轻松的,甚至是有些漫不经心的,抱着"我倒要看看这场胡说八道的故事到底会走向何处"的心理。再说了,反正也只是可能嘛。但是,谁都不会想到,解决方案竟然是抢劫,而男主人公霍根施拉格最终因此而锒铛入狱,被判处一年监禁。尽管此前轻松的调子到此会忽然一沉,但读者知道,游戏还在继续。

接下来的虚拟通信部分仍旧充满了平庸无奇的套路感,而且只经过一轮半就不出意料地戛然而止。读者会觉得,这几乎就是常识嘛。一个愚蠢可笑的痴心男,以那样一种粗暴的方式去搭讪一位美女,就算是真的发生在现实生活中,还能有什么更好的结果?虽说多少有那么一点可怜,但总体上还是活该。啊,游戏继续。看看作者还有什么花样可玩。因为说实话我们到此都还没有看到作者有什么高明之处。于是,他继续很不正经地写了下去,轻易就把这个游戏推向了庸俗的高潮:越狱。于是,我们看到监狱守卫开了枪,还打歪了,没能击中越狱主犯,却偏偏击中了倒霉蛋儿鲁莽花痴霍根施拉格。游戏结束。

"于是乎,我为《科利尔周刊》写一篇'当男孩遇上女孩'的小说——一个柔情、刻骨的爱情故事——的计划,因为男主角的死而流产了。"

作者唯一强调的一点是,"我没法改变这个事实",因为"事实仍旧是她没有回他的第二封信。就算等上一百年她也不会回的。"这话当然是说给那些愚蠢的热衷各种套路好故事的编辑们听的。可是这个小说怎么办呢？就此收手，它当然啥都不是。那如何继续呢？

接下来，作者终于亲自出场了，代那个没脑子的霍根施拉格给那位美女写下了一封深情的信，倾诉自己的孤独与爱，因此而来的愚蠢与鲁莽，以及他的"想要变得有钱有名有款有型"的纽约梦，当然还有他的无望与无所谓的状态。发力点出现在中间部分：

"有人认为爱是性，是婚姻，是清晨六点的吻，是一堆孩子，也许真是这样的。莱斯特小姐。但你知道我怎么想吗？我觉得爱是想触碰又收回手。"

这段话，之于前面的那些闹哄哄的游戏感十足的情节，是一记出人意料的撞击。这就好像先在桌面上摆了一个从品质到图案都很俗品的廉价花瓶，然后斜刺里突然有人挥起一锤，把它砸碎了。随之而来的，是一种莫名的寂静。尤其是信的结尾部分，当我们看到"我不指望你会回信，莱斯特小姐。虽然你的回信是我在这个世界上最想要的东西，但坦白地说我真的不指望。我只是想让你知道实情。如果我对你的爱只是把我带向新的沉痛，那也是我活该。"至此，之前那种调侃嘲笑的叙述所营造的玩笑游戏的气氛瞬间消失殆尽。是的，这毫无疑问是塞林格式的转折。你会想，他的魔术开始了。

当然，看到这里，我会很想说，"我觉得爱是想触碰又收回手"，这句话一定是于这篇小说中出现之前就有过了，而且很可能是塞林格在给乌娜的信里写下的，或者至少也是他曾说给她听的。我还想的是，这句话就是这篇小说得以发生的原点，是它的种子。没有这句话，就没有这篇小说。当然，还有一种可能性也很高，就是塞林格在此之前并没有对乌娜写过或说过这句话，他想过要写要说，但没有发出，最后终于想到要把它包裹在一篇小说里，然后再给她看，这才是他喜欢的表达方式。这句话，代表着他的爱情美学观，它需要被自然而又精准地嵌入到一篇技艺漂亮而又没那么了不起的小说里，唯有如此它才不会显得那么突兀，才有可能产生应有的效果。想想看，乌娜看懂了么？当然。但这种方式恰恰不是她想要的那种。她想要的是一个温暖强大的父亲，而不是一个只想追求若即若离精神恋爱的伴侣。

接下来，作者又替女主公莱斯特小姐草拟了一封动人的回信，写下了她那同等的孤独以及对自己少不更事的疯狂岁月的自省，她的淡泊名利、成熟与坚定。最后，她决定去监狱里探望他。真的非常感人至深。在用两封深情款款的信让读者不免陷入感同身受的情境里之后，甚至觉得此时最好有美妙抒情的弦乐回响在周围的时候，作者突然笔调一转，就像拍了一声响亮的巴掌，把读者重新拉回到现实，"但贾斯汀·霍根施拉格永远不可能认识雪莉·莱斯特了。"两位主人公各回各的日常生活轨道，各有各的命运，平淡无奇地遇上各自会遇上的人，然后相忘江湖。

好了，塞林格式的魔术在哪里呢？回想一下所有的情节，你得承认，确实已经完成了。无论如何，你想看到的任何一种感人故事的可能都落空了，但你又确实被他精心藏在里面的那句话意外地触动了。这一触动所产生的余波似乎还在不断荡漾开去，淹没了所有那些他以调侃嘲弄的方式信手拈来的情节，以至于让人觉得它们看上去甚至都没有原来那么可笑了。这就好像他能用空气给你制造一个廉价花瓶，然后打碎它，并用它的碎片重新拼贴出一个奇特的图案，足以让你在感叹之余回味良久。这就是塞林格的方式。它实际上的威力，其实远非打碎空气花瓶与重新拼贴碎片所能比喻。要用一个更准确些的比喻来说，应该是这样的：无论他如何用一些貌似平常的情节和漫不经心的细节来构建其小说的叙事空间，在其文本深处总会埋藏着一颗"定时炸弹"，只不过它的威力会根据需要或大或小地设置而已，而一旦爆炸发生，之前所生成的一切都会被炸成碎片，而随后在读者的印象里，这些碎片会重新组合生成新的废墟般的图景，为你呈现那些无法言说的部分，会让你忍不住在浮想联翩之余去重读它们。如果说这种方式在《破碎故事之心》还只是初露端倪的话，那么在《九故事》里则是运用得炉火纯青。

而在后来的《西蒙：小传》《抬高房梁，木匠们》和《弗兰尼和卓伊》里，你会发现，塞林格甚至连那个"定时炸弹"置于何处都不告诉你了，因为他已将制造爆炸装置的技术发展到了化影于无形的地步，直到读完之后，要过一会儿你才会忽然意识到，并没有"定时炸弹"藏在哪里的问题，而整篇小说其实就是一颗无声无光的炸弹，它在你开始阅读之前就已爆炸了，你所进入的小说文本，已然处在爆炸过后的寂静里，笼罩着极为平淡的烟雾，要是你不仔细看的话，甚至会误以为那只是平静的光影。当然这种近乎极致的叙事空间状态里也埋藏着坍缩的预兆：当塞林格的那种极为强烈的内倾力量发展到极致的时候，他的小说叙事空间必然会走向坍缩，到那个时候，写作对于他而言，已然失去了意义。

其实，关于这种趋势，即使是在《破碎故事之心》这样一篇不俗的游戏之作里同样也能发现一些蛛丝马迹。在这里他信手摆弄一切材料，打碎任何世俗需要的意义，对于他来说世俗世界里的一切都是虚无可笑的，试图寻求世俗意义的任何人都注定是肤浅的，即使是美妙的爱情，也必须止于达成之前，否则就只能是庸俗不堪的下场。从某种意义上说，他的小说美学观念，甚至人生观、世界观，都很像"芝诺之箭"的隐喻：那枝射出的箭在抵达目标之前，就必须先抵达一半射程，而要想抵达这一半射程，它又必须先要抵达这一半射程的一半……如此不断切分下去，最后的结论是，这枝射出的箭就永远都抵达不了目标。

2017 年 11 月 20 日

II

作家的戏剧永无休止

关于巴里·吉福德的《作家们》

作家大概算是这个世界上最"古怪"的物种之一了。越是优秀的作家,他的内心世界、他所创造的世界及其日常世界之间的那种非逻辑关系就越是动荡暧昧,会引发各种误读与曲解。解读评论作家的方式很多,但一针见血的点评往往都出自作家之手——无论是评论、随笔,还是书信、日志或谈话中,作家总能找到独特的角度,点出生成作品的关键和作者心思的隐秘之处。还有一种不常见但更为微妙的方式,就是作家以虚构的作品来反映其对某些作家的独到认识。巴里·吉福德的《作家们》即属此类。

在这本书的《作者的话》里,吉福德开诚布公地写道:

"本书篇目可作剧本演绎,也同样可作故事阅读。这些肖像刻画的生命瞬间有的纯属凭空想象,有的则相对现实。当然,在几个情景中,我自作主张改动了作家们的生平信息,实情可见于其作品之中。"

这段话里的关键,是"肖像刻画的生命瞬间"。但他真正要刻画的"肖像",并非事实上的,而是精神或者说灵魂意义上的,他要的不是人物传记式的呈现,面对这些他曾心仪或关注的作家们,他就像个狙击老手,要的是一击中的式的效果——他要在电光火石之间击中他们生命中的某个敏感点,瞬间穿透他们的内心世界。

他为他们营造了每个人专属的"戏剧空间",让他们在那里,然后在他们脸上投射一束光,也许会持续一段时间,也许会转瞬即逝,但足以让你过目难忘,更重要的是会让你去重新回想琢磨与这些作家们有关的一切。

出于某种好奇心,我是从最后一篇《音乐》读起的。它是书中最短的一篇,在我看来,这也是最能体现吉福德的聪明与眼光的一篇。他当然知道,在乔伊斯与贝克特之间,有太多的戏剧性话题了,从私人层面说,贝克特年轻时曾做过乔伊斯的秘书,还曾拒绝过乔伊斯女儿的爱;从文学层面说,两个人都对二十世纪的文学产生了极为重大的影响。吉福德为我们展现了什么呢?只有两个场景,一个单词。

第一个场景是:"十分钟内,仅有的声音就是乔伊斯不时的自言自语和翻书声。终于,乔伊斯说话了。"他只说了一个词:"音乐!"

接下来就是第二个场景:"贝克特将这个词写在笔记本里,然后两人都安静一段时间,直到剧终。"

寥寥几行字,吉福德暗示了两位文学大师截然不同的路径——如果说乔伊斯所开创的是用意识话语激流消解了内外界限,并以最庸常的喧嚣生活袭用了史诗结构的小说文体,那么贝克特则刚好是走向了与他相反的那一面,以前所未有的创造性把沉默的艺术推到了极致。接下来在那篇《后记》里,他试图展现的则是颇为另类的"影响的焦虑"——波拉尼奥跟他的偶像博尔赫斯的鬼魂的一场对话。当年在谈及博尔赫斯跟海明威的差别时,加西亚·马尔克斯说过,作为优点和局限性都很鲜明的作家,博尔赫斯从不试图突破自己的局限性,而海明威则恰恰相反。

或许在吉福德眼中,把海明威换成波拉尼奥也同样可以成立。这场虚构的对话时间设定在波拉尼奥还有两年就要去世的2001年。对话里不仅涉及对海明威的评价以及为他所遭受的诋毁和攻击抱不平,更主要的还是波拉尼奥被博尔赫斯的那句话击中了:

"到时候,我会告诉你,你的作品里缺了什么。"

而博尔赫斯的鬼魂给出的药方却是:

"再读一次《南方》。要诀在那儿。"

其实,博尔赫斯的鬼魂想要表达的意思,就是你应该像达尔曼(《南方》里的主人公)那样去追寻自己的命运,并接受它。在吉福德看来,波拉尼奥其实跟海明威一样,都是那种死也不肯安于自己的局限并坦然接受命运的人。

有意思的是,在《作家们》中,吉福德不仅把第一篇的位置留给了海明威,还给了他最长的篇幅——整整五场戏。在《瞭望山庄的春训》里,出场人物除了海明威和他的第三任妻子玛莎·盖尔霍恩、得力助手曼努埃尔,还有两位棒球明星。1941年的海明威虽正值盛年,却已是伤病缠身,创作也陷入了低谷。这五场戏里他几乎一直在喝酒,半醉半醒的。不难看出,吉福德选择这个时间节点的意图,是想暗示此时的海明威其实已感觉到死亡的阴影在靠近。因此他才会说:

"对我们很多人而言,和平的结局可没有写进命里。"

在那些貌似东拉西扯的对话中,除了能看出他的心情糟糕透顶、对生活充满了厌倦、他跟玛莎的婚姻不会长久之外,还能感觉得到他在困境中仍在积聚着某种力量。尽管不被人理解,但他依旧坚信自己是不会被打败的:

"你们认为你们在事业中不是孤军奋战,但你们就是,我们都是……不管我们写了什么,写得怎么样……世上的光会让每个人蒙羞。无论如何,我们人类都是杀手,只有我们中最优秀的才能将我们最英勇的行为保留到最后一刻。"

联想一下剧中出现的那枝猎枪和枪声吧,二十年后他将用它英勇地结束自己的生命。

有一点很值得注意的是,尽管吉福德用的是戏剧方式,但从流动于字里行间的气息中不难发现,他很喜欢在写某个作家时模仿其文风,"以其人之道还治其人之身"。

比如前面提到的关于海明威的那篇,就完全是海氏小说的风格。在《阿蒂尔·兰波的遗言》中我们看到的很像是一出用兰波诗句构建的诗剧。而在《诀别书》里则就是两首诗,一首是为波德莱尔的情人让娜虚构的在格式上更为现代的诗,一首则像是用摘自《恶之花》里的诗句重构的短诗,二者之间的对应颇有穿越的效果。

《作家们》共有十三篇,在西方,"13"是个不祥的数字。吉福德为大部分人物安排的时间背景都是离死期不远的时候。

比如在《囚徒》中,我们看到的是普鲁斯特临终前跟天使的对话,当天使揭露他的同性癖好并指出他是"自身意志的囚徒"时,他还在为未能更好地修改《追忆逝水年华》而焦虑不已。在死神合上他的眼睛之前,他还以为自己会是个例外。

在《伟大的真正考验》里，麦尔维尔还有三年去世，作为当时文坛上的一个被遗忘的失败者，他的领悟仍旧是强有力的：

"如果我学到了什么，那就是比起人心可能拥有的整个天堂的显露，在自我和思想讳莫如深的秘密里有更多的力与美。"

在《无足轻重的人》里，艾米莉·狄金森还有四年去世，她早已将真我封闭在诗歌的世界里了，对于她来说死亡并不是未来的某个时刻，而是日常本身，所有的日常都是最后的，发生了等于没有发生过一样。

在《被放逐的伊克西翁》里，加缪还有一年去世，跟妓女道别后的那段最后的独白很像摘自他的札记，其中对自我撒谎和妄言道理的批判比死亡降临还要残酷。

《翁贝托蛤蜊屋一夜》应是所有篇目里最富戏剧性的了，凯鲁亚克虽然酗酒，但还有七年才去世，在讲述了一个死亡的故事之后，借黑帮老大加洛之口预告了凯鲁亚克最后是喝死的，这个信息让人有点不寒而栗——仿佛凯鲁亚克不是七年后才死的，而是他的死亡过程持续了七年。

作为作家，吉福德非常清楚，越是优秀的作家，往往越是矛盾之极的。他们的强大只存在于作品中，而不是日常状态下。在日常生活中他们几乎都是敏感、多虑而又脆弱的，同时也是喜欢无视道德清规戒律的。他们既是这乌七八糟的世界的神经元，也是某种意义上的世界级神经病。

他们用手中的笔一次次地击中世界，也一次次地被世界反射之力击中。他们是世界的光，也是最初的蒙羞者。他们那一场场戏剧其实就是一场永无休止的戏剧，或许吉福德知道，有一天，他自己的那一场也将汇入其中。

"现代主义"的赞美诗与挽歌

关于彼得·盖伊的《现代主义：从波德莱尔到贝克特之后》

自从"现代主义"变成诸多现代文学史、艺术史乃至社会文化史中的高频词，它就跟陈列在欧美各大美术馆里的现代经典之作一样，早已变成神圣而又遥远的符号。无论如何，在常人眼中，它要么是跟现代派大师们的名字及奇闻逸事联系在一起，诸如波德莱尔的吸毒、梵高的割耳、毕加索的风流韵事、普鲁斯特的神经衰弱、杜尚的神秘游离等等，要么就是跟现代派艺术大师作品的天价拍卖排行榜有关，在这个高度网络化和大众化的时代成为最夺人眼球的新闻。至于"现代主义"究竟何指，多数人其实早已并不知晓。

在十九世纪四十年代登场之初，"现代主义"就被视为恶毒攻击中产阶级、言行离经叛道的坏分子。而百年后，在掌控了强大资本力量的老对手中产阶级的接纳与"支持"下，"现代主义"的重要人物与作品都成了位列仙班的经典，仿佛为我们上演了一出过程跌宕起伏而结果却是皆大欢喜的"喜剧"。尤其是六十多年来，以"波普艺术"为代表的新潮流与资本、与大众实现了如此完美的合作，彻底消解了"现代主义"在漫长的历史进程中费尽心力创造的对中产阶级和大众的"敌意"，构建起足以让这两个阶层沉浸物欲、纵情狂欢的文化氛围，以至于很多时候人们甚至会以为正是"现代主义"这个桀骜不驯的父亲为今天发生的这一切铺平了场子。那么，关于"现代主义"这个"古董"，还有什么可说的呢？

在很大程度上，美国社会文化史学者彼得·盖伊在晚年毕五年之力所创作的这部《现代主义：从波德莱尔到贝克特之后》，是试图理清"现代主义"精神根脉的重要作品。准确地说，这不是"现代主义"的通史，而是既精彩又颇为沉重的"现代主义精神史"。正如作者所言："我关注的是现代主义者们所共同拥有的东西，以及培养或压制他们的社会条件。"阅历丰富、学识渊博的彼得·盖伊当然清楚，要写作这样一部作品就必须精心筛选，而不能弄成一部事无巨细、包罗万象的"百科全书"。他要做的不只是为"现代主义"作出尽可能准确的概念及范畴的界定，还要发掘并抓住最本质的东西。

无疑，对流派纷呈的"现代主义"的属性进行定义是困难的。彼得·盖伊认为，美国诗人庞德在第一次世界大战之前提出的"推陈出新"这句风行一时的口号，"精辟地概括了不只一代现代主义者的渴望。"他给出了"现代主义"的两个定义属性："第一，在遭遇传统鉴赏品位时促使他们行动的异端的诱惑；第二，对原则性自我审查的使命感。"他认为，现代主义者们"和他们的支持者得到的满足感不仅来自尝试一条无人尝试过的革命性的新道路，还来自对主流权威的成功反抗。"其渊源甚至可以追溯到启蒙主义时代的前辈们那里，为此他把狄德罗、康德等人称为"第一批现代主义者"。

彼得·盖伊视波德莱尔为现代主义第一人，并不惜笔墨加以分析论述。但出人意料的是,在谈及同样对现代文学有深远影响的福楼拜时,他却给出了令人惊诧的判词:"他(福楼拜)把中产阶级描述得面目可憎,是一种不分青红皂白的毁谤,缺少应有的社会学特征以及可靠的事实支撑。福楼拜的讽刺画中聚焦的是工人、农民、银行家、商人、政客,还有无所不在的杂货商,而他们的原型其实只是他精选出的一小撮作家和画家——他的朋友。不加鉴别地拿这些作为证据已经严重扭曲了现代主义的社会历史,几乎无法挽救。"这让人不免要担心他在后面的漫长叙述中还会作出多少类似草率的判断。

幸好,这一幕仅发生在序幕里,他为中产阶级鸣不平也仅限于此。或许,在所有现代主义者中,他就是不喜欢福楼拜。此后,无论是对波德莱尔这样的从作品到个人生活都很离经叛道的诗人,还是对马拉美那样的在"更为刻意地追求古怪晦涩"方面无人可比的诗人,或是王尔德这样的把"为艺术而艺术"理念推向极致的作家,以及普鲁斯特、卡夫卡、乔伊斯、贝克特等等,也包括毕加索、达利、勋伯格、斯特拉文斯基、马勒、爱森斯坦、奥逊·威尔斯等等,他都给予了公道客观而又生动的评述。他还准确地概括指出了现代主义者的任务:"他们必须有力地穿透欢乐与悲伤的肤浅面具,直达自身灵魂深处生命的本质;而且作为刚刚摆脱约束的艺术家,他们必须立刻付诸行动。"

在此书的结构设置上,彼得·盖伊所采取的方式是颇具戏剧意味的。显然他非常清楚,他所精心挑选的那些极具代表性和象征意义的现代主义者们的出场,与其身处的时代、社会、主流、同路人都有着极为复杂而又微妙的互相影响的关系,因此将他们放到书里时,就会自然产生强烈的戏剧效果。从这个意义上说,他的这部"现代主义精神史"其实由两个层面生成,一个层面是现代主义作家、艺术家、音乐家、建筑师的评传,《创始人》《经典》和《尾声》中的主要内容即是;另一个层面,则是这些现代主义者之间的精神关系和重大的社会变迁事件对他们的影响,比如两次大战和纳粹德国、苏联的专制政体对他们的致命打击。如果说那些评传式文字像大海中的岛屿,那么穿插其间的对于社会背景以及各种关系的论述则如同动荡的海水,从始至终都在相互荡动不已。加之彼得·盖伊参考了大量资料并进行了深入研究和精心筛选,每个部分,尤其是章节的切入点都选择得恰到好处,整个叙述从始至终都保持着简练紧凑的风格,因此读的过程中非但不会让人产生疲倦乏味的感觉,还会让人不时有种在看一出经典大戏的兴奋感。

耐人寻味的是,在书的最后,彼得·盖伊把主要篇幅留给了拉美魔幻文学的代表加西亚·马尔克斯和弗兰克·盖瑞设计的西班牙毕尔巴鄂美术馆——这座"跨越了建筑和雕塑之间的界限"的杰作。它们无疑都是令人激动不已的,但,在他的眼中,即使卓越非凡如它们,也无法对现代主义运动的未来给予任何预示,"尽管现代主义者有特立独行的气派,尽管他们生机勃勃地和艺术的陈规旧俗展开不懈的斗争,还有他们辛苦造就的艺术作品,无论是书籍、绘画、设计还是作曲,但他们的运动想要全副武装地卷土重来,是不太可能的。"由此可知,他写作此书的潜藏着的真正动机,其实是对当代文化的强烈质疑。

当然,论及给予现代主义以沉重打击的各种力量时,彼得·盖伊先是尖锐地指出:"主要原因是自法国大革命之后开始,横扫西方文化界的文化大众化趋势。"接着他还着重提到了"成功"所导致的困境。因为显而易见的是，当文学家、艺术家们都开始渴望市场意义上的"成功"时，历来追求反传统、反主流价值观、反中产阶级趣味，崇尚特立独行、创作个体内心需求至上的现代主义精神也就从根子上彻底地瓦解了。

遗憾的是，彼得·盖伊没有论及，在日益庸俗化的当代文化激流的背后，真正操控一切的，是充满占有欲和控制欲的中产阶级的资本暴力，以及这种力量对文化领域肆无忌惮的介入所导致的当代困境——资本的贪婪本性决定了它不仅要把大众推入庸俗娱乐化的狂欢深渊里，还要把现代主义精神彻底消灭在基因层面。从这个意义上说，彼得·盖伊之所以会在晚年花那么多的时间和精力，来写这样一部如此厚重的要跨越多个领域的著作，其实就是想在理清现代主义根脉的同时，还能给未来留下一些现代主义的精神线索，埋下些现代主义精神的种子。是的，他已用此书为"现代主义"咏唱了动人心灵的赞美诗，可是，最后那种不乐观的情绪又使得这一切听起来更像是一曲沉郁的挽歌，尽管他最后并未完全放弃对未来的期望。

2017 年 6 月 5 日

曾在夜晚世界里冒险的孩子们

关于川上弘美的《七夜物语》

在我们都还小，却又觉得自己已不是小孩子的时候，有多少个夜晚是疯跑在外面，而最后又总是恋恋不舍地不想回家的啊。那时我们习惯性地游荡在夜色深处，路灯的边缘，以及树林、胡同的幽暗里，临到最后总是觉得还会有些什么的吧？就是带着这样的念想，极不情愿地回到家里，睡着之前还要在黑暗里睁着眼睛，浮想好一会儿。在那些个夜晚里，我们扮演过强盗、巡警、小偷、猎人、商贩、鬼子兵……当然也有妖魔鬼怪，要是刚好只有一两个人的时候，甚至会因入戏太深把自己吓到。我们总是一边游荡一边断断续续讲着各种稀奇古怪的传闻，还有自己随口编造的奇异故事，而所有的一切注定只能是发生在这夜晚里，而不会是在白天。白天是不属于我们的，它只属于大人们，他们以各种方式统治着我们这些孩子。我们这些夜晚世界里的冒险家都注定是要在某一天被彻底抛入白天的，那就是我们长大的时候。

或许很多年以后，你仍会在某个瞬间忽然想起那个夜晚世界，但又觉得根本无法描述它。你并不认为那是个童话般的世界，你确信它与白天的这个世界始终都是共生同在的，只是你也清楚地知道，通往那里的任何一扇门都早已不复存在了。直到有一天，你随手翻开日本作家川上弘美的这部《七夜物语》，看到小夜和仄田这两个孩子在夜晚世界里的冒险经历，你才恍然意识到，那个夜晚世界其实是属于所有孩子的，只是进入的方式不同而已。遗憾的是，跟他们的经历比起来，你甚至觉得自己都没有真正进入过，而只是在它的附近徘徊游荡了很久。从这个意义上说，你其实并不是被抛入白天的，而只是待在那里，慢慢地被白天所捕获而已。小夜跟仄田才是真正进入过的，尽管他们看到的也只是那个夜晚世界的一些局部。

从小夜跟仄田偶然闯入那个中学实验室里，遇到大老鼠变的格里克莱尔开始，那个迷宫般的世界似乎就此对他们敞开了通道，从此他们就开始不时地去那里经历各种现实中从来都不会有的奇怪事物。无论是最初的那些迷幻梦境般的体验，还是对那个夜晚世界与白天世界彼此之间微妙因缘关系——尤其是对现实世界对这个夜晚世界的扭曲影响的发现，无论是那场各种学校里的物件以及文具共同呈现的狂欢，还是最后那次发生在黎明前深海中的与光、影的战斗，似乎都在展现那个夜晚世界种种神秘奇妙的过程中不时预示着它的最终不可避免的解体命运。之前它所展现的一切越是奇妙得如梦如幻不可思议，之后它的解体就越是显露出其残酷的属性，几乎令人失语。说到底那是个必然失落的世界，尽管它是那么的浑然神奇、美妙如梦而又纯朴温馨。它就像童年，像伊甸园，人总是要从它那里坠入现实世界的。从这个意义上说，解体的并不是它本身，而是人对于它的想象。进入成人的现实世界，既是人的第二次降生，也是人的第一次经历死亡，那个世界就此关闭了。

在《七夜物语》里，虽然对两个孩子经历夜晚世界的描述占据了相当大的篇幅，虽然川上弘美的简净笔触将那一切写得生动多姿仿佛写实，但真正对全书结构起到关键支撑作用的，其实是对于现实世界，尤其是对于小夜一家生活状态的呈现。父母在小夜四五岁时就离异了，画家父亲到另一个城市生活，而小夜则跟母亲、小姨一起继续过着平静的生活。父母为什么离婚，始终是小夜心中的一个谜。她们的生活是那么的平和宁静，小夜又是那么的聪明可爱，以至于会让人觉得这种家庭变故并没有产生什么负面的影响。但慢慢地体会一下，就不难发现，作者在这一部分的叙述中所采用的色调是灰的，所营造的气氛是压抑的，而作者的高明之处在于，她用一种明净简约的笔触将这种调子与气氛处理为一种特别安宁诗意的状态。但这种状态就像薄脆的玻璃容器，无论它有多么干净透明都不可避免地让人产生某种隐隐的担忧，仿佛它随时都有可能被不经意间发生的意外触碰所打碎。

在川上弘美笔下，这种宁静而又本质脆弱的现实世界与那个夜晚世界的不断膨胀展开刚好构成了对应，似乎所有的隐忧都会转化成那个夜晚世界膨胀生长的动力，而那个夜晚世界的不断丰富呈现反过来又会给予这个脆弱宁静的现实世界以某种微妙的慰藉与平衡。或许在作者心里，促使那个神奇的夜晚世界持续生长的动能中实际上也早已包含了令其解体的因素，夜晚世界就像一颗种子的世界，一旦它开始萌芽，就必然会破裂、解体，而小夜对它的探索与体验并不能改变什么，但，小夜能在那里发现爱的根源。没错，即使是爱也是一样会破裂解体的，就像生命本身在出生后走向死亡，可是这或许也正是需要爱发生、存在的本质意义,因为只有在真正的爱中,人才能体会到生命存在的某种极致状态,而这恰恰是比什么都重要且宝贵的经验,它甚至可以让人能够坦然赴死。

　　书中开始就提到一本《七夜物语》的奇书,它的神奇之处不仅仅在于它可以不断被几百年里的一代代孩子们所发现,并且包含了读到它的孩子们未来人生轨迹与命运的所有信息,更重要的还在于它揭示了遗忘。任何人打开它阅读它之后,无一例外的都会遗忘所读到的内容,只有在那个夜晚世界里才有可能重新体会到它所包含的一切奥秘。这里所揭示的遗忘固然是对解体的呼应,也是对那个夜晚世界必然失落的象征,但似乎同时也暗示着这样的一种观念:正因为有遗忘,长大后的人们才有可能去面对承受那个不断解体的现实世界。因为遗忘的清空之力还能够为想象与渴望留出些许余地,因为遗忘能让人不会意识到日常世界其实时时被不断生成的废墟所包裹,也不会每天都念及死亡的存在。

　　尽管川上弘美的精妙文笔所构建的书中世界是极富魅力和感染力,最后结尾处的调子也算是明朗的,但从总体上说,这本小说的深处,其实是隐藏着很多伤感忧郁的意味的,虽然她从始至终都几乎没有直接触及它们,但是也正因如此这种伤感与忧郁才更显得深沉凝重得难以化解。作者川上弘美早年曾做过小学老师,这一点从她对校园生活精准传神的描述中是可以想见的。但她个人生活怎样,早年是不是也经历过跟小夜类似的家庭变故,都还无从知晓。值得注意的是,据说她在当老师的时候,沉湎于喝酒,次日经常带着宿醉去学校给学生上课。我们从这个信息里似乎可以感觉到些什么——当一个人需要借酒消愁的时候,一定是经历过某个世界的破裂与解体，而酒则是最为便利的举手可及的能让人暂时忘怀失落的东西。所幸，她并没有彻底深陷于酒的世界里，而是找到了文学，能让她安顿自己的灵魂。

2017 年 4 月 28 日

过界：从启蒙走向末路？

关于威廉·戈尔丁的《启蒙之旅》

"那么，这简直是一个墓场了。"

"我们就这样吊在海水下面的陆地与天空之间，犹如树枝上挂着的一个干果，或者是池水上漂浮的一片叶子。"

这并不是对话，而是英国作家威廉·戈尔丁的长篇小说《启蒙之旅》的两位主要人物——贵族青年塔尔伯特和年轻牧师科利，乘那艘"守护者"号破旧军舰进入大海之后，以不同的心境分别写下的两句话。前者出自塔尔伯特为爵爷教父记下的航海日志，后者则出自科利写给姐姐的信。它们之所以放在一起毫无违和感，甚至还有某种默契的意味，是因为它们从各自的角度早早地就预示了整部小说的死亡基调。

戈尔丁为这部小说设置的时代背景，是十九世纪初拿破仑发起的英法海战的后期。尽管小说发生的空间是那艘破旧得令人无语的军舰，但从始至终都没有发生任何意义上的海战。真正的考验，跟所有航海的舰船一样，只是海上的狂风巨浪以及恶劣的天气。"守护者"号军舰的目的地是大英帝国的殖民地新西兰的对跖岛。这艘船满载士兵、水手、禽畜以及去殖民地谋求新生活的一些乘客，在漫长得注定枯燥乏味之极的航行中，在臭气熏天的战舰空间里,在时而暴风骤雨大浪滔天、时而风平闷热航行近乎停滞的交替折磨中,因无聊与欲望发生各种庸俗龌龊之事其实都不令人意外,唯一的意外,就是这部小说的主要内容,年轻牧师科利之死。

漫长的航海过程中,在连医生都没有配备的军舰上,人人都知道死人不是什么稀奇的事。但在戈尔丁的这部小说里,死的是个牧师。他的死因直到最后结尾部分才被揭开,不善饮酒的科利是被人恶意灌醉并遭受性侵之辱后在绝望中死去的。随着一位被称为浑身长满耳朵和眼睛的仆人惠勒也神秘失踪,随着由舰长安德森发起的草草进行的调查、审讯最终不了了之时,细心的读者才会意识到,这其实几乎就是一场蓄意安排的谋杀!这个念头猛然浮现的时候,读者会恍然发觉,这个结果简直就像戈尔丁事先埋好的炸弹,前面近乎四分之三的篇幅,三叠式结构,都只是引线,它一直在悄无声息地燃烧着,也正因如此,那炸弹最后的突然爆炸才会如此令人震惊。这种震惊会让人不得不重新回味审视之前所发生的一切究竟是怎么回事,仿佛小说的结尾忽然变成了谜一般的开篇。

戈尔丁到底要干什么呢?

对于见惯了麦尔维尔、康拉德式海洋小说"大场面"的读者而言,在打开《启蒙之旅》这样一部风格"古怪"的作品之后,相当长的时间里会找不到一个能够让他产生传统阅读快感的自然切入的"点"。毫无疑问,戈尔丁巧妙戏仿十八世纪英国小说家约翰·斯特恩的笔法所叙述描绘的十九世纪初的海上航行,尽管多的是庸俗无聊之人、乏味污秽之事,却又充满了活力且颇多黑色幽默的意味。关键是他为你营造了一种极强的带入感,仿佛你就在那艘破军舰上，跟主人公塔尔伯特一样以不屑的冷眼旁观每天所发生的一切，跟他一道体验着海上风浪颠簸之苦，同时又充满贵族优越感地以嘲讽的眼光不时审视着舰上的众生相，尤其是那个年轻牧师如何在备受排斥与蔑视的处境中苦苦煎熬。你会跟塔尔伯特一样，觉得这位神职人员幼稚、脆弱、可笑而又可怜，会在他遭受莫名侵犯之后抱以同情之心，甚至想着要为他伸张正义。

但，戈尔丁花费如此多的笔墨用复杂精微的构思所要呈现的，可不是什么意在惩恶扬善的道德训诫，也不是对专制与暴力的批判，更不是对人性之光的呼唤。身处二十世纪八十年代初的戈尔丁试图完成的，其实是跟他在早期成名作《蝇王》中所做的非常相似，就是将人置于非常之境后一场考察精神与灵魂异常化的实验。但这实验却并非是游戏式的，而是复杂寓言式的。

之所以说"复杂"，是因为戈尔丁为小说设置的矛盾是多层次的而且是相互交错的。从表层来看，首先是"野蛮"与"文明"的矛盾。作为一块漂浮在大海上的"飞地"的最高长官，冷酷无情的舰长安德森所代表的是长期远离社会的一种因为人格扭曲导致的野蛮专制状态。舰上唯一能跟他抗衡的，就是背景深厚的年轻贵族绅士塔尔伯特所象征的传统权力。出于对塔尔伯特背后爵爷与总督权势的顾忌，舰长并不敢贸然与这位年轻人发生直接冲突，只能敬而远之。而塔尔伯特尽管享受了舰上最高的礼遇与行动自由度，却也不能奈舰长何。即使是最后，舰长亲自为他揭开了牧师科利受辱死亡案的一角，他也不得不接受现实，颇为被动地成为谎言的共谋、伪证者，在将牧师科利的死因归于"低热病"的文件上签署了自己的名字。

其次是贵族与平民的矛盾。出身贵族且借势权贵正轻松走上荣华之路的塔尔伯特，从一开始跟舰上的大多数下层平民就是格格不入的。他厌恶他们的粗俗，从里到外觉得他们肮脏之极，即使在无聊时把舰上最漂亮的女人搞到手，也会视之为人尽可夫的妓女，弃之如蔽屣。面对备受舰长及一干人等排斥压迫的年轻牧师科利时，尽管他也本能地出于正义感和同情心试图加以援手，甚至想要以一己之力揭开命案真相，但实际上在他眼中，科利也只不过是个可怜的小丑。

其三是理想与现实的矛盾。虽说塔尔伯特跟科利出身不同、处境不同，但不得承认的是，他们都是胸怀某种理想奔向那个遥远的新世界的。塔尔伯特想要走上成功的仕途，而科利则是要成为受人尊敬、为人的信仰和灵魂操心的牧师。这两位涉世都不深的年轻人虽然命运截然相反，但在这次海上之旅的过程中无疑又有着殊途同归的一面，他们的那点理想都被残酷野蛮的暴力现实中碎成了粉末。所不同的是，塔尔伯特看到的是人性的泯灭，而科利目睹的则是神性的沦丧。

其四是自我人格分裂的矛盾。安德森舰长为人冷酷残忍且专制，这固然跟他的家世变故以及个人经历有着直接的关系，但他竟然还是个狂热的植物爱好者，在军舰行使权力时的他，跟沉浸在自己的小植物园里的他，简直就是彼此分裂隔绝的两个人，一个焦躁易怒充满仇恨，一个安静自在对一花一草皆有深爱，可是此二者竟然会毫不通融、互不影响。牧师科利无疑是个极为虔诚、尽管柔弱却不乏勇气的天主教徒，即使在那种尴尬难堪且危机四伏的处境里，他仍然敢于传经布道，企图拯救人们堕落的灵魂。可是，在他的内心深处，其实还潜藏着古希腊式异教偶像崇拜意识，尤其是导致其最后悲剧的，在"一群紫铜色皮肤的年轻兄弟"中看到了"一个细腰、细臀，可是阔肩的'海神之子'"比利·罗杰斯，并为之产生心醉神迷的冲动。

正如科利所言，这是一艘没有神的船。当是时，启蒙主义的影响在普通人层面导致的直接后果之一，就是人的宗教社会与信仰的不断瓦解，以及对世俗欲望的放纵与沉湎。这种现实状况的影响同样波及自认信仰坚定的科利的内心深处。对他的信仰来说，神当然是无所不在的，可是，当他激愤地指出神不在这艘破旧肮脏而又野蛮专制的军舰上时，却没有意识到，这恰恰暴露出其信仰的脆弱在本质上跟那些不信神的人并无差别，仅仅是军舰上的这个小世界里发生的恶事，就足以让他认为有神不在之处，而这才是他最后精神崩溃乃至信仰逆转的真正根源。如果我们称这种逆转也是一种觉醒的话，那么这种觉醒却注定是毁灭性的。在科利心里，结果并不是一种新的信仰取代了旧的，而是相当于用一种本质脆弱的狂热激发了另一种丧失理性的狂热，结果二者相互撞击，就像火星撞地球，同归于尽。

本书英文名是 *Rites Passage*，直译的话，应是"过界仪式"。对应书中内容，不难理解何为"过界"。一船人从英格兰驶向新西兰，是过界。船上人们的渎神，是过界。有着虔诚信仰的牧师科利迷上了"半神"比利·罗杰斯也是过界。最后他所遭受的凌辱则更是过界。而这所有的过界合在一起，以科利的海上葬礼和他死后在船上诞生的婴儿的洗礼仪式告终，而主持葬礼和洗礼仪式的，正是制造科利死局的安德森舰长，这位不信神、憎恨教会的"恶人"。还有比这更具象征意味的么？或许，由此我们才可以理解为什么译者选择将书名大跨度引申意译为"启蒙之旅"，而不是直译为"过界仪式"。译者应是在反复揣摩作者写作此书意图的基础上作出这个选择的。戈尔丁写这本小说，难道不是为了揭示这样一个残酷事实：认为"启蒙时代"将引领人类社会走向光明时代显然是个巨大的错觉，现代工业文明无可救药的破坏式发展以及两次世界大战的恶果足以颠覆对"启蒙"的任何辩护。从这个意义上说，"启蒙之旅"与其说是人类的"光明之旅"，不如说是已然"过界"的人类的"死亡之旅"或"末路之旅"。整个人类都应为此而感到羞愧。

最后得说的是，在这部小说里，戈尔丁对斯特恩式小说手法的当代化运用所产生的叙事效果极有震撼力。他的叙述貌似漫不经心，并没有什么大不了的事要说，想到哪就说到哪，就好像他只是为了把你引到那艘破旧的军舰上，只是为了让你见识一下各色人等，然后再去观看一场场闹剧式的满地狼藉的庆典晚会，其中既有炫目多彩的景象不断升腾夜空，也有脏兮兮滑溜溜的东西在脚下让你分神，在那里，人人都是那么的无助而愚蠢好笑，人人又都愚蠢且自以为是地想显得与众不同……就这样，作者悄然递给了你一枝烟花，让你拿着，由他来帮你点燃，结果，最后它整个炸开在你手里——你不得不承认，戈尔丁他确实够狠。如此的残忍冷酷，那最后的揭秘，跟之前铺垫的所有喧哗无聊而又搞笑的背景混合在一起后，在覆盖过死者遗留的天真书信所营造的暗淡光影之后，那个世界爆炸了，炸出了一个永远不可弥补的巨大黑洞。仿佛你当时也在场，在那艘老旧的驶向"新世界"的军舰上，也曾不经意地跟他们一起嘲笑过死者。

虚伪社会精神判官的檄文与心灵史

关于托马斯·伯恩哈德的自传五部曲

托马斯·伯恩哈德,这是一个在二十世纪后半叶德语文学中极其耀眼的名字,是一个既被许多文学名家激赏敬重不已,也备受奥地利官僚与极右民众诅咒的名字。他的愤世嫉俗、桀骜不驯、特立独行,他的那些极具天才创造力的、对奥地利社会精神状态有着入骨抨击的作品则构成了一束超强亮度的探照灯光,其辐射力早已远远超出奥地利的空间与德语的范畴。在其有生之年,他所获得的推崇与非议几乎是同等的。卡尔维诺在 1978 年就认为他是世界上最有价值的作家。他的小说、戏剧作品不仅为他赢得了毕希纳奖等多个重要文学奖项,也激起过诸多不满、抗议、游行示威;他曾因作品遭遇官司,也曾被警察查没新作,还有极右民众要求政府取消他的国民资格,把他驱逐出境;他还在国家级文学奖的颁奖典礼上以尖锐的演说,令在场的政府高官及嘉宾愤然摔门离去。这位永不妥协的文学大师从七十年代开始就拒绝再接受任何文学奖,临终前还决然修改遗嘱,要求其所有作品及资料七十年内不得在奥地利出版上演。

1975 年,已然功成名就的伯恩哈德出版了《伯恩哈德自传小说五部曲》的第一部《原因》,随后的七年里又陆续出版了《地下室》(1976)、《呼吸》(1978)、《寒冷》(1981)和《一个孩子》(1982)。这一系列自传体小说,可以说是严厉抨击濒临秩序解体的社会的精神炸弹与表现"内在发展"的生命挽歌的混合体,它们不仅清晰地勾勒出伯恩哈德从出生到逃离格拉芬霍夫肺病疗养院的成长历程,还对其人生进行了最后一次彻底、深刻而又动人的回顾与反思。尤其是他在文体上所作出的更为大胆的探索令人印象极为深刻,它们的特别之处不仅是每部作品从头到尾都只有一个段落,更主要的还在于那种把小说、散文、檄文揉碎融而为一的充满了激流动荡、回旋往复、绵延流转的叙事特质。

伯恩哈德作为非常擅长利用个人历史素材进行创作的小说大师,在这自传五部曲中试图将虚构之书与个人生活相链接,构建起诡异奇崛的叙事与反思随时相互渗透的小说空间。在《原因》中,他将自己在萨尔斯堡的中学寄宿生活过程中对专制教育体制之恶的深刻体会,与他对奥地利社会从国家社会主义到战后天主教统治的历史性震荡之恶果的根源的清醒认识异常紧密地结合在一起,创作出了这篇痛快淋漓的檄文式小说。任何对体制及社会之恶深有感触的人,在翻开这篇小说时,要不了几页,就会强烈地感觉到它的炸弹特质。"这座城市里居住着两类人,唯利是图者和他们的牺牲品。中小学生和大学生若想在这儿生存,只能采取一种痛苦的、往往极为险恶乃至致命的方式。这一方式阻碍着每一种生灵,使其日益迷惘并陷于毁灭的境地。"这是开头的几句,够尖锐么?他写的可是奥地利名城萨尔茨堡啊!但这还只是开始,还只是炸弹的引信在燃烧,接下来的爆炸性言语将会层出不穷。

在简要介绍了当地恶劣气候对人的伤害之后,他笔锋一转,

"这样的气候以惊人而放肆的方式一再造就出令人困惑、令人疲惫、令人病态、令人羞耻、天生卑鄙的居民,一再造就出这样一些萨尔茨堡人,他们或土生土长或迁居而来,与三十年前生活在这座城市中的我一样,居住在被中小学生和大学生因与生俱来的喜爱而爱过,但也因种种经历而憎恶过的冰冷潮湿的围墙之中,放任自己狭隘的顽固、荒唐和愚蠢,从事着残酷的工作,陷入忧郁,最终成为所有可信或不可信的医生及殡葬公司取之不竭的收入来源。"

难道萨尔茨堡不是"常年享有全部高雅艺术的美誉"的"无处不在展现着美丽和辉煌"声名远扬的奥地利名城么?伯恩哈德随即又补了几刀,"这里只是一个冷冰冰的、充斥着疾病和卑鄙的死亡博物馆,这里存在着一切可以想象和不可想象的阻力,它们肆无忌惮地摧毁、深入骨髓地侵害他们的精力、智慧和禀赋。很快地,这座城市对他来说不再意味着美丽的自然风光和独特的建筑艺术,而无异于一座由无耻卑鄙之徒组合成的无法穿越的丛林。当他步行在城中的胡同时,他不再如同行走于音乐之中,而只是感受到当地道德沦丧的居民的厌恶。"为什么会这样?他在随后评论自家那些亲戚时给出了答案:"他们完全专注于自己的财产和声誉,完全沉醉于天主教或纳粹的愚昧中……这座城市中的居民完全是冷漠的,他们每天从卑鄙中汲取养分,无耻的算计是他们独有的标志……这座城市将一切它所不能理解的事物拒斥在外,并且永远,在任何情况下都不再重新接收。"

随着小说情节的延伸,这种激烈批判与抨击几乎是一浪接一浪的,穿插在那一阵阵涌现的叙事之流里,从不同的角度拍打撞击着那个逐渐被作者剥去光鲜外壳的故乡萨尔茨堡裸露出来的黑暗礁石般顽固不化的精神世界。纵观世界文学史，像伯恩哈德这样无所顾忌地以如此开膛破肚、透肉透骨般的描述抨击自己家乡的作家是极为罕见的。而将前后两位校长作为纳粹与天主教这两种专制体制与精神的象征，尤其能显示出作者对奥地利社会恶果根源的深刻洞察力。尽管出于剖析与批判的需要，作者行文之激烈尖刻时不时地会达到令人窒息的地步，但伯恩哈德写的仍然是小说，而不是社会精神批判的论文，他将层次丰富多变的叙事部分与那些激烈抨击的部分巧妙地编织为一个整体，充分展现了其小说文体大师的高超局部技术与整体平衡力。

如果说在《原因》中作者像社会精神判官那样达成了宣判的目的，那么接下来在《地下室》里他要表现的则是"逃离"，十六岁的他决绝地选择了辍学，毫不犹豫地朝着与人们期望的方向"截然相反的方向"逃去。为了避免天性被扼杀，他来到了人世间，在那个位于被主流社会鄙视不齿的舍尔茨谊瑟菲尔德居民区的"地下室"里，做了一个最普通的商铺学徒，赢得了属于自己的自由存在的方式，体验到了什么是日常的快乐，同时也对真正残酷的底层生活以及在生活压迫下为了生存人人都在犯罪的状况有了异常深刻的体会。而获得"自由"的他，还意识到，自己必须在谋生存的同时恢复同音乐的关系，把钟爱的音乐课当作支撑个人生存的一个至关重要的手段。特别值得注意的是，在这里作者描写这个底层世界的种种现象时并没有选择那种冷眼旁观的视角，把这里看作是能让他得以"沉醉于成千上万个人物之中的舞台"，在小说的末尾，他进一步发展了福楼拜说"包法利夫人就是我"的小说观，写下了这样的句子："每个这样的人物就是我，所有这样的背景就是我，经理就是我。"

在随后的《呼吸》和《寒冷》中，伯恩哈德为我们呈现的是另外的主题：打击与新生。因为在这个阶段，他最爱的亲人、他的启蒙者与人生导师、在人生观与思想上影响了他一生的外公病故了，他既爱又恨的母亲也身患绝症，同时他自己也接连遭遇困扰纠缠了他一辈子的问题，疾病。十七八岁的他在从未有过的悲伤与孤独中面临着重大人生考验与抉择，要么在绝望中死去，要么以精神之力超越死亡、实现新生。在这两部作品里，伯恩哈德选择了独白式的叙述，以当年的"我"与现在的"我"这双重视角细致入微地观察着那个充满了绝望的时段里发生的一切，以及自己过往所经历的诸多事件与感触。最终让他得以从死亡的边缘爬回来的那股力量，来自于文学。他决心投身于文学，因为他发现文学"能够导致生存的数学答案"，并让他重新发现了用来对抗恶劣生存环境的抵抗力，聚焦起了能够聚焦的所有能量，成为一个无声无息的冷静观察者和抗争者。

拿起这本书时，其实我是从最后的那部《一个孩子》看起的。我想知道，伯恩哈德会以何种方式来结束这五部曲。实际上，按照时间的顺序，这个小说是应该排在最前面的。那为什么伯恩哈德偏偏要把它放在最后呢？因为显然他是要营造一种时光倒流的感觉。在这里，他带着无比的眷恋，越过此前的那些由激烈抨击、逃离的快慰、疾病的痛苦等等所生成的激流、波浪、漩涡、暗礁与险滩，回归自己生命初醒期的那个特殊时段。这一次，他回到了早已不在人世的外祖父那里，回到了八岁那年偷骑继父新买的自行车的那一幕开启时，他在内心深处翻捡起那些外祖父留下的精神之炭，让它们重新燃起来，现出暖心的炭红与炽热的蓝火焰，这是他对外祖父——那位终生执著于文学却又始终默默无名的作家、他唯一的呵护者、他最初的引路人、终生的精神守护神的爱。这位为了文学终身贫困潦倒的作家，是伯恩哈德黑暗童年的精神之灯与情感的壁炉，让这位过早陷入绝望境地的私生子获得了最初的启蒙与抚慰。外祖父的影响是本质意义上的，他对小伯恩哈德说过："你明白吗？从理论上说，每一天和每个希望的瞬间都可能毁掉一切，使之塌陷和毁灭。"这段话伯恩哈德终生都在玩味。

  这五部曲的整体结构其实是循环往复式的，既可以从最后一部读起，也可以从其中的任何一部读起，不同的起点自会有不同的阅读路线与体验。每部小说都不分段，也是基于这样的目的，读者可以随意选择从哪一部开始读起，却无法做到把其中任何一部的那种语流式的存在状态随意切分。当我们意识到伯恩哈德的叙事方式有着层层叠叠、不时往复交错的特征时，其实只要再深入去品味一番就会发现，这些小说的结构机理倒更像是沙漏式的，假如我们以句子/关联性句组为基本单位的话，当它们流动起来时其实是非常像沙漏里的沙粒的，在总的向下渗透的趋势中所有沙粒彼此推动摩擦并交换着位置，不断消解旧的关联状态并持续生成新的关系状态。另外，即使是从个人素材与想象的角度也同样可以这样形容，它们就像最初聚积在沙漏某半个空间里的那些沙粒，在时间中它们经过那个小孔渗流入另一个空间，并在那里生成了全新的组合状态。在这里，我们可以说，每一粒沙子都不再是原来的那一粒了。

惊悦：为了抵达信仰

关于 C·S·刘易斯的《惊悦》

在我的印象里，C·S·刘易斯的魅力，一直不如其好友J·R·R·托尔金，虽然我读他的书比较多，而托尔金的我只读过《魔戒》。当然我喜欢刘易斯冬日暖阳般朴素平和的文风，从他的那些涉及基督教思想的文字里，我也能体会到其信仰之虔诚与纯正。但在同样皈依基督教的托尔金的小说里，我感受到的却是恢宏壮阔而又奇崛的气场，让我想想就会暗自激动。我总是把刘易斯的那些书散放在各处，以便随时翻翻，却把《魔戒》放在抬头可见之处，奉为引发幻想的象征物。作为不可知论者，我虽然会不时被刘易斯的某些思想观念所触动，却更喜欢与之保持某种距离。纯正的信仰者在精神气质与言语上总是极富吸引力的，但对于更渴望探索未知领域、体会无法预料的不确定性的我来说，抵御过于明确的关乎宗教信仰的思想方向几乎是一种本能。

或许正因如此，刘易斯的这本名为《惊悦》的自传给我的震撼才会是始料不及的。当我只读了不到一半时，就已开始迫不及待地想着要迅速地读完它然后马上把再重读一遍了——这是真正技艺精湛的散文体大师的杰作！无论是叙述的朴素生动，还是描写景物时的诗意，无论是对最初观念萌发轨迹的细致梳理，还是对后来思想演变进程的不断省思,他都处理得恰到好处而又耐人寻味,而且他对整体结构的设计也非常讲究,在保持行文的节奏感与紧凑度方面也显得游刃有余,甚至不时还会让人有读精彩小说时才有的那种一波未平一波又起的阅读快感。我甚至可以直接拿它扉页上那行华兹华斯的诗句来概括我最初的阅读体验:"我心惊悦——如风,迫不及待。"

五十多岁的刘易斯在写这部自传时,是深思熟虑的。此时他的写作技艺也已到了炉火纯青的境界。而且,与其说他是在回忆,不如说他是变成了隐身人,穿越时空重返过去,与当年的自己一起重新体验成长的历程,梳理出曲折多变的思想路线图。一路读下来,你会觉得就像是在聆听一部钢琴与大提琴的协奏曲——叙述与反思此起彼伏、交织荡动。他有过短暂而幸福的童年,在酷爱读书的父母影响下他养成了最初的阅读习惯。经历年少丧母之痛后,他跟哥哥陷入与性情急躁的父亲对立的状态,而读书成了他承受生活困境的唯一武器。在书中他发现了最初的"喜悦"——与他哥哥带进育儿室的玩具花园所引发的想象与渴望有关,跟"彼得兔"故事里小松鼠纳特金所诱发的对秋天的迷恋有关,也跟朗费罗的诗《泰格纳挽歌》所带来的"仿佛来自遥远异域的一个声音"的"非同一般的快乐"有关。他写道:"那是一种没有获得满足的欲望,而这欲望本身却比任何欲望的满足都要让人心神往之。我称其为'喜悦'……在这里有必要同时与'幸福'和'快乐'作一个区分……即任何经历过这种感受的人都会希望再来一次。除此之外,仅考虑其本身的特质,则几乎完全可以称之为某种特别的不幸或者伤痛……不过,'喜悦'从来不在我们的掌控之中,而快乐常常都是可以掌控的。"

如果说读书构成了他青少年时代那光明的一边,那么学校就是阴暗的一边。在最初的私立小学里他经历的是集中营式粗暴专制的教育,在他心灵里留下了很深的阴影。而在随后的英式公学里经历的,则是令他倍感屈辱的环境。我们今天很难想象,早在二十世纪初,英国的公学里竟然有被称为"血青族"的各级学生头们奴役普通学生的现象,甚至还频现"血青族"鸡奸低年级俊秀男生的事情。正如他所批判的:"英国公学体系所制造的东西,恰恰是人们宣称要由它来遏止或者根治的。"在这所位于威尔文镇上的夏朵公学里,除了那些糟糕的体验之外,十三岁的刘易斯还经历了一个重要事件:"我不再是基督徒了。"这跟他"身上有一种根深蒂固的悲观主义"密切相关,它在磨损他的信仰,并发展成为"一种智力而非性情上的悲观主义"。"我那时一点儿也不快乐,"他写道,"反而非常肯定地形成了这样一种观点:宇宙基本上是一个不幸的所在。"少年的他,变成了一个无神论者。

在"黑暗的中世纪"般的少年时代,他还感受到"喜悦"在生命中的消失,"消失得如此彻底以至于甚至连关于它的记忆和欲望都丝毫没有留下。"同时他对于"喜悦"也有了更深一层的认识:"喜悦不仅与一般意义上的快乐不同,甚至与审美快乐也不是一回事。喜悦必须伴随着那猛烈的一击,一种剧痛,一份无法抚慰的渴望。"当然,正如他引用的哥尔德斯密斯的那句"再悲惨的处境也有安慰"所意味的,即使在这个令他身心厌倦之极的黑暗时期,他也有些好的收获,比如北欧神话与瓦格纳音乐就让他获得了属于他的"文艺复兴","喜悦"也因此重现了,给他的生活"注入了一种双重性"。这意味着在黑暗中也有令他激动不已的东西:"那是怎样浓烈而动人心魄的阳光啊!仅仅是周遭的气味便足以让人忘乎所以——新割的草，洒满露珠的苔藓，香豌豆，秋日的树林，燃烧的木材，泥炭，带咸味的水。感官在痛。我病了，因为渴望；这病却比健康还好。所以这一切都是事实，但这并不意味着另一个版本就全是谎言。我讲的是一出'双生记'。"

刘易斯自认平生最为幸运的，是他总能遇到好老师。即使是在夏朵公学也不例外。但真正对他产生关键影响的，是布克汉姆镇那位"伟大的诺克"，也叫科克，是退休的中学校长，曾是他父亲的老师，"如果这世上有一具接近纯粹的逻辑实体，那么这个人就是科克。"这位朴实严谨的教育家"是个无神论者"，还"是个老派、严肃且不带偏见的十九世纪类型的'理性主义者'"，"精通《金枝》和叔本华"，他"最喜欢的箴言是'花九个便士你就能获得启蒙，而你偏偏宁愿无知'。"在这里，刘易斯接受了最为独特有效的教育。科克先生用直接读《荷马史诗》原文并加以口译的方式教授他古希腊语，科克夫人以同样的方式教会了他法语、德语和意大利语。此外，他在这里结识的好友阿瑟还让他理解了"朴实"，这不仅仅意味着对英国经典作家们的"好看的、实实在在的老书"的再发现，还意味着对于日常普通事物的重新发现。

什么样的生活里有什么样的风景。在追溯布克汉姆求学期间的生活经历时，刘易斯还特意用大量篇幅描写周边的风景，与其当时的心境形成了呼应。这些大段的风景描写都可以称得上是风景散文的典范，无论写荒芜景象还是美景，都是那样的朴素、生动、准确，极具感染力。我们这里随便引用一段即可知其魅力如何。

林子我们还是有的,却都不是参天大树,我们有花楸树、白桦树和矮冷杉。田野也不大,一块块中间隔着水沟,水沟上覆盖着被海风噬咬的参差不齐的树篱。废弃的小采石场多得出奇,装满了冰凉的水。草地上几乎总有一阵风在掠过。你若是看见一个犁地的人,便总有海鸥跟在他身后,啄着他犁过的地。没有田间小路,或者正儿八经的过道,但那不打紧,因为每个人都认识你——或者就算他们不认识你,也知道你是什么样的人,知道你会闭上嘴,知道你不会从庄稼上踩过去。蘑菇仍然是普天下共有的,和空气一样。泥土的颜色里找不到你在英格兰常见的浓浓的巧克力色或赭色:这里的泥土是灰色的……可是草却很柔软茂盛,且带着甘甜,还有那些总是刷得白白的农舍,盖着蓝色的石板屋顶,点亮了整个风景。

实际上,在看译者丁骏的前言时,我还有些奇怪:为什么这本自传只写到刘易斯三十来岁,而不是他的大部分人生?直到读了大半之后,我才意识到,这并不是一般意义上的自传,而一部"精神自传"。虽然它的大部分内容是对其曲折成长经历的回溯与思索,但越是接近最后,尤其是在他进入牛津之后,就越是能感觉得到,前面的一切,不管是痛苦、迷惘还是"喜悦",不管是最初的放弃基督教信仰变成无神论者,还是后来重新成为有神论者,都可视为他为自己真正信仰的诞生所作的某种铺垫与酝酿。但他也坦承,这并不是一个自发自愿的进程,甚至还有着极明显的被强迫的特征。一直以来"最希望不被干涉"、要"做自己灵魂的主人"的他,"已经不能再玩弄哲学了",并看破了之前经常期待的"喜悦"的本质，它是一种渴望，但"面向的不是它自己，而是它的对象……是别的东西，是外在的，不是你自己，也不是你自己的某个状态。"此时此刻，对于他来说，理智与理性都已无济于事。他认为他能做的，就是"彻底的臣服，往黑暗中纵身一跃，这就是我面对的命令。眼下，这个命令就是全部。"

1929年，他三十一岁那年的复活节，"我投降了，"他写道，"承认上帝是上帝，我双膝跪地，祈祷；也许，我就是那个晚上全英格兰最沮丧、最不情愿的一个皈依者。"他将这一时刻称为浪子回家。平心而论，他的整个觉悟皈依的过程，尽管对于我这个不可知论者来说并不是件容易理解的事，但确实是个极具震撼力的阅读体验。尤其是当前面那些关于成长经历的生动描述所带来的直观震撼力与最后阶段信仰觉醒与皈依所带来的复杂震撼力合而为一的时候，我在他的文字里确实感受到了冥冥之中某种极为强大的精神力量最终对他的转变所起的作用。由此也就不难理解，他为什么把这部精神自传写到信仰确立为止了。因为在他看来，拥有信仰之后，他的人生有了全新的开端，是完全超越了此前整个"自我"的，而这样的在信仰中的生活，已根本无须再通过文字来呈现了。当然，你可以不像他那样去觉悟，但你无法不被他的觉悟过程所深深触动。至少，他让你明白一个非常根本的道理，正如他在最后一章引用的奥古斯丁的话所言："凭栏远眺平安之地，是一回事……长途跋涉走向那里，是另一回事。"

安吉拉·卡特的癫狂与迷幻

关于《影舞》与《新夏娃的激情》

在二十世纪的西方作家里，像安吉拉·卡特这样的，能把小说变成一种迷幻狂欢式魅惑文体的天才，实不多见。无论是小说观念与技艺，还是精神气质，她都像个沉湎魔法的女巫。只是千万不要像那些职业批评家那样，愚蠢地给她套上什么"魔幻现实主义""女权主义"之类的帽子，因为这些正是她本人非常鄙视的跟小说毫无关系的标签。要是我们把她的小说比喻为某种意义上的叙事装置，那么在很大程度上它们从一开始就预设了反归类的机关与陷阱，足以让那些想当然的标签党有来无回。

在看《影舞》和《新夏娃的激情》的过程中，我就一直在琢磨她的小说观与写作方式。当我把后者读到一半时，就忽然意识到，安吉拉·卡特从一开始她就清楚自己写作意味着什么，这是她永远不会厌倦的牵线玩偶游戏，这是她的女巫魔法实验室里形状各异的容器与试剂的催化共谋，这里没有悲剧也没有喜剧，有的是连她自己都觉得不可思议的化学反应，以及她的比喻控在黑暗中爆发如烟花，它们的光芒一阵阵短促地照耀着容器里的那些破坏狂、残存者与死者。

她是三分波德莱尔、两分纳博科夫以及五分大麻的杂合体——她的世界观是波德莱尔式的,一切丑恶、粗俗、肮脏、贪婪、暴力、色情的事物都能被她转化为奇丽的叙事;她的文体观是纳博科夫式的,非常讲究整体结构、叙事节奏,尤其是行文的精炼、各种戏仿与戏谑;而她那超凡的想象力与近乎癫狂的比喻癖,则像大麻作用的效果。当你被她那令人震惊的"恶之花"气息冲击得近乎窒息时,不时也会忽然被纳博科夫式戏谑文风拉入刹那清醒,但随即又会被那让人眼花缭乱的比喻与联想的阵阵烟花卷入目瞪口呆的迷幻。

如果说,早在处女作《影舞》里,安吉拉·卡特的文体风格就已然清晰呈现,那么在其成熟期小说《新夏娃的激情》里,这种风格则发展到仿佛要强劲爆表的地步。说实话,读完它们,你很可能会像我一样,边说着"妖孽",边赞叹,然后又会陷入某种令人费解的迷思——内容是如此的"重口味",行文又是如此的诡异多姿、如此散发着某种"邪恶"的魅惑力,其中还会不时溢出莫名的诗意……放下书之后,又会让你觉得那个刚刚关闭的小说世界,竟忽然变成虚无渺茫的存在,像噩梦在电闪雷鸣中初醒时一切化为乌有的空白天地……甚至会让你觉得,此时此刻,安吉拉·卡特正像个幽灵似的,若无其事地站在不远处,以奇怪微冷的眼神打量着你那矛盾复杂而又尴尬的表情。

实际上,在《影舞》中二十几岁的安吉拉·卡特就已露出某种"女巫游戏小说"的倾向。这里所说的"游戏",并非指轻率随意,而是指她像个女巫那样,执著于魔法以及营造噩梦迷幻般的存在。对于她来说,基本故事只不过是个游戏框架,而那些纷繁多变的比喻与想象则像点缀其间的诡异饰物,至于那些人物,则更像一些被置于这样的空间深处的牵线人偶,她随手牵动他们 /

她们,做出种种姿态甚至神情,发生某种关系,然而,他们/她们并非毫无生机的存在,而是鲜活的、夸张的极端存在。残酷的故事就像悬在人物/读者头上的利刃,你不知道它们会不会落下,但它们的气息始终弥漫在空气里,让人焦躁不安、压抑紧张,但也正是在这样的情境里,你才能充分体会到安吉拉·卡特式那种异常诡异的叙事魅力,以及作者自嗨其中的写作乐趣。

有意思的是,她笔下的人物经常都是成对制造的。有以主奴关系成对的,比如在《影舞》里,脆弱敏感的胆小鬼莫里斯就总是喜欢跟胆大妄为冷漠无情的玩家蜂鹰为伍并甘当走卒。他追随着这个令他时常恐慌而又莫名迷恋的家伙,成为在破坏欲与负罪感之间不断摇摆的罪恶见证者和帮凶,也承受了恶的后果和人的痛苦,永无释怀的机会。而他跟妻子埃德娜也是一种主奴关系,但跟蜂鹰与吉丝莲(那个先被他破相后又被他掐死的姑娘)之间的那种极端化主奴关系,甚至也比不上蜂鹰与艾米莉的那种相对平稳得多的主奴关系。而在《新夏娃的激情》里,这种主奴关系则更为复杂化,既有"我"与蕾拉、与零、与特丽斯岱莎之间的,也有零与特丽斯岱莎、与那沙漠王国中的七个妻子之间的。还有以同情关系结成对的,其中最突出的是母爱治愈式的,比如《影舞》里的艾米莉与莫里斯之间、埃德娜与亨利·格拉斯之间。

而在《新夏娃的激情》里,最典型的就是"我"被强行变性为夏娃之后重逢蕾拉时形成的那种同情关系对。安吉拉·卡特就像隐身操纵着人物的女巫师,让他们在不同的结对背景下如同牵线人偶一般演绎出不同的精神状态和叙事关系。这样说起来有点像是一种批评,似乎我想说的是安吉拉·卡特笔下人物不够生动真实。当然不是。因为她所追求的小说效果,恰恰并非传统"现实主义"小说意义上的"真实",而是深陷于虚无的痛感与追寻绝望的快感之间的那种"真实"。她笔下的世界总是异常冷漠、极度混乱、无比肮脏的,充斥着残酷暴力、无情纵欲和迷幻意味的,而她的人物则时常处于某种极端反常的状态里,被狂妄、绝望、癫狂、焦躁、莫名的破坏欲与虚无感所裹挟着。

看得出,她丝毫都不关注什么现实意义,而只关注叙事效果——每对人物之间的种种化学反应是否足够强烈。他们都是她魔法瓶里的实验品,她不时添加着各种试剂,以期化学反应来得更猛烈些,直到他们一个个爆裂,甚至化为乌有。

她笔下的那些人物不是近乎盲目地寻求着毁灭或被毁灭,就是漫无目的地逃离。如果说在处女作《影舞》中所呈现的一切尽管已足够令人触目心惊,但大体上仍处于可理解的范畴内,那么在《新夏娃的激情》里,则是完全超乎想象的让人不由自主陷入各种费解的震撼力冲击波里的。如果说在《影舞》中,要呈现的是那种主奴关系的系列惨剧,那么在《新夏娃的激情》中要展现的,则更近乎于彻底颠覆两性关系常态的互毁模式。要是读者在脑海里还在萦绕着《影舞》所营造的一层层充斥着癫狂与噩梦感的情境与震惊体验,并下意识地思索着反常人群的悲惨情境时就打开《新夏娃的激情》,就会立即陷入目瞪口呆的状态——且不说暴乱中的纽约是多么的混乱肮脏、巨鼠横行、随时可能发生无情杀戮等重口味场面会让人脑袋如何短路般嗡嗡作响,单是男主人公在抛弃被流产重创的女伴蕾拉逃到加州沙漠里,却意外地被那个诡异得近乎神话的女性团体所俘获,并被四个乳房的黑女神阉割变性为新夏娃的情节,就会让读者陷入完全不知所措的状态。

除非我们把这一切视为过度吸食大麻后所产生的幻觉状态下才会有的情节，否则的话实在无从理解这一切究竟为什么会如此惊悚地发生。但可以肯定的是，安吉拉·卡特的整个写作过程都是异常冷静、高度受控的，她用种种戏谑、近乎游戏与充满诗意的华丽笔法让读者一次次陷入她精心设置的不可思议的叙事高潮。

　　合上书，你不免要想，她所写下的这一切，意味着什么？那些充满绝望与虚无感的，从精神上的残缺变异到肉身上的残缺变异的人物，是否象征着人类的现在与未来无法逃脱的必然状态呢？这位天才的女作家以其酷炫的笔法、非凡的想象、若无其事的戏谑和让人眼花缭乱的比喻联想所营造的那个诡异而又残酷的世界，除了赋予小说这门古老的艺术以令人惊叹的新面貌，除了展现其女巫或魔法师般的叙事魅力之外，还能给我们带来什么样的启示？在其酣畅淋漓的写作过程中，我们除了能体会到种种癫狂与迷幻的状态，还能体会到些别的什么？

　　所有这一切疑问，就算我们有勇气再次打开她的书，耐心细读一遍甚至几遍，也不大可能找到什么答案。或许，正像我们前面提到的波德莱尔与纳博科夫这两位可能对她有着重要影响的前辈那样，她真正关心的，只是写作的艺术。她始终都享受着它的狂热状态及其所带来的一切，并愿意为此毫无保留地倾注一切，可以想象的是，与其强悍的创作力相对应的，是生命力的严重消耗，这或许可以解释，她为什么只活了五十一岁。

如何用小说笔法写"随笔集"?

关于马洛伊·山多尔的《草叶集》

读完它,我就在想,以小说闻名的马洛伊·山多尔,为何要写这样一本把话说得如此明白的书?要知道,在各种思潮迭起的二十世纪,把话说得太明白往往是不合时宜的。既然他可以把那些长篇小说写得深沉含蓄而又复杂微妙,以至于让人以为作者是个喜欢沉默的人,那么这一次,他为什么如此坦率直白地开口说话了?

且慢,注意本书最前面那页里的那段话:

"马洛伊·山多尔将这部于1943年完成的作品献给埃比克泰德、尊敬的马卡斯·奥勒留和蒙田,以及其他坚忍克己的思想者。正是从他们那里,马洛伊学会了控制、善良,还有对生活的无所畏惧。"

这里透露了他的创作动机和隐性目的。马洛伊·山多尔是想告诉读者,他无意取悦现代人的抽象概念癖,对于宏大主题也毫无兴趣,他要写一部蒙田等伟大前辈们的经典之作式的书。为此他甚至愿意为它署上一个虚构的作者名字。当然,他并没有这么做。在那页貌似简介的文字里,他都没使用"我",而是用了"马洛伊·山多尔"。这在作家中是不常见的行为。

对于一个小说家来说，这意味着什么？他把"马洛伊·山多尔"当作一个人物。这本书正是他笔下的"马洛伊·山多尔"写的，而且是从那份献辞写起的。这样，当我们再去看这本《草叶集》时，就会有突兀的分裂感了，是的，我们需要意识到，小说家马洛伊·山多尔是隐藏在《草叶集》作者"马洛伊·山多尔"的背后的，他们就像一对孪生兄弟。于是，后者就这样开始了他的直率言说，像个来自近代甚至中世纪的有着强烈道德感和自律精神的思想"老炮"。

从一开始他就开宗明义地宣告，此书是要"告诉人们在心痛时或被上帝抛弃后该如何是好。它不是抽象的概念或英雄，只关注人。"接下来，在开篇的《写作目的》中他强调，这是一本"由一个治学严谨但知识有限的人完成的真诚的书。不求别的，只求成为像远古和中古时代那浩如烟海的讲述人类命运之书。它诉说的是人类该如何生活，如何饮食，如何睡觉，如何患病，如何疗愈，如何爱，如何厌倦，如何面对死亡，如何适应生活。这没什么了不起，因为一般来说，人们和这本书的作者一样，都对自己和世界知之甚少。但人类的负担已经够沉重了。我们不需要在生活中再承担什么。"

在现代社会，写得太明白，就容易易被视为过时之物。不打得粉碎再重新构成抽象难解的东西，就不易受到关注。如果说古代先哲希望能给黑暗中的人提供点火光，那么现代哲学家们则可能更执著于让人们重返黑暗的原点去发动思考。这位马洛伊·山多尔显然要反其道而行之。他是直率的，谦逊的。他把自己放得很低：

"作者在写这部书时，无意说教，只为学习……写书的人，并非掌握绝对真理,也经常会在细节上犯错。因为他是人。但他要寻找绝对真理,即使在细节上犯错也绝不放弃。"

但他所有的表达都是一针见血,绝不含糊。他给读者提出的基本"道德"要求就是:"或许,你只要不忘却最简单的真理;或许,你只要在别人说谎时不去帮腔;或许,你只要当别人都在高喊'对,对!'时不要跟风。终其一生,坚持不懈,绝不委身于人类的谎言,这是比高声捶胸顿足来进行抑制更英勇的行为。"看看吧,对于今天的人来说,这还真不是件容易的事。

这部共有202篇短文的书,涉及生活的方方面面。既有"上帝"、"世界"、"祖国"、"生活与死亡"、"奇迹"和"爱"等大话题,也有"幸福"、"忠诚"、"恐惧"、"虚荣"、"诱惑"、"身体"、"心"等具体话题,还有"泡澡"、"烟斗"、"苹果泥"、"蜂蜜"之类的小话题。它们的设置生成了本书的不同层面。无论是哪种话题,不管前人是否已有太多的论述,"马洛伊·山多尔"的观点都让人有独辟蹊径之感。

比如,"世界不只有光明和黑暗,不;世界也是杂乱无章的。不只有光线,光明和温暖;也留存着邪恶力量。(因为哥特崇拜魔鬼)大自然不光是理性和因果的,有时现象的背后也隐藏着神秘的力量。但你不应该迷信,因为这不适合人类。但也不要完全抗拒迷信,因为这样就是超越人类能力的自不量力。你只要心平气和地微笑着藐视它——略带一丝敬畏。"

他特别强调人要学会控制自己,"人只要活着,就有各种欲望。但欲望是能够被教养的。自私、性欲、身体的饥渴都能神奇地被驯化。贪婪也能被改造成人类的意志。"他形象地将欲望的载体——身体视为服务于人的奴隶,"身体中存在着某种永恒的同时,它也会可笑地腐朽、衰败。在身体努力为我们服务的极其短暂的一段时间内,应该充分认识它的特质、质量和私密的需求,用耐心的脾气和丰富的经验培养它,让它完成自己的使命,而不来搅扰我们的性情和思绪。但性格啊,绝不能容忍任何形式的奴隶反抗。"

对于崇尚为所欲为,甚至不惜把身体变成商品的很多当代人来说,这样的说法听起来不免要"大笑之"吧?嗯,老子说得好,"不笑不足以为道"。

"马洛伊·山多尔"将此书的读者设定为普通人,但并未因此将自己设定为"传道者",或先知、智者、导师式的人物,他只要做一个真诚的对话者、学习心得的坦诚分享者。他只是要作为一个人,通过朴素的文字,面对你。他不会让你自卑、紧张,不会嘲弄你的愚蠢无知,如果你飘在半空,他会让你安静落下,如果你趴在地上,他会轻轻地把你拉起。他不失严肃但又轻松地跟你聊最日常的经验与道理,引导你学会思考,脚踏实地过好每一天,学会面对死亡,适应生活,适应爱、厌倦、睡觉、生病、疗愈……

"不要羞于承认对死亡的恐惧。也不要羞于承认你为了那陌生而又几乎无法理解的不确定性,例如死亡、消散、虚空,放弃了令人厌烦却又早已熟知的一切,例如生活,而痛苦万分。尽情地畏惧吧。别抱怨,要畏惧……不要为了'高贵的尊严'而虚伪地死去。要像活着那般死去,以人的方式,勇敢些,也敬畏些。"

特别是在那些小得不能再小的生活话题里,他很自然地透露了作者"马洛伊·山多尔"的生活细节和习惯,甚至包括治疗头疼的个人偏方。也正是这些细节的穿插其中,才让读者得以在倾听那些犀利而又朴素的道理时，会不时感受到作者的呼吸与生活气息……进而觉得，与其说是在读一部随笔集，不如说是在读一本隐蔽在随笔表象之下的现代小说，因为这种方式，早在笛卡尔的《谈谈方法》里就已初露端倪，后被瓦雷里敏锐地发现。当然，作为真正意义上的写作者，无论是写这本书的"马洛伊·山多尔"，还是他背后的那位马洛伊·山多尔，终归还是有着共同的理念的：

"当生活和写作时，应该将我们的每一个动作都想象成生命的最后一次，写下的每一句话都是以死亡为句点的。死亡的意识并不会与伤感、恐惧和无缘无故的怯懦绝缘，只有它能赋予生活和写作真正的姿态。要全心全意地投身生活和写作，也就是静下心来，集中注意力，把力量齐聚到世界和自我中，投入我们的意识和热情中，投入人们的意愿以及我们与一切周遭事物的关联中。"

谁能到时间中避难？

关于马洛伊·山多尔的《烛烬》

小说《烛烬》成为马洛伊·山多尔最受欢迎之作是必然的。它抵达了诗的纯度。在这部语言密度大、叙事空间结构精密、旨在探测不同精神取向者之间深层精神与道德矛盾的现代小说杰作中，旧时代终结，旧世界瓦解，无论是终生执著骑士精神的将军，还是始终追求音乐至上的康拉德，作为时间深处残存的碎片，他们在默默地面对这空前的失落与虚无的同时，还心怀不可言说的秘密，他们与时间为伴，他们对抗时间，他们努力活下去，他们逐渐失去一切，他们在时间深处饱尝或逃避心灵的苦难……他们曾是灵魂至友，后来变成刻骨铭心的"敌人"，最终在经历漫长时间与痛苦之后，在抵达人生终点之前，接受了无需答案的谅解。

在这部篇幅不长的作品里，马洛伊·山多尔展现出令人震惊的语言才华与小说技艺。他将貌似悬疑小说的结构和叙述方式，与古典、浪漫而又神秘的气质融合在一起，构建起那个包含了爱与背叛、记忆与毁灭、精神与时间等古老话题和解体重构共进的世界；他以充满庄重与冷酷的骑士气度的开篇感染了你，随即又以独特笔法营造的瞬间意象重叠、思绪不断转换闪回等效果让你陷入心灵的深渊与迷局，并不能不为之折服。要在悬疑的线索里走很久，你才会忽然意识到：这是个真正的悲剧——发生在两类精神取向上截然不同的非凡之人（可称为骑士与艺术家）之间那致命的无法理解、充满误解与最终走向弃信背叛的悲剧。

《烛烬》给予"背叛"这个古老命题以最为复杂、深刻而又微妙的阐释，也赋予解谜与制谜同体的追忆过程以匈牙利古老森林般的神秘光泽与气息。这部小说最具魅力之处，并非通过充满诗意和神秘感的叙事对宏大的历史背景所做出的某种暗示或映射，而是它能让充满悬念的"背叛"事件中那种神秘而又强烈的张力一直保持到最后。试图揭开谜底的过程的确如同探案与审判，而"审判者"却终究会发现：在经历了截然不同的人生道路和如此漫长的时间熔炼，尤其是最后的对话之后，他已不再需要真相，他要做的，只是把那个拼了一辈子都没拼出的谜图，放在那里。两个都经历了双重背叛、承受了长久的秘密痛苦的老人，就此终于可以一起沉入那再也不需要探究也不会有人知道的过去世界，而这，无论如何都像一个关于时间与自我救赎的隐喻。

那个迷恋奔跑的劳伦斯·布洛克

关于劳伦斯·布洛克的《八百万种走法》

再过两年，美国侦探小说大师劳伦斯·布洛克就七十岁了。至今他已出了五十多部小说、多部短篇集，译成中文的也有四十余部，我都买了，但印象最深的，是那本你肯定不会想到的《父之罪》。正是读了这本属于"马修·斯卡德系列"之一的薄薄小说之后，我才陆续买了他的其他作品。它让我喜欢上了劳伦斯·布洛克式的冷峻简练、略显低沉而又不失轻逸的文风。但也正是这种喜欢，让我在又读了几本他的小说之后，就克制住了马上去读他的所有作品的冲动，因为我想让这种奇特的印象多停留些时日。

当然，劳伦斯·布洛克必定是那种精力充沛、写作速度惊人的作家。这也是他的立身之本。但从他的作品里，我总能感觉到某种属于他自己的莫名焦虑。或许，正是为了克服它，他才狂热地投身写作的。他获得了成功与盛名，却未能解决这种焦虑。因此当我看了他的这部自传之后，让我意外的，是他三十几岁时就戒了烟和酒，而不是他长期痴迷马拉松与徒步旅行。

作为一个毫不动摇的"不运动主义者"，我对于热爱运动的人总是有种想要揶揄几句的冲动。我能理解他们在长期保持运动习惯的过程中所获得的乐趣与满足，也会欣赏那种健康的气息与姿态。但我会告诉他们，喜欢长跑的美国人都会为踝骨、膝盖买保险，因为最后他们要给这些关节换上人造的。有时候我甚至认为，我之所以会轻视村上春树，可能跟他喜欢跑步有很大关系。所以，当我翻开这本《八百万种走法》没几页，我心里就咯噔一下：不会真的是本写跑步的书吧？

这一次，我采取了先随便翻翻的策略。"我跑步可不是为了保持好的心情或者身材，也不是要摆脱宅男的现状。我跑步是有着崇高目标的：我是为了准备去——到底是要去干嘛呢？"这句话把我逗乐了。我喜欢他的这种自我揶揄。难得的是，这种幽默感在书中时不时的会跳入你的眼中。比如，"小时候妈妈就保证过，我是绝对不会溶化的。照目前的情况看，她说对了。""说到底，上帝就是个至高无上的讽刺家。""为了取暖，我参加了金门公园里一场五公里的同性恋赛跑活动，并在赛后将那件橙色背心变成了自己珍贵的财产，尽管我不会到哪儿都穿。""有人说跑马拉松就像生孩子，当你有足够多的时间忘记前一次的痛苦时，你会想再做一次。"在谈到那部颇不受待见的小说《随便走走》时，他写道："如今此书还在印刷，大概每六个月我都能拿到一张四位数的版税支票。这四位数中有两位是在小数点后面的，不过至少说明了书还在那儿，每过一阵子还会有人去买一本看看。"

他当真是要认真写本"自传"么？若真是如此，那他应该好好聊聊自己的写作。他写了那么多书，哪怕随便谈谈相关的创作体会、素材来源，再点缀上个人生活经历、几次婚姻，就足够写本很长的书了。但我发现，关于自己的写作，他并没花费多少笔墨。而关于自己的生活，他也谈得不算多，他甚至毫不掩饰地宣称:"我选择做个小说家是不无道理的。我非常愿意告诉你我虚构的人物的每一个细节,但如果想知道我本人的情况,那么,没门儿。"是的,本书的大部分篇幅都是围绕着马拉松比赛、徒步旅行展开的。

在那些文字里,布洛克展现的是与其作品截然不同的风格。他抛开了小说里的那种冷峻与隐忍,找到了一种朴实、坦诚而又能充分铺展开去的文风,准确地传达了自己所执著的运动旅程中的一切。只要你有耐心,就能从中发现各种各样的小乐趣。但,不出意料,你仍能清晰地感觉到,在那一页页乐此不疲地谈论马拉松或徒步旅行经历和体验的文字背后,始终有那种若隐若现的焦虑,哪怕是那些看上去纯粹只是谈论运动体会的句子。比如脚伤发作时,他写道,"我看清了自己的处境——继续太痛,停下太蠢。"还有,"就像自杀的念头陪伴人们熬过糟糕的夜晚一样,想要退出的念头时刻伴随着我前行的脚步。"当然,"痛苦,同其他东西一样,有它存在的意义。"

我知道,他试图以频繁参加马拉松比赛或徒步旅行,跟他的高密度写作一道承担并化解那种莫名的焦虑,同时这两种行为之间也构成了某种平衡,以确保他不会被那种焦虑所伤害。我猜,他是有抑郁的倾向的。他有时候会称之为"沮丧",并用参加马拉松比赛、徒步旅行和写作轮流与之对抗。关于这种"沮丧",他坦白地写道:"我有些得了临床抑郁症的朋友,我知道自己的抑郁离那程度还差太远。他们没办法下床,脑子里只有自杀的念头,可又连自杀的力气都没有,只能苟延残喘地活着。我的沮丧远远轻于这种症状,以至于我都不想用这个词来形容自己。但是又找不到更合适的词,沮丧就是沮丧。"

热爱运动的人，有运动者的孤独，正如沉迷写作的人自有其难以消解的孤独。对于这两种人来说，孤独既是永远没有答案的迷局，也是驱使他们行动的动力。所不同的，是行为转化的结果，而真正的关键在于行为的持续。因为对于只能向死而生的人来说，只有行动的可持续性以及持续本身才有可能消解死亡在前所造成的不安与焦虑。但更深层的焦虑，却并非总是与生死相关的，而是介乎二者之间的某些莫可名状的处境或状态——或许，关于活着的意义，欲望的丧失，以及某些无来由的迷雾般的厌倦。

在布洛克的那些仿佛漫无边际的关于马拉松和徒步旅行的文字里，只要能细心体会，就不难感受到他在以怎样的意志竭尽全力地抗衡着焦虑、沮丧。运动与写作，就像一个跷跷板的两端，他不断地从这一端跑到另一端，在不断的这端升起而那端降落的过程中，他获得了某种难得的平衡，足以让他不会坠入焦虑与沮丧的深渊。

"巴瑞如野狼一般难以管教，时不时要从营地里逃到周边马路上玩消失，我猜他是回到水牛城里了。这事已经够有意思的了，但更有意思的是他喜欢漫无目的地一路疯跑。他人高精瘦，看上去远远不止十五岁，能他妈的连续跑上好几个小时，渴了就扯片树叶下来嚼嚼然后吐掉，接着穿梭在沿途的各种风景之间。"这段文字，是关于一位从"二战"的欧洲曲折而又幸运地逃到美国的犹太少年的，耐人寻味的并不是故事本身，而是它的象征意味。你不觉得它真的很像是关于劳伦斯·布洛克自己的一个并非偶然出现的隐喻么？当然布洛克也谈及了写作的原点时刻。他曾在高三时担任"班级诗人"，那时他"渐渐意识到自己想当个作

家。"而且在某些段落,我们甚至会忽然感觉到,他的写作是颇受益于海明威作品的影响的。像下面这段文字就是比较明显的例证:

"到了车上,我选了个舒服的姿势躺着,尽量让自己的腿部放松,接着望见了窗外一大团紫色的雪茄状的云。这片云在我脑海里留下了印象,甚至比那场比赛还要深刻。我一直注视着它,直到夜色将它掩盖,之后我便睡着了。第二天清晨醒来的时候,汽车已驶入蒙大拿州的比林斯市。"

他是幸运的人,因为他有位跟他一样喜欢海明威的妻子,琳恩在引用海明威作品里的精彩句子时简直就是信手拈来。不出意外的话,跟他一起生活了三十多年的她,也会是他的最后一任妻子。他的幸运还不止于此。"琳恩不是个墨守成规的人,她往往会选择一条没人走过的路,而不愿意跟随别人的脚步走。"有一次,当他发现在美国竟然有八十四个叫"布法罗"(跟他的家乡同名)的地方,突发奇想要去探访其中的一些时,琳恩的提议令他震惊:我们为什么不都走一遍呢?于是他们几乎马上就开始了行动。说实话,这真令人感动。你知道,他深爱着琳恩,而且,他有生以来从未如此爱过一个女人。他甚至自豪而又不乏天真地认为:"我绝对是她生命中第一个善良的犹太男生。"

回顾自己的人生,他坦然接受命运所给予的一切,"我的生活也精彩丰富、充满了快乐,但这些年来我并非始终如一,狂热来了又去,激情满了又退。"他是个非常念旧的人,会在时隔二十多年后去探望当年帮助过他的童子军团长——马歇尔医生;他也会怀念自己少年时初次搭讪认识的女孩——卡伦·霍赫菲尔德,甚至希望通过这本书能让她听到自己的呼唤。他会慨叹与老年相关的那些衰弱趋势与征兆，也会偶尔在字里行间流露些许的伤感……当然，他并不会因此就退化成一个放任自己情绪化的老小孩儿。他深知命运以及生活本身的悖论本质。不然的话，他也就不会将贝克特小说里的那句话放在书的扉页上了："你必须前进。我无法前进。但最终我会前进。"也不会在自传的末尾写下那句："我对写作也不再那么狂热了。我还在写。"他相信："一个人内心对自己潜力的认知会直接影响到现实。"

加缪的意义

关于罗伯特·泽拉塔斯基的《加缪:一个生命的要素》

"就在他撞到树上的那一刻,他仍然在探索自我与追问自我,我不相信在那光明的一瞬间他找到了答案。"1961年初,也就是加缪车祸去世一年后,福克纳在纪念短文中意味深长地写道,"我不相信答案能被找到。我相信它们只能被寻找,被永恒地寻求,而且总是由具有人类荒谬性的某个脆弱的成员来寻求。这样的成员从来就不会很多,但至少总有一个存在于某处,而这样的人有一个也就够了。"

加缪跟福克纳,是完全不同类型的作家。对于终生执著于构建自己小说王国的福克纳来说,文学高于一切,尽管他对加缪的人生追求和不幸早逝深为同情,但显然也委婉也暗示,作家在如此深度介入社会现实的过程中不断追问自我,其实很大程度上是在做无用功。当然,他也明白,即便是在汽车撞树的那一瞬间,加缪也不会为自己所做过的一切而后悔——作为生长于法属殖民地阿尔及利亚的一个"黑脚",作为法兰西文化的受益者,他从开始写作时起就已然"置身于阳光与苦难之间"了,而他所做的一切,无论是文学创作还是对社会的介入,都源自他对人的深切关注。他永远都无法像福克纳那样只是冷眼旁观现实世界,更不会认为文学高过一切,他不怕失败。当然,福克纳也完全能理解加缪的"失败","像一切艺术家那样,他不由自主地把生命抛掷在探索自我和让自己回答只有上帝能解答的问题上。"

大家都清楚,哪怕只是凭借一部《局外人》,加缪也足成不朽,而不需要用等身著作为自己建造神圣的殿堂。1957年的诺贝尔文学奖,是颁给《局外人》和《鼠疫》的,也是向他的人道主义精神和勇气表达敬意的。战后的欧洲当然需要反思与审判,但更需要宽容与和解。

可是,加缪曾经的挚友和推崇者萨特并不这么认为。在当时的萨特看来,世界大战的悲剧是资本主义社会反动本质所导致的必然后果,社会主义苏联才代表着人类的希望与未来。尽管萨特高度赞扬加缪"比我们中许多人(包括我自己)更深入、更全面地"经历了这个时代,是"个人、行动、作品令人钦佩的结合",但是,当加缪的《反抗者》发表后,这对好朋友还是立即就变成了彼此最强大的对手,进行了法国知识界最著名也最为激烈的论战,并就此分道扬镳。作为苏联的坚定支持者,当时萨特认为,为了人类的未来,即使动用暴力甚至集中营,也合情合理。而加缪则毫不客气地直戳问题的痛点,现代世界布满了"自由旗帜下的奴役营,以慈善或对超人的崇拜之名大肆屠杀。"他强调:"任何属于集中营的,哪怕是社会主义,都必须称之为集中营。在某种意义上,我永远不会再那么客气。"

美国学者罗伯特·泽拉塔斯基的这部《加缪:一个生命的要素》的最重要部分,即是关于加缪与萨特的这场论战的,并称之为"法国悲剧"。他敏锐地引入了古希腊悲剧作家埃斯库罗斯的《俄瑞斯忒亚》和《阿伽门农》作为分析他们思想根源的参照,尤其是将萨特与阿伽门农归为同类,认为他"带着骇人的凶猛投身到阶级斗争当中","他背叛了和加缪的友谊,把加缪归类为反共产主义的鼠辈。"在这里,作者的态度和立场是明确的,"一个缺失了先验指导的生命,一个为自己的选择承担责任的生命,一个知道清楚地表述问题的重要性的生命,是一个对那些诱使自己盲目信从某个解决途径的危险保持警惕的生命。我们必须过我们自己的生活,并最终意识到我们的语言和我们的局限。"因为在他写这部书的时候,已然身处二十一世纪,时间与历史进程早已验证了加缪当年那倍受讥讽和批判的人道主义思想以及怀疑反抗精神的正确性。

泽拉塔斯基写这部书的目的并非只是为了还原历史真相,或是为加缪写本更好的传记,而是为了提醒人们重新认识加缪的意义:"直到 1960 年去世之前,他始终在和某些特定的观念作斗争,并和他的读者分享这场斗争。"尤其是在今天的意义:"如果存在某种学者和非学者共同拥有的信念,那就是在我们的知识生活和伦理生活里,加缪仍然是一个不可或缺的伙伴。极少有作家像他一样,作为一个为他自己的生命、也为我们的生命写作的人,展现在我们面前。"为此他没有面面俱到地去写加缪的整个人生,而是只截取了加缪生命中四个关键时段里不同身份和一以贯之的立场:1939 年作为记者,1945 年作为审判者,1952 年作为论战者,1956 年作为沉默者。正像张念在这本书的导读里所评论的那样,作者"非常加缪式地、非常存在主义地跟随着事件的展开,引发了这些至今还在纠缠人们的问题:种族主义、欧洲中心主义、主权难民以及精神流亡者。暴力能终止吗?道德力量和政治判断孰轻孰重?成为好人还是成为正确的人?立场是心灵的腐蚀剂吗？"

值得注意的是，张念在导读的结尾处，着重强调了"战后一代知识分子比今天的人们更清楚意识形态的'真相'"，而且更重要的是，"无论何种立场，萨特也好，加缪也好，他们令人尊敬之处在于——把自己交给了冲突的火焰……"这也正是加缪所强调的：反抗者在认识到世界的荒谬性之后，并没有倒向虚无主义，而是勇敢地采取行动。而这又恰恰是今天的知识分子所普遍缺少的品质。

在谈及《局外人》的主人公时，泽拉塔斯基写道："从许多重要的方面来说，莫尔索就是卢梭所说的十八世纪的'高贵的野蛮人'在我们这个世纪的翻版：在社会出现之前的人。"但是，"由于没能遵守塑造他们的世界的规范，莫尔索变成了一个弃儿。"这很容易让人联想到加缪在与萨特论战之后的那种令人费解、震惊的沉默状态。然而，加缪当然不是莫尔索，尽管他跟自己笔下的这个人物在处境上确实有某种耐人寻味的相似性。

"来自一个以热情奔放、富有勇气而闻名的地区"的他，在当时非左即右的社会思潮激流中并没有倒向任何一方，而是勇敢地成为了孤独的反抗者，并押上了自己所赢得的一切。从这个意义上说，在当时人们的眼中，加缪或许更像唐吉诃德。

"生命中的事件不是拼图（puzzle）的组成部分，因为并不存在需要完成的拼图。相反，'生命'一词代表身体知觉的波动，它始终冲击着他，如同阳光和大海一样。"泽拉塔斯基如是说道。因为"在一个拒绝给予我们超验的慰藉的世界，艺术家的任务就是使人类对意义的探寻变得合理。"而福克纳则说得更为直白："当那扇门在他身后关上时，他已经在门的这边写出了与他一起生活过、对死亡有着共同的预感与憎恨的每一个艺术家所希望做的事，即：我曾在世界上生活过。当时，他正在做这件事，也许在光明灿烂的那一瞬间他甚至都明白他已经成功了。他还有何所求呢？"

泽拉塔斯基在这部试图对加缪的精神世界进行深入浅出的切片分析的书中，以简练准确的笔法和严谨的逻辑为我们呈现了加缪思想发生发展的清晰主线，尤其是深刻剖析了他的思想世界里的四个关键节点与其复杂的时代背景的激烈碰撞。在书的结尾处，他特别强调："在顽强地投身于政治世界的过程中，加缪比其他任何人都更加清楚，存在主义的绝望是劳苦大众和受压迫者无力承担的奢侈品。"

事实上，对于今天我们正面对的这个矛盾更为激化也更为复杂普遍化的世界来说，比虚无主义更危险的心理状态正是绝望，而不是别的什么。因为很多知识分子跟普通人一样并没有清醒地意识到自己正身处远比加缪时代残酷得多的普遍困境中，也没有意识到斗争的必要性和不可避免性。或许"在这场斗争中，我们被击垮，并且不可避免地要被打败，但这不是绝望的理由。正如加缪的作品将永远提醒我们，真正的绝望只会发生在'我们不再明白为何而斗争，或者是否还有必要斗争'的时候。"

灵魂应是可以随时飞起的鸟

关于露易丝·格丽克《直到世界反映了灵魂最深层的需要》和《月光的合金》

假如露易丝·格丽克当初没有选择写诗，她会写什么？我想，她一定会去写短篇小说。当然，她不会是写故事的那种，而只能是那种叙述闪烁跳跃、善于构建微妙情境、对话若即若离、情节时隐时现、仿佛没有开始也没有终了的、场景会一片片地浮现于沉思边缘的暗影里的、谜一般的……小说。那样的话，美国现代文学中就会多一位风格独异的短篇小说家，而少了一位卓越而又纯粹的诗人。

那么，在格丽克很早就决心投身文学创作的时候，是否曾面临过这样的选择呢？我没读过她的传记，也没看过多少关于她的资料，尽管从对艺术纯粹度的追求上来说短篇小说是最接近于诗的一种文学样式，但我还是能非常确定地相信，这种选择并未发生。最初，她只在写作与绘画之间进行过抉择。当然她放弃了同样喜欢的绘画，选择了文学。而文学对于她来说就意味着是诗。因为她从十多岁开始"就希望成为一个诗人"。她选择了诗，就像选择了自己的命运。诗就是全部，就是唯一。

或许，这跟她是个天生的"极少主义者"有关，在"青春期中段",她沉湎于一种尽可能少的进食状态而不能自拔,并想当然地认为这是她能"完美地控制、结束的行动","但结果却成了一种自我摧残"。十六岁时,她终因厌食症不得不在临近高中毕业时辍学,接受心理分析师的帮助。这段特殊的经历对于她来说至关重要,因为它几乎决定了她以怎样的思维方式去面对自己和整个世界,甚至也决定了她将以什么样的路径去成为诗人,用一生去写自己的诗篇。后来她说:"心理分析教会我思考。教会我用我的思想倾向去反对我的想法中清晰表达出来的部分,教我使用怀疑去检查我自己的话,发现躲避和删除。它给我一项智力任务,能够将瘫痪——这是自我怀疑的极端形式——转化为洞察力。"

如果没有这样的自我拯救式的觉醒与领悟,她就将胎死于"瘫痪"之腹,而不会迎来自我的第二次诞生。因为只要接触过那些被抑郁症、厌食症囚禁的人就会知道,某种"自我怀疑的极端形式"对于他们来说意味着什么,他们随时都有可能摧毁自己内在的一切,以及维系他们与世界的关系的一切。他们知道什么是自我的深渊,却无力从中跳脱而出。他们所缺少的,恰恰就是格丽克所拥有的那种精神意义上的平衡能力,没有意识到这是"一项智力任务",因而也就无法获得那种能将"瘫痪——这是自我怀疑的极端形式——转化为洞察力"的能力。

> 一旦我能想象我的灵魂
> 我就能想象我的死亡。
> 当我想象出我的死亡
> 我的灵魂就死去。

灵魂应是可以随时飞起的鸟

这些我还清晰地记得。

直到六十多岁写的那首名为《回声》的诗里,她还在回味并反思自己早年的那种极为复杂而又残酷的内心体验。这样一种循环死结般的思维与想象的方式,足够为她制造一个无尽的深渊了。那么又是什么力量能让格丽克得以跃出深渊,摆脱那种自制的瘫痪状态和死亡的阴影,让她仿佛幻化为飞鸟容身于广阔天宇俯瞰她的那个废墟般的世界并使之重获新生的呢?如果我们将这仅仅归结为旺盛的生命力本身的作用,会不会失之于草率和简单?因为要知道,旺盛的生命力在很多时候也会因为内陷坍塌而变成无法阻止的破坏力、转化为强烈的自毁欲望与行动,而并不意味着一定就会为生命本身注入勃勃的生机。

或许,在某个异常清醒的瞬间她意识到,自我与其所处的世界的真正关系是同生共灭的,而不是彼此决绝孤立的,她不该把灵魂变成一个凸透镜置于阳光与自我之间形成那个致命的聚焦状态,灵魂应是可以随时飞起的鸟,去俯视大地上的一切,其中当然也包括身处万物中的那个自己。她也知道这并不是一劳永逸的解决方案,而只是能量极为有限但却可以反复出现的平衡,作为体验者与思想者,她须将自己的洞察力发挥到极致。

但这注定是个异常痛苦的过程,就像自己孕育自己并生下自己,然后还要亲手剪断那带血的脐带、亲手拍打自己柔弱的身体直到发出哭声……作为生产者与诞生者的合体,她必须得经历双重极致的挣扎与痛苦。她知道这是个非常悖论式的过程,人来到这个世界的那一刻,就开启了出生入死的时钟,然后破壳而出再次生下自己,就是向死而生的过程。生与死,始终都是交织在一起的,而你只是个见证者。而这也并不是什么答案,只不过是钟声回荡般的存在。因为作为见证者的对于生与死的反复认知与体会,是会一直伴随着生命整个过程直到终结之时的。所以我们既可以在格丽克早期诗作《棉口蛇之国》的结尾处看到这样的句子:

> 出生,而非死亡,才是难以承受的损失。
> 我知道。我也曾在那儿留下一层皮。

也能在她五十多岁时写的《鲁特琴之歌》里看到这样的诗句:

> 我用灾难做一把竖琴
> 永存我最后的爱情之美。
> 但我的悲痛,虽然不过尔尔,
> 仍然挣扎着去获取形式
> 和我的梦想,如果我坦率地说,
> 主要的不是渴望被记住
> 而是渴望活下去——
> 我相信,这才是人类最深的渴望。

在永无终极答案的生命进程中,问题是注定会层出不穷的。对于格丽克来说,重要的永远不是探讨找到解决问题的方式,而是赋予它以某种新的形式,就像河神帕纽斯为终止太阳神阿波罗对他女儿达弗涅的追逐,毫不犹豫地把她变成月桂树。格丽克的月桂树就是她写下的诗。对于她来说,一首诗的出现和完成固然是一个事件,关于生与死、关于遥远的记忆、关于特殊的日常时刻、关于始终耐人寻味的神话与传说、关于微妙的童话与故事，也关于滞重的家庭与爱、永远关系复杂的男人与女人。但所有的事件都不是她真正要传达的那个事件本身，而至多只是某种关于事件的"预兆"，正像她在那首模仿普希金风格的诗作《预兆》里所写的那样：

> 我们诗人放任自己
> 沉迷于这些无何止的印象，
> 在沉默中，虚构着只是事件的预兆，
> 直到世界反映了灵魂最深层的需要。

　　看格丽克的诗，总会觉得她是在做出叙述着什么事情的样子，但读着读着，就会觉得这叙述的过程其实更近乎是一个个凝视的瞬间的复合，而不是为了让某个事件成为文字事实得以传播，她的"叙述"与其说是种呈现过程不如说是某种凝神沉思的状态，对于她而言，在这种状态下发生的即是诗的生成，也是某个新的问题的生成，而不是想象赋形后的终结，它不寻求答案，甚至也不寻求回应，它只是像钟声一样回落在时空之中，期待着那些最为自然之物的共振，从某种意义上说，诗就如同她手中的一枚扁圆的石头，被她随手抛向湖面，或是旷野之地，而她拥有的则是之后出现的瞬间无际的寂静。

　　她诗中的那些画面或场景，就像用高速摄像机录下的画面重新剪辑生成的，它们缓慢，异常清晰，也是了无声息的，即使里面的人物会发声也不会改变这本质意义上的无声状态。她有着能把一个貌似微不足道的瞬间转化为一个繁茂的神秘花园的能力，这也是一种能把任何印象化身为茧然后再让其中的生命体破茧而出羽化成蝶的能力。

在《直到世界反映了灵魂最深层的需要》和《月光的合金》这两部收录了她六部完整诗集和五部早期诗集精选的书中，我们可以非常充分地感受到，她作为一位天赋极高的、对于写作有着巨大"野心"和强烈使命感的诗人所作出的长久执著而又异常深刻的探索，以至于有时会让人觉得这所有的诗其实就是一首长诗，它像无数溪流汇聚成的长河，先是纷纷蜿蜒曲折地穿越山林谷地，随后又奔涌于广袤的原野，同时也在无时无刻地不断穿透内心深处的所有深峡、沟壑与空隙。它们无疑既体现了女性骨子里的那种极细微的敏感与不可预料的裂变冲动，也展现了超乎性别的对于生命悖论与秘密的不断反思、对虚无的执拗抗争、对此在的持久追问与领悟。其实，她在九十年代初写的那首《登场歌》里已然对自己的使命有过清晰的概括：

> 我为一种使命而生，
> 去见证
> 那些伟大的秘密。
> 如今我已看过
> 生与死，我知道
> 对于黑暗的本性
> 这些是证据，
> 不是秘密——

让故事之海重新蓄满动荡的海水

关于 A·S·拜厄特的《论历史与故事》

2012年9月里的一个下午,在上海日航酒店二十五楼的那间咖啡馆里,七十六岁的英国著名作家 A·S·拜厄特女士在对我谈及她的思想与文学时,曾说道:"当然也有一些作家完全只写自己,但我是不会读这样的书的,我宁愿去读历史或哲学。小时候我受贵格派教育影响,贵格派教育的特点之一就是提醒人不应该想'自我',要保持安静,让'自我'消失……对这些观念我是认同的。"

尽管这些观点并不算新颖,但对于我来说依然足够耐人寻味,而且当时我也并没有弄清楚她作如是说的背景是什么。直到在今年,译林出版社出了拜厄特的文论集《论历史与故事》之后,我才看到了她更为详细的阐释:

"……自我建构,这是现代主义小说的一个绝佳主题。我相信后现代作家们回归历史小说是因为写作自我的想法似乎已经一劳永逸地得到了解决,或者不稳固,或者因为作家们被这个观点吸引,认为我们或许并没有一个有机的、可被发现的单一自我。我们或许不过是一系列分离的感官—印象,记忆中的事件,一些移动的知识,观点、意识形态的片段和回复的储备库。我们喜欢历史人物是因为他们是可确知的,只有一部分可供想象,而且我们发现这种封闭的特质很诱人。在不朽灵魂消失之后,是发展完善而连贯的自我的消失。普鲁斯特、乔伊斯、托马斯·曼都以与整合自我同样快的速度瓦解自己的庞大意识。"

从自我建构到自我解体,后现代小说与现代主义小说的分野似乎就在这里。或许在拜厄特眼中,如果说现代主义小说所作出的种种强劲得近乎暴力的颠覆努力在开拓出全新领地的同时也在身后制造了与传统之间的巨大断裂和废墟,那么后现代的小说家们所做的并不是进一步延伸现代主义小说的轨迹,也不是掉头重返传统小说的那些早已固化了的写作范式里,而是要回过头去越过断裂地带、深入废墟,在残垣断壁之间被碎砖瓦砾覆盖的依然深厚的"历史与故事"的泥土层里发掘并创造出新的重组建构的可能。

《论历史与故事》共有七章,实际上分为两个部分,前三章《父辈》《祖辈》《祖先》基本上是围绕"历史小说的复兴"探讨当代英语小说写作的各种有代表性的鲜活样态的,关键是指出面貌一新的当代"历史小说"所拥有的强大到令人震惊的重构和重现历史的双重功能;后四章则是全部用来挖掘研讨"故事"本质意义上的强大生命力,强调那些经典的"故事"至今仍旧是小说创新最值得借力的浩瀚资源。

对于很多人来说,所谓的"历史小说",似乎要么是大体符合史实的叙事,要么就是根本不考虑史实的戏说式叙事。他们通常都很难从小说的角度来看待什么是"历史小说"。从这个意义上说,拜厄特的这本《论历史和故事》是注定会让他们费解。拜厄特要做的不仅仅是为当代英语"历史小说"正名,将其从"颇多的诟病(怀旧/传统/华服/古装戏产业)和(逃避主义的)苛责"中解脱出来,并嘲讽"各大文学奖终选名单评委们普遍所持的立场,他们不满地问道:'严肃表现当下生活的作品在哪里?'"(这充满道德优越感的质问简直就是当代文学评论界的流行病)她毫不客气地表明:"在我的一生中,'历史小说'比许多与时俱进直面当下现实的小说更具生命力。"

在拜厄特看来,"故事"的生命力之所以始终未曾被现代主义潮流所真正消解殆尽,关键并不在于它更易读易懂或者更容易传播,更容易打动人心,而是在于"故事不像小说,它们和死亡息息相关。"用普鲁斯特的话来说,经典故事集是"反抗死亡的大书。"而拜厄特还进一步强调,"永恒顿悟的现代主义愿望之后,在新小说反对故事讲述的高潮之际,那些相信叙事的人,比如米歇尔·布托指出,我们是叙事生物,因为我们生活在生物时间中。无论我们乐意不乐意,我们的人生都有开始、过程和结局。我们在酒吧和床上互相叙述自己。"

尽管如此,但拜厄特在《论历史与故事》中显然并非要对现代主义小说作出全然否定式的清算,因为她曾毫不掩饰地表达过自己对于普鲁斯特、卡夫卡的热爱,以及他们在她写作的关键时段所产生过的重要启发和影响。她要做的,其实是深入梳理"历史小说的复兴"和"故事"的强大生命力这两条线索,在"绘制出当代英文小说写作的新地图"的同时,揭示"故事"生命不息的秘密。在她的潜台词里,在现代主义小说抵达巅峰之后,后现代小说凭借对历史与故事的从题材到手法的创造性运用再次开辟出新的更为自由的小说世界。

尤其值得注意的是,作为一位全能型作家(既能写小说、诗歌，也能写评论，还是大学里的文学教授），在此书的导言中，拜厄特开篇就表明了自己的立场："我是个作家，并且总是将作家视为自己的主要身份"，尽管"教授文学，但我从来没教过'创造性写作'。我们认为自己将教授优秀的阅读视为鼓励并实现优秀写作的最佳方法。"也就是说，尽管这是一本关于小说写作的书，但绝非学者式、批评家式的，更不是泛滥成灾的各种主义式的，不管当代小说理论与批评如何强悍甚至霸道地扰动着小说的写作，对于一个作者而言，只有真正意义上的作家式阅读，才能在历史小说的复兴和故事的生命力中探寻到小说创新的基因和源动力。

她提醒人们要警惕当时盛行学术界的关于文学研究的"各种强烈的政治化热情"："只要小说看起来似乎对关于'女性写作'或者'女性主义'、'后殖民研究'、'后现代主义'的争论有所贡献，它们就很可能被选入课程。"她无疑清楚，政治化热情所导致的文学堕落跟商业运作造就的文学堕落已然强势地占据了当代世界文学的大片领土，面对这样的背景，她必须要提醒人们，还有很多"不适合任何课程"的"殊异的杰作"。同时她认为，"我们这些评论现代写作的人有责任让讨论保持开放、流畅并且基础广阔。我们需要创造新的范式，这会带来新书，新风格，读者注意力的新侧重。我们不知道今年或者去年或者十年以前的哪些小说五十年后依然有人读——如果存在这样的小说的话。我们需要不断想出新的——甚至是刻意暂时的——阅读方式，去比较我们读过的东西。"

在《论历史与故事》中，拜厄特对于"历史小说的复兴"诸多现象级作品的点评都是言简意赅而又富有启发性的，从中可以充分看出她作为一位优秀小说家的独到眼光和异常精准的艺术判断力。我们知道，判断一个小说家是否真懂小说，通常只要看他/她怎么谈论小说、如何点评别人的小说即可明了。因为即使是那些最擅长把模仿之作包装得看似原创的知名小说家们，也无一例外地会在谈小说时不知不觉露出马脚。相反，没有哪个真正优秀的小说家会在谈论小说时说不出独到而又深刻的见解。同时，拜厄特也再一次为我们验证了一个常识，创作力强悍的作家一定拥有同样强大的阅读能力。从导言开始，她就让读者有种要窒息的感觉——那令人眼花缭乱的英国作家及作品名单，其中至少有一半作家和作品是目前我们国内还没引进过的。但拜厄特的了不起之处在于，她能以闲庭信步、举重若轻的方式引领你漫步前行，并充分释放出自己的想象力。

在谈论那些作家作品的过程中，大量引用精彩片段，是拜厄特特别看重的一个环节。在她看来这也是那些优秀的作家式评论传统中的一个不可或缺的典型特征。它们的精彩存在不仅能为拜厄特所论及的不同类型的小说方法提供鲜活佐证，并引发读者对它们背后的那部作品产生浓厚兴趣，更重要的是还能为这部谈论小说写作的著作创造出丰富的文本层次——它们就像美妙的彩色玻璃碎片，在这部谈论小说的作品的内外墙壁上拼贴出异彩斑斓的叙事图景和空间，让阅读者能够有种随意穿梭其中的另类漫游的感觉。

当然若是说到《论历史与故事》中最为出彩也最有启发性的部分，在我看来就是后面关于"故事"的那四章。从"真实故事和小说的事实"、"旧的故事，新的形式"到"有史以来最伟大的故事"，拜厄特将神话传说、一千零一夜、安徒生童话和格林童话等等所构成的经典故事传统与当代小说写作方式(尤其是自己的写作)的变化勾连对应,对故事生成的方式以及朴素叙事的丰富可能进行了精辟的令人脑洞大开的探讨。面对那些经典故事,她指出,"这些故事是谜语,所有读者都将它们改变了少许,而它们同时接受和拒绝改变。"

面对自己的写作,她坦承:"我感到一种多感受少分析、更平实叙述的需要,有时候这反而更神秘。对于一个作家来说,真正的兴趣部分在于一行一行文字选择的复杂。我发现自己删掉了心理描写,或者邀请读者进入角色思想进程的内容。我发现自己开始使用故事中的故事,而不是反复出现不断变形的隐喻来创造意义。"为此她吟诵着华莱士·史蒂文斯的诗句:"去寻找,而非强加 / 这是可能的,可能的,可能的,必须是 / 可能的。"

显然,拜厄特认为被现代主义小说抽干了并填满沉默与黑暗的故事之海需要重新恢复饱满动荡的海水。因为在她看来,"高雅的现代主义(小说)用永恒瞬间的顿悟幻觉逃出时间的桎梏,想象出的时间在我看来总是勉强的,最后并不能提供任何足以对抗恐惧和死亡的东西。而优雅精巧的小古董,叙事好奇心的粗俗满足,却可以对抗死亡。"

2016 年 6 月 17 日

德斯特里·斯科尔斯的玻璃球

关于 A·S·拜厄特的《传记作家的传记：一部小说》

翻开拜厄特这部《传记作家的传记：一部小说》没几页，我就想到了一个朋友。他对阅读有着惊人热爱，为了写篇书评会先读上十几本相关书籍，就像为了一杯水而摸遍整条河流，但，他乐在其中、不厌其烦，唯一让人担心的，是他何时写出要写的东西。他曾想写个关于中亚的小说，就找来能找到的所有中亚史、冒险游记以及考古之类的书，随着阅读的深入，他又在那些书里发现了其他书，这样一来，我猜他的写作计划是被不断涌现的新书所淹没的。他还曾试图以一个八国联军的英国士兵为主角写个小说，几年过去了，小说也没完成，但相关阅读可能仍在延伸……他并不介意，似乎不认为写完是必须的，正如那种只是沉迷于漫游而不设置终极目标的探险家。当然我知道，他追求的其实是对于确切性的足够把握。

如果说我的朋友为追求确切性而终陷于诸多可能性和不确定性的漂流状态，那么，拜厄特这部小说的主人公纳森却走出了完全不同的路线——这场原本看似毫无希望的以探寻一位非著名传记作家的生平为主线的人生戏剧，从追寻那些散漫琐碎的资料开始之后，把纳森（还有读者）抛入了一个充斥着碎片的世界，被种种不确定性所包围,而他也像个碎片似的在其中茫然游荡……当读者被那种弥漫无序的博物趣味不断包裹近乎窒息、并认为纳森也将完全迷失其中时,他却在两个意外出现的性格类型截然相反的女子影响下觉醒了,意外地跳脱了原来那个僵死的理论研究世界,找到了属于自己的生活开端和进入文学(非学院式的)的真正途径,尤其是获得了自我觉悟意义上的重生。

书名有点像文字游戏。其实不用读到最后,我们就知道,这部《传记作家的传记》是由一显一隐两个传记构成的,德斯特里·斯科尔斯的和纳森的。只要读者仔细辨识,就不难在拜厄特的文字河流里打捞出分属他们的漂浮物。虽然与德斯特里·斯科尔斯有关的占据了主要篇幅,远远多过叙述者纳森的,而且与纳森有关的,不过是些太过微小的泡沫,但,也正是这些微不足道的泡沫,隐藏着纳森去追寻一切并借此获得新生的所有动因及内驱力。那么,纳森是怎样的一个人呢?且让我们把那些泡沫聚拢一下。

这是个矮个子小男人,全名是费尼亚斯·吉尔伯特·纳森,父亲在他小的时候就失踪了。十三岁时他发现拉丁文里"纳乌逊"的意思是侏儒,跟法语里的侏儒是同源词,这让他心里涌起一股确认后兴奋的焦躁感。小时候他是个在学校操场上备受欺凌的男孩,家里有个经常冲他喊叫的妈妈,从来没有人试图保护他。在相当漫长的时间里他都认为自己是个微不足道的人。他从小就是在信奉自我压抑的教条中成长起来的,当学生时又信奉去个性化。长大以后他还有电话恐惧症。而在他的大学老师古德先生眼里,他是个没有自己生活的人。这个判断当然是事实,作为一个有着废墟般的早年生活的异常压抑的人,他在试图成为"后结构主义文学批评家"的学院式修炼中已陷入近乎窒息的状态。他承认，"我是在决定不再做一个后结构主义文学批评家后开始写这篇东西的。"其真正意图，或者说潜意识里的意图，其实是逃脱那种窒息的处境，寻找属于自己的"人性空间"。这意味着，《传记作家的传记》其实是一部套着那种熔碎片拼贴伪传记为一炉的后现代小说外壳的自我教育小说。

整部小说要概述起来并不容易，因为它采用的是多线索交织并行的叙述方式，而更为复杂的是这些线索本身也并不是那种清晰明了的叙事状态，正像纳森自己所说的，"然而任何线索都不会有一个终端，犹如无法彻底展开的蛛丝。"多数情况下，这些所谓的线索在本质上其实都是以碎片状态纷繁浮现的，似乎每条线索都在不断地分叉生出些新的枝蔓，而每条枝蔓又都会带出一阵阵新的碎片。以这种方式结构而成的文本几乎容不得读者采取间歇式阅读，因为一旦出现人为的停顿，等到再次打开这本书时就会有一团迷雾的感觉。为了享用拜厄特女士非凡的写作技艺和超强的整体控制力，读者最好的选择，就是保持足够的耐心和兴趣一口气读下去，直到结束。

不用读到全书的一半，读者就会意识到，传记作家德斯特里·斯科尔斯的传记，几乎是不可能完成的。纳森花费大量时间精力找到的那些资料，非但无助于理清头绪，反倒会让他陷入更深的迷茫。这迷雾中唯一的亮光，就是他自己的生活出现了。这一点是非常有意思的，迷失的过程反倒变成了导致觉悟的探险，曾经压抑窒息的他逐渐打开了在麻木状态下已然封闭的所有感官，逐步走出了自我的废墟，走向了色彩斑斓的激情人生。归根到底，传记里的生活是死去的，此在的生活才是活的，而这个时候我们再回过头去看本书的副标题"一部小说",就会发现,或许拜厄特写下这个副标题时,其实想要表达的是:小说,才是一种始终在进行中的永远不会终结的生活。

不难想象,纳森的大学导师古德先生为什么会暗示,他的这种不顾一切的探寻在某种意义上只是"缺乏自己的生活"导致的,他是在把对这个资料极为缺乏的传记作家生平经历的追索过程当成了自己唯一的生活……这显然是危险的,甚至是毫无意义的执著。其实,导师的反应,与其说是关切,倒不如说是潜意识里对弟子的所为有着逐渐脱离其影响及其熟知轨道的趋势所产生的本能反感。可是,他当然看不到纳森是在以行动重构属于自己的人生。当纳森在偶然发现的那家名为"帕克的腰带"的奇怪小店里开始打工,并认为"这是我生平享受拥有的第一个人性空间"时,一次真正醒悟的发端也随之出现了。

真正促成纳森实现自我完全觉醒的,是薇拉和芙拉,两位非常特别的女子。薇拉像夜晚,安静内敛,少言寡语,纯净得如同一朵白色的百合花;而芙拉则像白昼,热情如火,直率有力,充满野性,像一朵盛开在夏天的火红的野玫瑰。她们从不同的线索上的突然出现,就像月光和日光一样,穿破了弥漫在纳森周围的迷雾。正是她们的出现,让正介乎迷惘与觉醒之间的纳森终于迅速地完成向彻底觉醒的决定性一跃。这不免让人想起歌德在《浮士德》里的那句有名的"永恒的女性,引领我们飞升!"纳森终于接受了自己作为一个独立个体、作为一个人的全部存在,接受曾令自己长期羞愧自卑的肉身,接受自己那颗微不足道的心,于是他终于清清楚楚地意识到自己的存在了,而这,显然要比她们对他的接受有着更为重要的意义。

谈及纳森的自我觉醒与接受过程，就不能不说到小说刚开始不久写的那个他反复做的梦。他梦到"一个人陷进了一只玻璃瓶里，这只瓶子本身又大致是一个人形。它时而发蓝，时而泛绿，时而又清澈透明得能看清玻璃中的一道黄色投影和瑕疵。这个人是又不是他本人。我又成了这场梦中事件的旁观者。"对此梦境，尽管纳森明言自己已经不玩精神分析批评了，但显然这梦就是一个象征——一个人如何在困境中孕育自我并觉醒再生。从这个梦境再联系到后面，纳森在德斯特里·斯科尔斯外甥女薇拉提供的遗物中发现的那些颜色各异且内有不同微小饰物的玻璃球，"每一个玻璃球都经过精心命名，而且是独一无二的。"它们难道不是对那个梦境某种神秘的呼应么？同时它们也很像是对整个作品文本的一种暗喻，每条线索及其相关线索，包括所承载的事件和细节，在某种意义上都很像这些每个都独一无二的玻璃球的不同组合，它们看似关联，实则孤独存在，但又被隐含着的暧昧难明的亲缘气息所萦绕着。再往更深一层去想，它们似乎也是个人精神存在的某种象征。

读罢此书，再去看书的名字，就会明白，所谓的"传记作家的传记"，真正的传主，其实只能是纳森自己，而传记作家德斯特里·斯科尔斯的传记，不过是纳森重生"传记"的土壤。这是以他理想中的"随心所欲、自我放纵体裁"完成的一部精神自传。但它的实体又是真正意义上的小说。拜厄特的笔力是惊人的。让这样一部线索错综复杂、充满了各种碎片，旁引博征地牵涉到博物、传记、戏剧、哲学、诗歌等诸多领域的小说，在笔法多变的同时还能从始至终地保持着叙述的能量和强度，是非常不容易的，尤其是对关键节点的把握和节奏的控制在上，真的是最能考验作者能力的悬崖上的舞蹈，稍有不慎或敷衍，就会失去控制，流于后现代式的浮泛、花哨与油滑，而拜厄特的表现，几乎是无可挑剔的。

唯有内心之光幸存

关于弗兰克·莫贝尔的《最后的模特》

仿佛在嗅着某种微妙迷人的芳香，阿尔贝托·贾科梅蒂惬意地低垂眼帘，夹着香烟的右手微托脸颊，那张在线条质感上越发像其雕塑作品的晚年的脸上，坚挺的大鼻子明显处于高光的位置——它沉浸在那种不断切近的芳香里，并仿佛因此而凝止于那个点上，在他右侧的桌面上，是一瓶带有金属笼罩的苏打水，旁边紧挨着的是只印有TUBOR字样的白色烟缸，而它的另一侧，则是半瓶可口可乐，那种经典的小玻璃瓶，它后面的那个姑娘正侧过头去，冲他笑着，露出小巧得仿佛不差一点就发育完成的光洁牙齿，娇小秀美的脸庞像朵刚绽放的花，她的右手握着玻璃杯，被可乐瓶遮住了一半，裸露的胳臂纤细圆滑，香烟夹在左手上，手腕上有只很小的手表，那串深色的宝石项链垂在浅色的薄纱丝T恤衫上……她是卡罗琳，贾科梅蒂晚年最后的模特，情人，也曾是混迹酒吧的妓女，拍这张照片时，她正准备开始"过自己的生活"。

这张照片被用在了弗兰克·莫贝尔的《最后的模特》中文版的封面上，只是画面变成了宁静的淡绿色调。这部获得了2012年法国勒多诺随笔奖的作品，虽说是纪实性的，但读下来的感觉其实更像是小说，或者换句话说，至少是用小说的笔法写的。这是一场发生在作者与被访问者之间的意识层面的较量，莫贝尔当然试图进入卡罗琳的内心世界，记忆的深处，但她并不想就范。这既因为她还想保有某些只属于她的东西，也因为那个世界已然是一片废墟了，即使是她坦然地引领着他进入其中，也不能改变这个本质事实。

作家莫贝尔找到主人公卡罗琳时，她已经五十多岁了。她早已不再是当年的那个卡罗琳。莫贝尔来到卡罗琳那简陋混乱的房间里，就意识到，她以及她的世界，已是"某种被遗弃和被忽略的东西。"当然他也注意到她的床头柜上，有本已经翻得卷了边儿的《主的美人》，这充满象征意味的书或许真正的意义就是它的名字，正如它旁边的那张磨损熨烫过的阿尔贝托·贾科梅蒂的黑白照片，也正如那张不带画框的肖像画，她挥舞着它："他很美，我的阿尔贝托。"尽管一切早已物是人非，但面对这个卡罗琳，莫贝尔仍然有所发现：

"一个真正女子的脸，未跟生活作弊的女子，一个小小女子的脸，迷茫而又疲惫。她强烈的目光一下子把您抓住，她那茫然若失的眼睛变得巨大无比，发出一种贪婪的光芒。"

那么，她现在过着什么样的生活呢？

"卡罗琳的精神并不安宁。她窃窃私语，低声嘟囔，抱怨道：'他虐待我，他虐待我。'她留宿了谁？她隐藏了谁？"

显然，这肯定不是她想要的生活，但她已无力摆脱。因为她老了？比这更重要的原因，其实是她的身体、灵魂里的某种最重要的东西，在三十年前就已被她的阿尔贝托·贾科梅蒂带走了，带到了另一个世界。

我们可以想象一下，假如当初她只是大师的模特，而不是大师的女人，她的命运路线会是怎样的呢？虽说这样的假设是不可能发生的，但有一点可以肯定，她也不可能成为后来的"卡罗琳"，贾科梅蒂的"卡罗琳"。当她决定将自己的名字改为"卡罗琳"，当她出现在巴黎的那些酒吧里，就注定了她的命运——她一定会遇见贾科梅蒂，一定会成为他的模特，成为他的女人。这是他们之间的必然选择，也是他们各自命运轨迹的必然结果。因为贾科梅蒂"始终如一地爱着女人们而且他从来没有掩饰过他对妓女的激情。"更因为"她跟其他的姑娘不一样，她散发出某种光彩，令人生不得气的朴素自然。"当然，也因为"在他眼中，她不像其他女人那样，是一个平平常常的女子。这是一个敢于冒险的女子，他也正是因为这一点而格外看重她。他知道，她天使的容颜下遮掩了很多的黑影。"

她来自法国西部的旺代海岸，从小就活在混乱的充满失败感的环境里。她很早就意识到自己被抛弃了，一无所有，甚至因此希望自己更加彻底地一无所有。她不相信有上帝。但她不抱怨，"一个受过苦的女人是不抱怨的。"她逃离了家乡，"直至把它彻底忘却，完全抹除。"生活就像她的那个名字，"卡罗琳"，其实本来并不属于她。她原名伊冯娜·玛格丽特·普瓦罗多，是某个男人为她选的"卡罗琳"这个名字，她不会告诉任何人他是谁。对于她来说，这些都已不重要，重要的是"人们得走出自己的生存状况，无论以什么样的方式。忘却掉人们早已把您忘却。"也正因如此，她才能够有机会成为贾科梅蒂的那个"卡罗琳"。

"她会玩把戏，她没有向他袒露她私有的小小秘密，她没有跟他谈过任何一个她结识只有半个钟头的男人，她没谈过保护她的那些人，也没谈过支持她的那些人。对那些人，她什么都不说……"还有，在她看来，"他大概觉得我还不够风趣……而说实话，对此，其实我根本就不在乎，我跟那些先生大人没什么可说的，那更应该是他跟安妮特的生活……"而这些，也正是令贾科梅蒂颇为着迷的因素。

贾科梅蒂曾经这样谈到自己观察的方式：

"我对那个对面街上行走的女人的微小形体感到惊讶，看着她越变越小，而我的视觉范围则大幅扩大，我看到的是一个四面八方浩瀚的空间……相反，如果她靠得太近，譬如两公尺，那我自然再也看不见她，连实物原型尺寸都不是，她已经侵占了全部视野，只是一团模糊。若停止观看时，她的存在也几乎终止了。任何东西只是一种显现，真实永远隐显于实存与虚无之间；对有限事物的真实、绝对的追求是无限的。因此，真实的追寻并不在于求得精确，而在于试着理解究竟看到了什么，并把看到的如其所是地描绘下来。"

从这个角度来说，我们就不难理解，当贾科梅蒂开始画卡罗琳时，为什么总是不够理想，因为他跟她之间已是太过切近了……她固然能让他重燃激情，但他更渴望在画作里赋予"卡罗琳"全新的生命。她能理解么？

"为阿尔贝托摆姿势做模特，需要有严格的纪律和坚韧的顺从，几乎称得上是一种苦行。"这丝毫不让人意外，因为对于贾科梅蒂来说，"作品意味着不可能性。"作为一个艺术家，他能做的就是在这不可能中尽力寻找出可能的途径。她呢，不断观察感受着这个在艺术上对自己极端苛刻的男人，"我在他的身上发现了另一个男人，专横威严，向我发号施令——尤其是别乱动——

这对我来说很新鲜。跟他在一起,我变成了物品。"当然,在很大程度上卡罗琳也并没有意识到,任何非同寻常的遭遇与激情,都是有"代价"的,而这代价,跟生活在底层所要付出的代价是完全不同的。

她家平台上有棵光秃秃的柠檬树,让联想到了贝克特的名剧《等待戈多》里的那棵树,整个舞台上最为孤独的角色,戈多至少还有个似是而非的期待,可是那棵树呢,恐怕连关于期待的意识都不可能有。那个阳台上,还有只始终开着的笼子,以及飞来飞去的金丝雀,她说:"是的,这是它们的笼子,但它们是自由的,它们飞去,它们飞来……我羡慕它们。"显然,她早已失去了自由。她已不再是从前的那个"卡罗琳"了。她最美好的时光就不复存在了。是她的阿尔贝托带走了一切,抽空了她的灵魂。从某种意义上说,贾科梅蒂带走了那个"卡罗琳"。留下她,这个永远不可能完成的作品。她对此无能为力。现在,她是他在这个世界上留下的一个永远都无法填补的空白,一个不断深渊化的黑洞,她在那里,却又如同无。真正的"卡罗琳",只存在于贾科梅蒂的作品中。也正因如此,她才会近乎绝望地对莫贝尔说道:"我什么都没有了。实际上,我什么都不曾有过。"

那么,这是一种残酷的剥夺么?是,也不是。因为从本质意义上说,她,卡罗琳,在他,阿尔贝托·贾科梅蒂的引领下,参与的是真正意义上的创造的过程。而且,她还深爱着他,在这位伟大艺术家最后的生命时段,既是能激发他创作力的理想模特,也是他最后的恋人,她亲眼目睹了他那最后的天才之光,也承受了光芒逝去后那永远无法摆脱的巨大阴影。尽管直到很多年后,她还在试图"用衰退的记忆做挡箭牌,把那些岁月轻而易举地坦葬掉。"但是，在她的内心深处，那段岁月，难道不也是她整个人生中唯一幸存的光么？

莫贝尔在本书的扉页上引用了博纳富瓦的《内地》里的话：

"为什么我们无法支配存在之物，恰如凭栏一溜平台眺望？存在，但并非在事物的表面，在道路的拐角，在偶然中。"

事实上，或许她还没有意识到，比成为"贾科梅蒂的卡罗琳"更重要的，是她在那个时段里成为了她自己：卡罗琳。从庸常的得失标准来说，失去贾科梅蒂之后，她就陷入了无尽的失败状态。但是，假如她知道她的阿尔贝托曾说过："人们只有在失败的情况下才算成功了。"而他的朋友萨缪尔·贝克特也说过："成为艺术家，就是像任何别人都不敢失败那般地去失败。"那么她会不会多多少少感到一些慰藉呢？就像在那本《主的美人》里夹着的那张字条上，贾科梅蒂写下的那行字带给她的那种长存心底的感觉：

"我该走了，我打算叫醒你的，但这不可能。我已经晚了，很快再见。阿尔贝托。"

时刻等待一道闪电的人

关于贾科莫·莱奥帕尔迪的《道德小品》

在古代,你没有农场,有的只是
沟壑、洞穴,你在黑暗里种下去骨头和尸灰,
光播种而不结果。而现在,你在美丽的
阳光下拥有众多的土地,有活跃在周围的人群,
可以说,他们都任凭你去主宰,你还没
来得及让他们大批死亡,他们马上又大批诞生。
在你从前通常遭到唾骂和痛恨的地方,
现今由于我的工作,局面完全改变了,
凡是有知识的人,都赞美你,珍重你,将你
置于生命之上。他们如此地钟爱你,
总是在呼唤你,将目光投向你,把你视为
最大的希望。

这些文字,出自十九世纪意大利诗人贾科莫·莱奥帕尔迪笔下,但,这并非他写的诗,而是其《道德小品》里《时髦与死亡的对话》的片段,我只是作了下分行处理。这段文字真正令人赞叹的,不只是莱奥帕尔迪在揭示"时髦"那毁灭一切的本质过程中

所展现的深刻犀利的思想，更重要的，还是他那作为伟大诗人的想象力与随手行文即成诗章的天才笔力。这样的文字，在这本薄薄的《道德小品》里可以说俯拾皆是，毫不夸张地说，只要稍作形式上的处理，这本小书就能变成一部非凡的诗集。如此看来，莱奥帕尔迪为我们所留下的，或许就不只是四十一首诗作了，要是我们用同样的方式去他那厚过千页的《杂感录》里打捞的话，完全可能会捞出无数优秀诗篇。尽管我们可以作如是说，但实际上却又并不足以概括莱奥帕尔迪在诗以外的文体里所展现的巨大才华和非凡的创造力。

  关于贾科莫·莱奥帕尔迪，凭着到目前为止仅有的《道德小品》和《无限》这两个中译本，还有那些简要的介绍，我们还能说些什么呢？我们只是知道，他是十九世纪意大利最重要的诗人之一，浪漫主义的思想家；还有，他出身于败落冷漠的贵族家庭，有个脾气粗暴的妈妈，从小饱读诗书、博闻广记，精通拉丁语、古希腊语、希伯来语、法语、英语和西班牙语的天才；或者，像我的朋友艾洛说的，他只写了四十一首诗，却与但丁、彼特拉克、蒙塔莱一道成为意大利最伟大的四位诗人。最后，他差不多终生都是疾病缠身，只活了三十九岁。

  他的多病与短命，似乎很适于作为解释其作品中的种种悲观思想的背景。但，只要读过他的诗，尤其是读过《道德小品》，就会知道，这位饱受病痛与失败折磨的诗人，其悲观思想，是对人类整体命运的悲观，而非对个人命运的悲观——那种沉湎于自我痛苦深处的，执迷于个人哀叹、伤感、无望的表达，是基于对整个人类的处境、精神困境与诸多愚思蠢行、狂妄自负的深刻洞察所作出的尖锐批判、机智嘲讽的结晶。它折射出的思想澄明高朗，而非郁结难解阴霾不散，它以生动鲜活的场境含蓄思想，而无任何哲学家式的说教，它的风格是轻逸洒脱的，而非沉滞颓丧的，它在那种戏剧化的言语空间里所做到的是诗与思的完美结合，而这种方式，恰恰是只有最伟大的诗人才能驾驭自如的。

《道德小品》是部不可思议的杰作。从形式上看，其灵感或许来自古希腊名著《路吉阿诺斯对话录》之类的作品，因而才会有如此的风格——极尽嘲讽与批判之能事，又充满了奇思异想。但从内容的丰富度，思想的深度，及其手法之巧妙来看，它又有着截然不同的特质——它完全不像十九世纪初期的作品，而更像是为我们这个时代所预先创作的，它所涉及的话题，无论是灵魂与自然、哲学与科学，还是时髦、幸福或人类的种种恶习，即使放在今天也仍旧是鲜活的，莱奥帕尔迪在探讨这些话题的过程中透露出的思想，有很多都是极具当代性的，而最为重要的是，赋予了它们以瑰丽的光芒的，是他那非凡的想象力与能让一切产生微妙诗意的语言力。

譬如在开篇的《赫拉克勒斯和阿特拉斯的对话》里，莱奥帕尔迪为我们提供了一个罕见的宏观审视地球的视角：这场对话的背景，应在古希腊神话里最具反抗精神和行动力的大英雄赫拉克勒斯试图说服阿特拉斯替他搞到金苹果，而由他代替其背着苍天前夕。地球呢，在他们眼里，已是个变轻的失去活力的气球，然后为了唤醒地球，他们竟然拿它玩起了打球游戏，而且还边聊边打……莱奥帕尔迪想要表达什么呢，除了地球的不断退化、丧失活力，跟微不足道的人类一样变得越来越微不足道？尽管赫拉克勒斯引用了贺拉斯的一句诗："如若世界轰然倾倒，正直的人也不应移动分毫。"提出了一个道德高度。但他随即又说道："如今所有的人都是正直无邪的,因为世界已经倾倒了,而谁也没有动摇。"真是巨大的讽刺。这篇对话里最意味深长的话,其实是结尾处阿特拉斯所说的:"我时时刻刻在等待给我一道闪电,使我变成埃特纳火山的阿特拉斯。"被宙斯解除了武装、已然衰老的阿特拉斯,仍然怀有强烈的斗志。那么人呢?

在《地球与月亮的对话》里,"地球"谈论人类对地球的征服是"受野心的驱使,出于对他人的贪婪,耍政治手腕,动用武器。"而在《小精灵和土地神的对话》里则有对人类更为直接的概括:"他们一部分人之间互相开仗,一部分人出海远航,一部分人互相吞噬,一部分人互相残杀,一部分人闲得发慌,腐败堕落,一部分人钻进故纸堆里,绞尽脑汁,一部分人花天酒地,搅得天下大乱。归根结底,他们想尽种种法子,来同自己的天性作对,最后落得个可悲的结局。"

对人类的劣根性揭批最为入骨的,当属《特里斯塔诺和一位朋友的对话》,在这篇可以称得上是《道德小品》的核心对话中,作者本人登场了,他一针见血地说道:

"那些作逆向思考的人,就必将受到人们的攻击。因为实质上,人类总是不相信真实的东西,相信的只是那些对自己较为有利的,或者似乎是较为有利的东西。人类相信过,并且继续相信那些十分愚蠢的言行,但决不相信他们什么也不知道,他们什么也不是,他们没什么好希望的……人们是胆怯的、软弱的,心灵是卑下而偏狭的,总是倾向于相信好的,因为他们总是按照支配其生活的必要,而调节自己对善的看法……他们总是倾向于以任何条件接受任何更加不安宁、更加野蛮的命运,并因此自满自足;他们生活于虚假的但又坚定而执着的信仰之中,并且把它们当作是世界上最真实或者最坚实的信仰。"

当然，在批判的同时他也必然要亮出自己的"痛苦的哲学"：

"无论健康与否，我是在致力于摧毁人类的懦弱，拒绝任何安慰，拒绝任何幼稚的欺骗，我有承载任何希望的丧失，勇敢地瞄准生活的荒原，不隐瞒人类不幸的任何部分，接受痛苦的但是真实的哲学的全部后果。这种痛苦，即使没有其他的好处，也会给坚强的人们带来强烈的喜悦，因为他们看到笼罩着人类命运的神秘的残酷的斗篷揭开了……这痛苦的哲学是那么新奇，如同所罗门、荷马，人们所认识的所有最古老的诗人和哲学家那样，他们全都极富想象力，满脑子寓言故事和对人类极端不幸的判断。"

在很大程度上，莱奥帕尔迪的思想是反大众的。他借特里斯塔诺之口，针对所谓的"现代思想家不无雅致地说"的"个人在大众面前会消失殆尽的"这一说法，他嘲讽道："让大众去做吧；没有个人，他们能做些什么呢？尽管大众是由个人组成的。"随后，他对报纸这个大众传媒的抨击在今天看来实在是精辟而又振聋发聩的："报纸扼杀任何别的文学和任何别的研究，尤其是那些沉重的，叫人不舒服的文学和研究，而它们却是当代的老师和光明。"他更嘲讽在文化上日趋大众化的十九世纪，"这个世纪是孩子的世纪，剩下来很少的大人们，由于害羞，他们必须藏起来，正如那些昂首挺胸走路的人来到一个跛子国度里一样……再过六十六年，这个世纪将成为自言自语和自圆其说的世纪。"

他甚至也是反科学的，尤其是反科学导致的人类盲目自负："人的不幸的根源就在于不正常的生活，在于科学（它在自己的许多分支学科中为形形色色滑稽可笑的观点提供了口实），在于众说纷纭的意见……再说，他们确信世界是为他们创造的。"

莱奥帕尔迪在这一幕幕妙趣横生而又思想深刻的对话中所展现的,是一个伟大诗人的近乎天启般的才华与睿智,以及一个真正的思想家所具有的洞察力、批判精神和卓绝的斗志。终其一生,他出版的作品不多,但他死后被后人慢慢整理出版的那部篇幅浩繁的《杂感录》,应是其思想的渊薮,尽管在《道德小品》中译本里只是摘录了很小的一部分,也还是能看出其端倪,那些精辟之极的警句,以及发人深省的精短思想篇章,真有繁星璀璨之感。限于篇幅,这里就不再引用了。

尽管对人类的整体命运持悲观态度,但莱奥帕尔迪仍然相信启蒙的意义。关于这一点,我们是完全可以从他对哥白尼和哥伦布这两位富有探索精神的前辈形象所作出的积极描述中看得出来的。尤其是他在《哥伦布和古蒂埃莱兹的对话》的结尾处所说的那段话,非常适合传达他对于那种真正意义上的探索精神的诗意致敬:

"黄昏时分,太阳周围的云朵,我觉得似乎具有了区别于前些日子的另外一种形状,另外一种色彩。你还可以感觉得到,空气也变得比以前更加柔和、更加温暖。风也不像以前那样狂猛地、那样直接地、那样无休止地吹,而是千变万化,捉摸不定,好像遇到了什么障碍。另外,海上漂浮的芦苇,好像是不久以前才收割下来的;你还可以瞧见带着新鲜、红润果实的小树枝。更有一群群飞鸟,虽然它们曾经欺骗过我们,但如今它们成群结队地飞过,而且数量与日俱增。我想,这也许包含着某种道理,特别值得注意的是,有一些鸟儿,按照外形来判断,不像是海鸟。"

水晶结构的世界

关于奥利维埃·罗兰的《水晶酒店的套房》

他有一双粗大的手。它们看上去更像是木工的,或是士兵的,从指头到手掌,都有厚实的角质层。待在那里不动时,它们有种老树枝的枯冷僵硬,但只要夹上香烟,不时挥动一下,就又立即恢复了热度与灵活。他是褐色的,也是黑色的,在空荡荡的火车站台上,他低头,嘴里叼着烟,划火柴,那顶深褐色的礼帽的边沿遮住了眼睛,上午的阳光照亮了他脚边那只浅褐色的皮包,他是明亮的,像个正处在黄金时期的侦探,而不是六十八岁的法国老人。

他不声不响地来到上海,被安置在一家地铁站上面的旅馆里,每天在地铁发动的隆隆噪声里睡去或醒来。他每天早早地出门,按照自己在地图上选定的某条路线走出很远,晚上回来后,会把去过的地方在地图上标上红点。很多天以后,看着布满红点的地图,他觉得自己已经有计划地逐步占领了这座巨大的城市。假如我还是个年轻人,他说,我会来到这里,去做些激动人心的事,而不是毫无希望地呆在暮气沉沉的欧洲。

他热爱旅行,去过很多国家,很多城市,住过各种各样的旅馆。他喜欢在旅馆里随手写下一些东西,描述,或者浮想,在手边书籍的空白页上，在菜单上，信纸上，明信片上，小学生用的方格纸上，A4打印纸上，甚至说明书的背面。你可以想象在写下那些文字的时候，他坐在那里，或是站着，安静，略显疲倦，抽着烟。写下它们时，他并没有想过它们有一天会生成一本小说。但是他并不怀疑，当自己离开那些地方之后，它们就会有了自行悄然生长的可能，直到某一天的某个瞬间，就像藤蔓那样在暗自伸展的过程中忽然地触动了他的指尖。

于是他知道自己必须释放它们的能量，赋予它们各自的空间，他必须重建那些酒店和里面的那个房间，还有那些城市，还有一个身份暧昧不明的"我"，一个他既熟悉又陌生的旅行者，"我"在每个房间里都有故事，也有空白，他必须让"我"成为一个失踪的人，而这并非故弄玄虚，因为他清楚地体验到自我在重构这些房间和故事的过程中是如何失去踪迹的，不是么？当那些城市、那些酒店、那些房间重新在他的笔下生成，聚集在这本书里，当它们重新接纳了那个叙事中的"我"，还有那些既像经历又似想象的故事，当他和"我"一道为它们写下各种各样的注释，当所有这一切经过他的手聚合在这本小说里，展现出水晶般的结构特征，"我"怎么可能不是失踪的人呢？

而且，出现在那些房间里的"我"，既可能是同一个人，也可能不是，还有可能是一个人不同人格的投影，最后留存在书里的，就是各种角度各种状态下的影子。然后，书和"我"，与作为作者的他注定要相忘于江湖。他承认自己记性不好，以至于当他得知要出席《水晶酒店的套房》中译本出版后的系列活动时，不得不在飞机上重读一遍了原文。那些故事他多数已经想不起来了，但读下来还是很有意思的，这让他安心。对于他来说，这次重读，跟之前完成的写作过程其实有着同样的性质，都是一次重新发生的旅行——他所经历过的不同国度不同城市不同旅馆的房间，由"我"重构的结晶体的叙事空间，当他在一切遗忘殆尽时重新进入其中时，他知道自己毫无疑问完成了又一次全新的旅行。

既然第二十二个故事里，那个在阿塞拜疆城市巴库干过走私鱼籽酱这种不法勾当的"我"最后开枪自尽，那么作为作者的他再去一趟巴库，在那个阿布歇隆酒店的1123号房间住上一晚以志纪念，也没什么可惊讶的。就像他在小说扉页上引用的那句瓦雷里的话所说的那样："如果每个人不经历过很多不同于自己的别的生活，他就不可能真正地活过。"

那个有着水晶结构的世界，即使对于作者本人来说也是封闭的。无论他如何重启旅程，也无法真正实现再次进入同一个空间。但从某种意义上说，它对于所有的人，包括作者本人，又都是完全开放的，无论何时，你从任何一页翻开它，都会开启一个新的想象空间。

是的，虽然它已不再属于作者，但它可以属于你，也可以属于任何人。凭借那些近乎中性的空间描述，你可以长久地停留，因为在很大程度上这本名为《水晶酒店的套房》的小说就像个以貌似随意的方式精心构建的叙事装置，在这里你不仅可以随心所欲地填入自己的经历或者完全臆想的故事，甚至还可以重新以完全中性的描述再次构建起每一个房间以及其中的每个物件和细节，并将完整地体验这所有的一切重聚结晶的过程。

要是你在读这本小说的时候忽然想到了另一位法国作家乔治·佩雷克的小说结构方式，那就对了，因为他是奥利维埃·罗兰最为崇敬的大师,而这本《水晶酒店的套房》正是罗兰向这位伟大的前辈表达深深的敬意的。

顺着这条线索,你自然不会意外他还喜欢雷蒙·格诺和伊塔洛·卡尔维诺——在二十世纪六十年代的巴黎,他们与乔治·佩雷克同是在小说艺术上有着类似追求的"乌力波"(Oulipo)的成员。这些前辈大师们在遥远的过去,也在遥远的未来,始终召唤着他,给他以探索小说艺术可能性的源源不断的动力。

尽管没有人能想象得到,他在那个上海地铁站上面的旅馆里所体验到的是一种近乎精神监禁的状态,尽管在这座过于巨大的城市里他看到了很多乏善可陈的现代高厦以及废墟般衰老而又破旧的建筑,但在随时都可能会出现的强烈反差感中,他还是在充满不确定性的剧烈变化中发现了惊人的活力,这里还有很多充满好奇心的年轻人,会出现在他的面前并尝试与他对话,在他看来,这样的地方才是有未来的。尽管身处这个"语言被变成商品"像瘟疫一样不断蔓延的时代,对于小说艺术的未来他深感悲观,但他仍然斗志昂扬地在这个陌生而又充满莫名活力的上海写完了新的小说,并让结尾的情景发生在这里。

III

在暗流涌动中发疯的世界

关于大卫·米恩斯的《秘密金鱼》

一个男人先后被雷击中七次,在晚年预感到还会有无法避免的最后一次;嗑药男女抢威士忌抢彩票还有船,然后开枪杀人,把一同伙丢到海里淹死;一对恋人在暴风雪天相会,但女孩拒绝留宿,执意开车回家陪父亲,在大桥上被暴风吹落水中;超市老板跟女员工相恋,她在幻觉中受基督的暗示,发现老板有变态嗜好,亲手杀了他,自己在逃亡中死于非命;著名钢琴家与芭蕾舞女演员出轨,被妻子发现证据,她失手割伤手指,结果他的右手也莫名丧失了弹琴能力;一具年代久远的沼泽沉尸被一农民意外挖出,从尸体的角度那位农民的生活与情感,以及其他沉尸的事情一一被描述;被社会边缘化的印地安人后裔,追随着巡回游场四处漂泊,最后沦为侵犯少女的罪犯;一条金鱼在被遗忘的鱼缸里顽强地活着,而这个家庭因丈夫出轨已突然解体,金鱼活着,成为悲情的象征与见证……就是这样一些看上去颇为重口味的材料,在大卫·米恩斯的笔下变成了小说,变成了真正的艺术品。

读过小说集《秘密金鱼》里的这些"故事",你会发现,它们很难复述。作者显然走在一条典型非传统美式小说的道路上。生于1962年的大卫·米恩斯,在小说的观念与手法上,跟那些著名前辈（比如弗兰克·奥康纳、雷蒙德·卡佛，甚至是舍伍德·安德森、海明威、塞林格等）差异鲜明——他着力构建的，既非好看的故事，也非鲜活的人物，既非极简主义式文体的，也非冰山式的风格，更不是揭示世态炎凉、人情变迁的小镇生活史式的……他要做的，是在意识暗流涌动、人与事件完全碎片化的种种不确定性中粘合、重叠、交错、缠绕的叙事空间，是那个精神上动荡失序的社会里各种临界状态下的人，以及他们在非常事件中的命运所呈现的复杂、暧昧的叙事肌理与光谱。

  他喜欢采取多重叙事视角，就像电影拍摄中的多个机位那样，在不同的现场不时转换着角度交错运行。但这个过程，又不仅仅是依靠设置多个叙事角色来完成的，参与其中的，还包括一些潜在的叙事者——有的像幽灵或影子似的跟随着观察着小说里的人物行为、思想、潜意识，有的又像可能存在的直接目击者，或是间接的转述者，也有的像作者本人（但他采取的似乎又并非全知视角，并不比其他叙事角色知道得更多）。如果说多重叙事角度造就了小说段落结构的错落有致、榫卯密合，那么潜在的多种叙事者的存在与不时渗入，则使得每个段落都在句子层面获得了丰富的层次感。这种叙事结构相对复杂，对于阅读者的专注度与敏感度当然都提出了较高的要求，但从实际效果上来看，又确实是令人叹为观止的。

  比如在小说集里占有重要位置的《彼得鲁斯卡》，叙述者在"他"和"我"之间的不时转换，以及"有删节"部分的设置，营造了强烈的复调效果。在出版物中，通常"有删节"是指已完成删节后留下的提示，但在这个小说里，却变成一个提示了删节却没有真的完全删节的部分——有的段落像梗概，有的则像残片，这个效果有点像画素描作品的过程中留下的被擦去却没有完全擦干净的部分，有些线条还有，有些线条被擦掉了，可是痕迹还在。这种先删而又有所保留的方式，不仅有种擦后的效果，还因为擦抹后又重新勾勒几笔而有种很强的拼贴感。这些"删节后又有所留存"的部分，跟主叙述部分形成的那种对应关系产生了极具断裂感的张力。而在主叙述段落里，那些句子的相互渗透与溢出状态，以及对于不确定性和假想的不时运用，都使得整个叙事空间产生了强烈而又暧昧的纵深感。

《秘密金鱼》里的每一篇作品都值得细读重读，也只有如此，才能真正体会到米恩斯精湛的小说技艺——那种在叙事的进程中变化莫测的角度、那种简练与细腻的交织、那种仿佛和弦与空寂相配而生成的效果。这不仅仅在于他喜欢以多角度构建多个局部叙事空间错落呼应，也不仅仅在于他善于营造各种充满落差感的空白与间隙，还在于他能以精准的方式在那些起支撑作用的段落里将来自不同叙事空间的语流汇入同一个叙事层面并交相荡动，给人以层层淡入淡出的波浪式叙事感。而他既像掌控着很多个摄像机位的导演，不断调动着镜头去捕捉不同层面的场景，然后剪辑整合在一起，又像个隐身的巫师不时游走于种种现场或瞬间，把不同状态处境的人的细节、心思甚至潜意识，像各种性质未知的化学试剂那样放在一个玻璃容器里，把它们熔为一股气息，灌注于叙事空间里，并不时变换调子与节奏。

那些小说的多数背景都是米恩斯的家乡——美国的密歇根州。他所选择的素材，跟这背景在气息上也很贴切。但关键不在这里，而在于他的关注点不是"人如何在某时某处生成事件"，而是"被事件击中并改变的人"。从这个意义上说，第一篇小说

《遭雷击的男人》简直就是个象征。尽管当你读到那句"尼克遭受了愈发严重的神经损伤"时,很容易就联想到海明威小说《大双心河》里那个从战场归来身心俱伤独自去山间溪流钓鱼的尼克,但米恩斯笔下的尼克故事显然属于另外的世界,而这个世界更像古希腊神话中的那个与神有血缘关系的英雄领域。真正神秘的,就是小说临近终了,老年尼克预感着第八次雷击的可能性时,你会觉得他就像荷马笔下某个执拗的英雄,在一次次被宙斯以雷击惩罚的悲壮中露出某种领悟命运之后的庄严意味。究竟是什么神秘的因素让他如此受雷电的青睐?这跟战争有什么关系?从始至终作者都无意揭开谜底。我们所能看到的,就是尼克的人生被雷击事件不断地改变着。

在《有如亲见》里,米恩斯展现的是另一种被事件击中的状态:一次突发在银行大楼门前台阶上的盲人摔下台阶险些丧命的事件,导致了嫌疑人究竟是扶他还是推了他的悬案,无论是警方还是个别目击者,都有各自的角度与叙事,但最令人意外的是,当事人——那个富有的盲人老板竟要感激这嫌疑人——因为他在失去意识之前仿佛灵魂出壳似的看到了整个城市的神奇美景,他认为自己就是因此才活了下来,而无论如何这都是拜那个嫌疑人所赐。在《从桥上吹落》和《基督造访》这两篇写同一个男主人公X的小说里,如果说前者是通过暴风雪毁了他的爱人,又暗示了一个乱伦的悲剧根源的存在,那么在后者中,我们才看到被双重悲剧事件重击中的X所遭受的更为悲惨的后果——新的恋人因为幻觉中见到基督并得到暗示,意外发现他有虐童癖好或倾向后杀了他,并在逃亡中遭性暴力而死。而在《彼得鲁什卡(有删节)》这篇写出轨后又回归正轨的小说里,让婚外恋终结的事件,既是情人因脚伤而不能再跳芭蕾而导致那个钢琴家突然厌倦了恋情，也是他妻子在发现出轨证据后意外割伤手指，结果他的右手也忽然丧失了弹琴能力，两个事件撑起了整个叙事空间。在压轴的那篇《秘密金鱼》中，丈夫有外遇这个事件让其家庭迅速解体，而只有那条被人们遗忘的金鱼在混沌幽暗的鱼缸里异常顽强地活着，仿佛成了真正"悲情的主角"。

如果不去耐心体会米恩斯的小说艺术，而是把注意力放在那些事件上，那么就很容易误入歧途，把他视为喜欢炫技猎奇的作者，而不是真正的小说艺术家；就无法领略他在小说层次结构与叙事节奏把握上的那种类似于音乐的魅力；也就不会明白他在以不同的方式构建这些小说时所折射出的观念：对于小说艺术来说，形式即是一切。尽管米恩斯执著于小说结构层次的丰富与叙事效果的复杂微妙，但其行文却是干净利落而又不失细腻有致，毫无拖沓芜杂之处，精彩段落也不胜枚举。当然单凭译文是不可能读出米恩斯文字的真正好处的，但即便如此也还是能间接地感觉到他在文字运用上的那种极为自觉的讲究和收放自如的洒脱。

此外，他在很多细节的设置上也极为讲究且意味深长，比如《彼得鲁什卡（有删节）》先后提到钢琴家在不同的情境下弹奏的三首著名钢琴曲都不是随意选的——《b小调奏鸣曲》是肖邦传世的最后一首奏鸣曲，作曲时肖邦正与情人乔治·桑在一起；《法国组曲》是巴赫献给第二任妻子的；而那首《彼得鲁什卡》则是世界上最难弹的名曲之一，正如婚姻与婚外恋情的杂合状态那样难以掌控。他还在《伊利里亚人》中展示了其非凡的想象力，沼泽沉尸的叙事视角以及叙事分寸的把握着实让人惊叹不已。而他把最精短的那篇《项目》放在十五篇小说的正中位置，无疑是有特别用意的，它所要暗示的其实是作家得以存在的原点——如何在最局促最细微处发现无限的世界。

米恩斯对笔下人物的处境和命运，似乎总是像"上帝"或外星人那样，始终都在以冷冷的眼光注视着世人——这种地球上最高等级的生物在充满偶然和不确定性的种种变故中的不同状态。但是，要是你能细细地品味，还是能在最细微处感受到作者的同情与悲悯的意味。那些小说里的人物，哪怕是《苏圣玛丽》《饥饿》里的那些整天无所事事、嗑药乱搞、抢劫杀人然后四处流窜的不良青年，哪怕是《巡回游乐场》里被社会边缘化的居无定所随时可能犯罪的印地安人后裔，在作者眼中，其实是有着某种无辜的暗淡光泽的——他们以那样的方式突然存在了，又在转瞬间被某种不可预料的力量所吞噬。

正像他借《基督降临》里的那位医生之口所说的："他了解世界，这个世界，他的这个伟大的国家，能吞噬任何东西，绝对能吞噬所有一切。"这时候，让我们再一次来到此书的扉页上，读一下作者引用的威廉·卡洛斯·威廉斯的那两句诗，或许就会恍然明白他用意何在了："纯粹的美国产物／发了疯——"

在发狂的秩序里一头撞上真实

关于《罗伯·格里耶访谈录》

阿兰·罗伯·格里耶智慧地把谈话提升为一种艺术。无论是面对真正的对话者,还是面对那些愚蠢的记者,他都能游刃有余地保持着谈话的思想穿透力和言辞的魅力。以至于有时候你会觉得,被他的谈话所征服的人,或许要远比被其小说打动的人多吧。

作为法国"新小说"的旗手,他在世界上拥有过很多读者(仅1981年那本著名的《橡皮》中译本出版时印数就高达十五万册),但这并不意味着其小说能赢得同样广泛的热爱。很多读者只是在好奇心的驱使下才翻开它们的,然后又不知所措地沮丧逃离。有些人甚至会像那些保守的法国文学教授一样为掩饰其内心的受挫感而认定它们只是故弄玄虚、不堪卒读。还有些惯于"恍然大悟"的假行家,他们紧握"客观"、"写物的"等通用标签,在需要谈及罗伯·格里耶作品时一贴了之。很多年过去了,这种情况几无改观。

很多人都喜欢那个接受访谈、做讲座、写文章的罗伯·格里耶,而不是写小说的那位。就像有一次他做完讲座之后,一位读者来到他的面前,激动地说道:"罗伯·格里耶先生,为什么您讲的这么精彩，写的却那么差劲呢？"当然，这位老兄说出了当时很多人的心声，而他口中的"差劲"，实是很多人在新事物面前陷入莫名费解的窘境时的习惯反应。当然，即便是在那些最外行的读者眼里：罗伯·格里耶的谈话也仍旧是足够精彩的。

罗伯·格里耶一生中接受过很多次采访和访谈，但 2001 年在诺曼底卡昂附近的阿登修道院，也就是在法国当代出版纪念协会（IMEC）录制的这次，无疑最为充分也最有分量。这不仅仅是因为采访者伯努瓦·皮特斯是位真正的学者，在哲学和文学方面都有着深厚的造诣，并对罗伯·格里耶的作品有着长年独到的研究，更主要的还在于，这是一次真正的试图在罗伯·格里耶的思想与那已足够完备的作品及资料世界之间探索新的可能性的对话。其直接成果，就是这本《罗伯·格里耶访谈录》。

那时罗伯·格里耶马上就要八十岁了。可是在他的谈话里你感觉不到任何老气。他仍有强烈的好奇心、旺盛的批判精神和准确的判断力，仍处在他自己也会喜欢的趋势里：更聪明、更有教养、更敏锐。一如既往地，他还是那个在谈话中光芒四射的罗伯·格里耶，他仍旧喜欢学习，对大众保持怀疑，他仍然喜欢直抒胸臆，不喜欢遵守规则，他喜欢自由……喜欢生活，不喜欢死亡。他憎恶那些内容笼统、千篇一律的访谈，憎恶那些近乎无耻地不断重复的提问，这些会让他不时联想到"我们生活在充斥着喋喋不休的长篇大论的一种文明里。"

但是，面对伯努瓦·皮特斯轻松而又严谨周密的提问与探讨（从目录的那些标题就可以看出访问者的研究是相当深入的），他的回应没有丝毫的泛泛与含糊，有新的东西不时浮现，而有些原来点到即止的东西在这里被充分地展开。

在《重现的镜子》《昂热丽克与迷醉》《科兰特之死》自传性"传奇故事"三部曲完成之后,给人的感觉是罗伯·格里耶已经把想说的该说的能说的都说得差不多了。在很多作为评论者的对手眼中,几十年如一日地极具破坏性的新小说恶魔——老罗伯·格里耶这一次终于"回归"了,他开始回忆了!他们没有想到的是,他的真正意图是"为了让所谓自传的体系逐渐地坏掉。"

在这部《罗伯·格里耶访谈录》里,我们可以非常清晰地感受到他在努力推进的,并非对"传奇故事"三部曲的一些补充,而是在那个近乎完美的视界上再次奋力跃起。关于他的家庭、他的生活,又出现了很多新的细节;关于他的写作,他透露了某些机密:

"格雷厄姆·格林的一些书可能对我产生了影响,不是作为文学,而是作为建构,作为建构,作为叙事机器的装置。啊,在其中,有一部与《橡皮》尤其相似。那本书叫作《布莱顿棒糖》,布莱顿的硬质糖果……"

特别值得注意的是,他谈到自己的一些书里,"往往有另一些书的幽灵",就像乔伊斯的《尤利西斯》里有着《奥德修斯》的幽灵一样,"即使这并不像《俄狄浦斯王》一样在《橡皮》里公开地重现,往往有先前一本书的幽灵般的痕迹,也许是一本重要的书,也许完全不是,嗯。这完全可能是一本毫无意义的书,或者在文学史中没有留下一点痕迹。我经常说,《弑君者》就这样,非常强烈地,带着吉卜林的一篇短篇小说《世上最美好的故事》的幽灵……有一些词语保留在我的脑海里,就这样,或者是一些故事,一些轶闻趣事,重新出现,静悄悄地浮现。通常不加引号,因为,我也不再操心是否把这些典故变了样。这就是我所称作的文学幽灵,它们就这样在我的文本里闲逛,在我的一些文本的片段里。"

领会这些,对于更为清晰地洞悉罗伯·格里耶的小说艺术的奥秘是至关重要的。除了小说的观念和艺术上的影响,他对我最大的启发,其实是他对于写作本身的那种异常明朗的心态:"无论我做什么,我比较喜乐在其中。对于写作的劳动,我呢,不会像福楼拜那样认为是种苦役式的劳作,虽然我也对草稿做同样的加工,我大声地念那些语句,但并不市场地叫喊,我呢,我大声地念那些句子,来度量它们的乐感。这是一种游戏,更多地属于愉快的、轻盈的范畴,是的。"

想想看,乐感,游戏,愉快的,轻盈的,对于一个热爱写作的人来说这些字眼里包含着怎样强劲的解放力!准确地讲,这部访谈录其实更像是一本罗伯·格里耶的对话体传记。跟以前一样,罗伯·格里耶无意让自己显得神秘或者高深,也没兴趣让自己显得"更真实"——"我有自己的生活,我对不少事情有兴趣:我时常旅行,我还得料理一座花园宅邸,哎,它先前惨遭一场暴风雨的蹂躏,但最终,我也同样需要关怀和爱,我也要过日子。"

即使是谈论最复杂的文学问题,他也尽可能谈得朴素,"当我有一本书要写出来时,我就写作。我不是为了写作而写作,我为了写我想写的某本书而写作,这本书先萌芽,然后生长,它需要问世。我经常引用《麦克白》的那句名言:'在我的头脑里,有些古怪的念头,诉求于我的手,要求我在靠得太近处去考究之前,先去执行这些念头。'"

尽管他谦虚地认为:"我的文学不那么的革命性,因为,总的来说,这多少已经被加缪、萨特、卡夫卡、福克纳、普鲁斯特等说过了。"但我们还是能够看到,在这本书里,很多过去他曾论述过的看法与观点都得到了又一次的深化。令人感佩不已的是,即使在成为法兰西学院院士之后,他也没有像很多人以为的那样摇身一变成为主流人士,成为任何意义上的维护秩序的正规军。因为在他的脑子里从来都没动摇过对于"秩序"本质的判断:

"这种秩序是一种发狂的秩序。因此,这能成为一种理由,让我开始写作。而相对于应该写的东西而言,一种书写恰恰代表着一种混乱。那么,一切秩序掩盖着一种混乱,而我要写作。过去,人们骗了我,巴尔扎克的世界秩序太良好了,不可能是真的,一切不是这样发生的,人们向我撒谎。人们撒谎,一切的时间顺序,一切的理性化,那些前后一致的特征说某个人有一种性格——某个人彻底地吝啬,每一天都吝啬,终生吝啬,在每一刻都吝啬,这表现在他的脸上,在他的话语里——这种前后的一致性并不存在。我们知道,这并不存在。因此,我将尝试着描述我所称作的真实,这与现实主义完全相反,因为,在现实主义里,一切可以得到解释;这就是现实主义的一种基础:一切可以得到解释,仿佛整个宇宙都渗透着意义,而人们要表达出这种意义。"

当伯努瓦·皮特斯问他:"我想,这就是您的根本的信念之一,因为,真实就是更广阔、更有趣的某种东西,但也要比现实主义更让人恐慌。"罗伯·格里耶的回答是这样的:

"真实——我想引用一句话,我想,那是拉康的一句话:'真实,那是我一头撞在上面的东西。'——也就是说,只要我没撞到真实上,我就还在意识形态的世界里,一切运作良好,一切秩序坦然,而一下子,我撞到了什么东西上。"

在人生的最后时段里,作为法国文坛上曾经的风云人物,他不无忧虑地看到了一个无法回避的事实：

"某一种文学理念，正在消失。也就是说，今天有许多作家，他们很有天赋，满腹才华，我甚至会怀着愉悦去阅读他们的书，但是，他们似乎远远没有过去所谓的大作家所拥有的那种抱负。而这个阶段可能会被取代，被摧毁，被密集的创作——怎么讲呢——自命不凡的创作的一个新阶段所超越。"

难道不是么？在今天的作家那里，我们已然很难感受到某种精神的力量和艺术上的抱负，有的只是一批又一批聪明自负地走向了消失。

在书的末尾，伯努瓦·皮特斯提到罗伯·格里耶曾经续写过司汤达发明的名为《1840年4月10日的特权》的许愿单子，里面写下了十二个愿望，其中最后三个愿望是：

"我保留三个自由敞开的愿望。"

皮特斯提示他："您现在可以许三个愿望了。"

老头回答道："不。我要让它们敞开。我不想让上帝告诉我：'这个，还有这个，不应该立刻去要求。'"

当这本访谈录初稿出来时，罗伯·格里耶"强调要剪掉我在一段对话的结尾处所说的话。最终，他这样说明：'你明白，否则，人们会说，是你最后说了算。'"那时他还曾告诉过伯努瓦·皮特斯，他还有个心愿，就是特别希望自己能活到一百岁。

"他还在梦想着更好地发起挑衅，可他却不再有这种运气。"皮特斯说道，"他的笑容和挑衅已经让我思念。他的作品还将继续长时间地陪伴着我。"

2015年8月31日，上海

为了孤独的灵魂让时光重现

关于厄普代克的《鸽羽》

跟很多人一样,我是从厄普代克的长篇小说开始读起的,像《马人》和"兔子四部曲"这样的都是一读再读。但对于他自认成就更高的短篇小说,却因国内译介不多而没什么概念。直到读了《爱的插曲》(2003)和他临终那年出版的《父亲的眼泪》(2012),才算有了初步的印象。尤其是后者,这部位于其生命终点处的小说集里,多数作品质量都相当高,而且功力深厚。这也让我对他的其他短篇集有了更大的期待。《鸽羽》的出版可以说为我进一步掀开了这道颇为神秘的帷幕。

在《鸽羽》之前,厄普代克已经出了两本长篇小说、一本短篇小说集和一本诗集。尤其是那本《兔子,跑吧》,证明他已是个成熟的作家。作为进入成熟期后的第一部短篇小说集,《鸽羽》里展现出的是厄普代克后来很多作品里反复出现的题材:宾夕法尼亚州日渐衰落的小镇上的普通家庭生活,懵懂少年与家庭的矛盾情结,郊区中产阶层男女的感情纠葛,尤其是情感能量的衰竭与无望的拯救,还有对死亡的思考。

同时,特别值得注意的是,这部小说集并非只是十九个短篇小说的合集,而是有结构的一个整体——它是一部整体意义上的作品。一方面是内容上的,其中比较重要的小说比如《鸽羽》《波士顿的幸福男人,外婆的顶针以及范宁岛》和《硬地,教学礼拜,一只垂死的猫,一辆换来的车》写的是同一家庭不同时期的事;而《沃尔特·布雷吉斯》《魔法师应该打妈咪吗?》和《林中乌鸦》写的是另一家人的事。即使是《高飞》和《庇护感》这两个写不同少年人物的,也会让人觉得他们好像生活在同一个地方。另一方面,位于小说集中部的那个超短篇《大天使》看上去其实更像是来自于《圣经·诗篇》里的颂诗,朴素、绚丽而又神秘,也像是在整部作品最高处或最深处燃烧跃动的一簇灵魂之火,散射着奇异莫名的光辉和足以让其他作品缓慢围绕着旋转运动的不可探知的能量。而在它后面不远处的那篇《救生员》则更像是一篇关于情欲、美与愉悦的"布道词"。

因此总的来看,当你把这些小说从头到尾读一遍之后,会觉得单独看任何一篇都会有种悬置感和待续感,每一篇终了之际似乎都在呼唤着别外某一篇……它们之间存在着某种内在的关联,甚至里面的那些人物也都像是彼此认识的——当然,他们都活在这本书的世界里。把短篇小说集当成一部整体性的作品来处理,我认为厄普代克很有可能是受了他所推崇的塞林格《九故事》的启发,只是他采取的结构方式别具一格而已:《鸽羽》就像一部由不同的乐器在不同的声部围绕着主副旋律时而此起彼伏时而交相呼应地演绎出的交响诗。正像杰恩·帕里尼(Jay Parini)认为的那样:"没有人可以像厄普代克那样,抓住宾夕法尼亚那个地区的空气的特殊气息与味道……《鸽羽》或许仍是他这方面最好的故事集。"

《鸽羽》中分量最重的,显然是那篇同名小说。这篇杰作之所以重要，一方面是因为它涉及到一个少年成长中所面临的一系列重大问题：信仰的动摇、死亡的恐惧、家庭的矛盾，甚至是城市与乡村的根本价值冲突，以及与这些相关的种种内裂。另一方面则是因为它充分反映出厄普代克的生命美学观：在天地之间、在永恒与短促之间、在生与死之间，如果还有什么有可能让微不足道的人获得某种意义上的解脱的话，那就是创造之美。

厄普代克的厉害之处在于，他让那个叫大卫的少年在焦虑得身心俱疲、即将被各种矛盾和对死亡的恐惧拖入绝望的深渊之际，忽然赋予了他以暴力的方式解决问题的机会——他极不情愿地拿着作为十五岁生日礼物的来复枪来到自家的谷仓，根据母亲的要求，对栖居在那里的鸽群展开了杀戮。在此之前没有人会想到这个杀戮事件会出现并将占全篇的五分之一，同样更不可能想到这个残忍血腥的事件竟会让大卫意外地发现了造物之美：

"他完全迷失在鸽羽优美的几何潮水中，这时鸽羽变宽了变硬了，好像要斜起某个角度飞翔，然后又变软了收缩了，为无声的肉身罩住体温。整个羽毛表面显示出的功能技艺，既像经过无穷无尽的调整校准，又像毫不费力取得的，鸽羽颜色的设计浑然天成，没有两根是重复的，仿佛在某种高度克制的狂喜中设计出来，这种喜悦就高悬在他头顶他身后的天空中。"

甚至还让他感受到有可能让他解脱的道理："上帝对这些毫无价值的鸟儿都慷慨施以如此鬼斧神工，他当然不会因为拒绝让大卫获得永生而毁了他全部的创造。"整篇小说就这样，从纠缠不清的矛盾状态一步步累积到了后面突然爆炸般的状态，然后是通往解脱的释然与宁静，厄普代克对于压抑焦虑气氛的营造，对于整篇节奏的控制，以及在最终推向异常强烈的高潮时对于暴力美学的极为精到的把握，真可以说是达到了炉火纯青的境界。

另一篇值得关注的是《A&P》。它很容易就让我想到了乔伊斯的《都柏林人》里的那篇《阿拉比》（写一少年费尽心思要去市场给心仪的女孩买个礼物，结果等赶到那里时却发现闭市了，并为此悔恨不已的故事），它们有种神似的气息。它们写的都是年轻人的一时冲动和最后的失落感。当十九岁的"我"为了三个穿比基尼逛超市的姑娘受到超市老板敌视而毅然决然地选择了辞职（而且没收她们的购物钱）时，厄普代克以极为简练克制的笔法，只是通过白描和对话，就把一个正处在青春期的小伙子的那种因荷尔蒙作用、对新鲜事物的正义感和气盛冲动混杂在一起的微妙心理刻画得淋漓尽致。在整本书里，它是写得最为干净利落、风格最与众不同的一篇，也可以说它是最不像这本书里的作品的一篇，因为在这篇小说里，那种在其他篇章里频繁出现的注重气氛营造，把人物的感觉、直觉、想象、心理与情节交织一处相互渗透式的写法不见了踪影，有的只是简练冷淡的笔触和色调。厄普代克似乎要以此篇展示自己写作风格的另外一个向面，同时也为整部作品设置一块不是那么思绪弥散蔓延不已的冷峻淡漠如冰的界面，变换一下气息与节奏，并反衬出其他主打作品和辅助作品在风格与样式上的独特，以及它们在整体结构上的不同作用。

这部小说集里的作品，无论是写家庭里的夫妻关系、父母与孩子的关系，还是写青春期的冲动与失落，无论是写信仰问题，还是写对死亡的恐惧与压抑的思索，都不难发现一个共同点：其中的男主人公（少年、青年或成年）都有着孤独而热烈的灵魂。成年男人在孤独中暗自无望地对抗着感情与想象力的枯萎，而青少年男人则在孤独中努力要挣脱家庭、家乡的压抑与禁锢，虽然处在不同的生命阶段，可是他们都经历着某种内裂和催生矛盾的内热，仿佛永无宁日，而痛苦的深渊始终相去不远。就像厄普代克曾表达过的那样：

"即使在看上去最为平静的生活表面之下，也存在着暴力和张力。我认为人生基本上是多难的、充满悖论的。仅就作为有思维能力的动物来说，就把我们推向了痛苦的深渊：我们是可以预见死亡的动物，我们是有精神追求的动物，我们有浮士德的一面，总是追求更多、更新的所得。"

从某种意义上说，这本书也是厄普代克的《寻找逝去的时间》。这就是为什么他要在书的扉页上引用卡夫卡的那么一大段关于"昔日的记忆之门对我逐渐关闭，将我拒于其外……"的话。说到底，这些小说对于作者来说除了艺术创造上的价值之外，还有另外一层意义，那就是要让"时光重现"——哪怕是在这个"费尽千辛万苦让我再次返回"的过程中"必将被刮擦得遍体鳞伤"也在所不惜。同时，也是基于此，从这些小说中我们不难看出，厄普代克对于自己笔下的人物是宽容的，因为"我对我笔下的人物有一种温情，不允许自己对他们施暴。"

2015 年 7 月 1 日

欧洲的碎片

关于亚历山大·黑蒙的《最佳欧洲小说 II 》

要是有人问我,欧洲小说熟么?我可能会下意识地说,熟啊。但回头仔细一想,就发现并非如此。其实我"熟"的,只是那些已成经典的现代小说和作者(包括像奈保尔、拉什迪这样还健在的),而鲜有当代的。这就是为什么当我读完这套译林版的《最佳欧洲小说 II 》之后,会有些惭愧:它们写得这么好,这些作者如此出色,而我竟一无所知。

在我以往的印象与想象里,欧洲是暮气沉沉的。旅居欧洲的朋友说,这里的生活太舒服,适合养老,但没啥意思,缺乏动力。甚至有些欧洲人好像也这么认为。当然欧洲还有很多不同的向面,比如大量第三世界的移民带来的种族矛盾日益激化,欧盟与俄罗斯的关系不时恶化,一些国家濒临破产……正像亚历山大·黑蒙,这位来自前南斯拉夫的波黑首都萨拉热窝的旅美作家在其主编的《最佳欧洲小说 II 》前言里所说的:

"因为无节制的贪婪和愚蠢而危机重重,经济陷入低谷;失业率持续增高;欧元几近崩盘;大不列颠乱成一团,暴动从伦敦蔓延到了其他城市——而一连串的麻烦并没有就此停止……"

他随即抛出一个耐人寻味的问题:"为什么要操这份闲心去

读欧洲当代小说呢?说实话,为什么要为文学操这份闲心呢?"他的答案是:"除此以外,我们又能做什么?我们这个世界,灾难连绵不断,从不间歇,是文学将这世界的恐怖和美丽展现在我们眼前。"

在略显矫情地卖个关子之后,他进一步写道:"文学在本质上是一种民主事业(就算是空想也罢),它不仅能展现汹涌奔腾的历史事件,还能表现个人生存这个日益复杂的问题。"关键就是末尾这句"表现个人生存这个日益复杂的问题"。也正是在这个意义上,我们才可以说,《最佳欧洲小说Ⅱ》里收录的小说所展现出的充满创造性的创作和多元探索,其实远比黑蒙概括的要丰富得多。因为正处在剧变前夜的欧洲,为作家们提供了异常复杂多变的大背景和素材资源,而过去百年间欧洲小说艺术上的革新精神和大胆实践所形成的丰厚积淀,则让他们在小说样式乃至基因的改造上有了更多的可能。

这些被分别归类为"爱"、"孩子"、"家庭"、"工作";"思想"、"艺术"、"音乐"、"家园";"欲望"、"危机"、"罪恶"、"战争"的小说,就像一根根深入欧洲社会神经系统的探针,以不同的角度和方式准确而又微妙地传递出关乎"个人生存这个日益复杂的问题"的种种悸动频谱。我们不难发现,这些优秀的作者面对激变的现实世界,以高度的艺术自觉和非凡的冷静,找到了自己独特的着眼点和切入点,并创造出异常强烈的个人风格。

这些小说每篇都值得写篇专评,但在这里我只能挑几篇印象特别深刻的作为例证来简要解析。比如挪威作家布扎特·布雷泰格的《那儿的人并不哀悼》,它以一种貌似简单的方式给了我超乎寻常的震撼体验。它仿佛是透明的,又渗透出冷酷而神秘的气息。两个中学男生在游泳课上潜入陶瓷教室和木工活教室,摔碎了他们认为丑陋的陶瓷习作,用电锯把很多木制品(包括男孩卡斯坦亲手做的精美狗舍)都锯成碎片;而"我"在阻止锯狗舍时而被卡斯坦把脑袋按到电锯台上,吓尿了裤子……其间还穿插了两段与死亡有关的对话,尼泊尔人对死亡的达观以及并不哀悼死者,还有卡斯坦在一次潜水时曾因放弃上浮的念头而窒息。这篇小说就像倒置的悬疑小说,真正的悬念直到最后才被释放出来——两个男孩的突发暴力破坏状态以及与死亡有关的话题到底因何而起?我们从文字中所能感觉到的,是他们小小年纪就已对现实世界充满了厌恶、不满与疏离,还有某种绝望,同时也试图克服对死亡的恐惧。作者似乎在暗示,即使在还未涉世的男孩那里,社会对某些另类个体的习惯性排斥尽管还没有直接作用于他们,但仍然足以激发他们内心中的暴力倾向。他用一种异常冷静克制的笔法来写两个男孩从压抑、无聊和疏离的状态一直发展到暴力破坏的行动,就像用两根青草的激烈颤抖来传达风暴的来临,用两个尚未成熟的细胞的畸变来传达整个社会的裂变程度,效果之强烈简直令人窒息。

如果《那儿的人并不哀悼》让你联想到塞林格,那我会表示赞同并提醒你,这位布雷泰格的风格里还有着塞林格所没有的超低温与超高温两个奇点,就像慢慢凝固然后突然爆炸的冰。而斯洛文尼亚作家格拉迪斯尼克的《记忆迷宫》则完全是另外一种复杂得多的风格,我称之为尴尬自嘲的卡夫卡式的。原本老实、后则消极乖戾癫狂、最后归化东正教的查理,"我"家里养猫、狗和各种鼠以及死亡,翻译家的父亲与"我",还有些孩子们的琐事——所有这一切都是微不足道的琐事,可是作者却以看起来漫不经心的方式把这些不同类型的碎片交织在一起，貌似没什么逻辑关系，但又好像有些微妙莫名的关联或映射，"你只要把记忆片段一段段写下来，然后根据家用宾果抽奖机摇出的随机号码给这些段落编号，接着就根据标号圆球的指示，进行一番必要的段落替换，再抹去段落的编号。这样得出的段落排序既意外又明确，就像梦魇，像癫狂，或像人生。"所谓"记忆迷宫"，指的就是记忆的碎片化、无序化，以及偶然重组之后的那种非理性状态。更为关键的是，作者为我们所揭示的，既有那种身陷记忆迷宫的人的脆弱、沮丧与茫然，还有迷宫将其从世界中剥离出来后掷入难解的游离与漂浮的那种状态。

像捷克作家克拉托克维尔的《我，战马》这种以动物的视角来叙事的小说，其与众不同之处在于，那匹战马在见证了"二战"后期苏军攻入德国后的杀戮、奸淫事件之后，以其博学多识和高贵的悲悯之心，通过对康德哲学的讨论与那个被凌辱的德国女子所达成的精神共鸣与心灵慰藉，进而共同超越了屈辱与死亡的阴影。而像法国女作家达里厄塞克的《乘龙快婿于尔根》这种貌似家庭问题小说的作品，则突破了人们习惯的那些家庭内裂后的情感矛盾模式。作者围绕着孤寡母亲的猫丢了、然后找到猫的尸体并隆重下葬、猫又意外地回来了这条线索，把孤寡守乡的母亲与远遁异国的女儿之间的那种疏离又有所联系的尴尬关系、那种亲情冷落却又不得不疲于应付的状态写得感伤而又残酷，尤其是结尾处，当死去很多年的父亲忽然出现在母亲身边，而且竟长得跟女婿于尔根很像时，你会发现整个小说至此都变成了一个荒诞的谜。

再比如荷兰女作家哈苏的《珍珠》，把一个被男友、被企业，也被自己抛弃的姑娘如何在自我与身体的分裂、焦虑与虚无的重压下选择自杀,并在自杀前将出生不久的女儿在浴缸里溺死的故事写得让人无法不为之痛心不已,却毫无煽情之处。此外,西班牙作家帕哈雷斯的《今天》,对于抑郁症者的挣扎以及两极式摇摆也是写得触目惊心,主人公从对一切都无兴趣、逃避一切的状态里挣脱出来,却又倒向了另一个极端:强迫症,而这恰恰是当下世界里越来越常见的两种症状。

在收入《最佳欧洲小说Ⅱ》的这些小说中,基于碎片化状态的各种重构方式运用得相当普遍。从小说艺术的角度上看,这类手法就像是万花筒里任何时候触动它都能看到里面那些彩色碎玻璃神秘而又奇妙斑斓地构成新的图景。而从与现实世界以及个体处境的角度来说,那些碎片却又并非只为奇妙图案而生。形态各异、坚利、光泽暧昧的它们,也是用来剖开"个人生存这个日益复杂的问题"的。正因如此,它们所折射的欧洲人的现实处境才会是那样的深刻入骨。不管采取什么样式,他们都写得很高级。

在看过《最佳欧洲小说Ⅱ》之后,我就在想:对于习惯了"故事"模式的多数国内普通读者来说,它的高级可能会是一种"障碍"。这些小说绝非随便翻翻就能轻松搞定的。即使是对于那些真正热爱小说的人来说,把它们通读一遍,也将是件很有挑战性的事情,当然也会相当刺激。虽然它们的篇幅都不长,但每一篇都能力让你的眼光慢下来,沉陷进去,在那些碎片结构的缝隙里体会到别样的密度和极富层次感的质地。而且我相信,对于那些有耐心读完的人来说,它们会像黑蒙所说的那样,"像一道闪电",让人们有可能重新开始思考什么是个体生存的现实处境等重要问题,尤其是什么是小说艺术的问题。

那些自欺欺人的"动物"

关于奥古斯托·蒙特罗索的《黑羊》

"当他醒来时,恐龙还在那里。"

这就是那篇著名的极短小说《恐龙》。作者是危地马拉作家奥古斯托·蒙特罗索。它,还有那只恐龙,在我脑海里呆了很多年。卡尔维诺认为找不到比它更短的小说了(当然他先是认定它是个好小说)。后来,在海明威的小说《伊甸园》里,我看到了这样一个句子:"他醒来时,那棵树还在那里。"当时我就颇为自得地以为,蒙特罗索在写这个小说之前,估计是看过《伊甸园》的。

但,这是个误会。最近意外地知道,在西班牙语版本里,这个一共用了7个单词、43个字母和1个逗号的小说,要是直译的话,应该是:

"醒来时,恐龙还在那里。"

重要的差别是,它没有主语。据懂西语的朋友讲,通常西语的动词变位已能说明主语,即使省略也不影响……但蒙特罗索的这个句子,却因没有上下文而无法确定省略的主语究竟是他、她,还是它。而我们看到的那些中译本,译者都补上了主语。这个小说,就这么被毁了。因为在省略主语的情况下,整个小说除了隐含着梦中有梦、梦境变实境或实境如梦境之外,还有一个关键点——主体的不确定,这会与"醒来"后的那种状态构成了双重悬置。而补上主语"他",这种效果就没了,作者精心营造的小说空间也随之坍塌了。像蒙特罗索这种作家,非常清楚决定小说成败的关键,是处理语言的方式。认识不到这一点,就很难理解他的小说艺术。

在《黑羊》里,蒙特罗索展现了其小说艺术的另一种状态。表面上看,这本书很像《伊索寓言》的现代版,多以动物为主角来说事。但是,传统寓言的说教意图导致了其有天生的封闭性,而蒙特罗索在《黑羊》里所构建的,却是开放性的叙事与反思空间,用这些貌似发生在动物世界的故事剖开"人"的假面:经常是非不清、忘恩负义的庸众,盲目自得而又贪婪的知识分子、热衷于混淆视听的聪明人、惯于将一切庸俗化的乏味蠢人等等的面具。这些故事长则两三页,短则三五行,但它们能让你在阅读中不知不觉地慢下来,越来越慢,最后陷入沉思,然后再去重读⋯⋯在这里,故事是引爆思想的导火索,不论它们采用什么样的结构,都是以充满背反逻辑和有悖常理的方式直指种种庸俗精神现象的本质。

蒙特罗索的聚焦点主要有两个,一是知识分子。比如他们追求思维新奇,就会有"哗众取宠病",在开篇的《兔子与狮子》里,他让我们看到那位心理学家置事实于不顾,"理由充分"地把狮子说成怯懦者而把侥幸逃脱的兔子说成勇敢者;他们知识丰富却又不懂权力本质,就有"权力幼稚病",在《掌权的智者》里,那只知识化的猴子为改变"不公平",说服狮子让位给它,最后莫名落得浑身是伤,再哀求狮子收回权力,还给它笔;还有他们的"贪婪无知病",在《狮子那份》里,"牛、山羊、安静的母羊"不但残杀了鹿,还天真到要以弱势群体的名义侵吞狮子的那份鹿肉,结果狮子直接就独吞了所有鹿肉,并对它们喊出的"社会契约"、"宪章"、"人权"等强烈口号置若罔闻。蒙特罗索就用这样的故事生动地揭示,知识分子们在面对绝对强权时,最致命的问题并不是弱势,而是虚荣、幼稚、无知和无法遏制的私欲。

另一个是群众。比如他们的"不明是非病",在《最后不知道该变成什么颜色的变色龙》里,为抵制到政局不稳的国度从政的变色龙的"模棱两可与虚伪的本质",动物们竟在狐狸的引导下,"每天日夜不分地在口袋里装了几块不同颜色的玻璃",以便在变色龙每次变色时拿出对应颜色的玻璃去看,这样就能始终看到同一种颜色的变色龙。结果所有人最后都陷入了思维紊乱状态,被真正掌权者狮子嘲笑;还有"牺牲异类病",在《黑羊》里,作为异类的黑羊被枪毙了,并在百年之后被荒唐地塑成"宏伟的马姿雕像"作为纪念。结果导致的却是对黑羊更为彻底的杀害:"只要黑羊一出现,就将它们快快处决,以便让那些平庸的后代羊群也能够借此练习雕塑。"还有"忘恩负义病",在《皮格马利翁》里,塑造了诸多雕像的诗人皮格马利翁在赋予那些雕像生命并给予启蒙之后,竟因没能满足他们更大的欲求而险些被这些雕像挖掉眼睛。虽然皮格马利翁一脚就把雕像踹倒摔碎,摆脱被挖眼的厄运,但对于读者来说,这实在是个让人不能不感到震惊的故事。总之,有病的群众是可怕的。

看这些小说,有时会忽然想笑,但又笑不出来,因为会感觉到某种孤独而又忧郁的气息在悄然浮现。因为它们所触及的,其实都是最残酷的现实。蒙特罗索认为,那些称道其作品幽默的说法其实都是误解:"很多人没有完全理解我的书,因为它们并不产生幽默效果。他们错误理解了某些幽默、某些嘲讽倾向，或者我描述某些荒谬场景时他们以为我是在引大家发笑。我其实只是想引起大家反思。"他非常清楚，无论小说如何尖锐，跟现实的丑陋与残酷相比都是微不足道的——他的祖国危地马拉，这个10.8万平方公里的拉美小国，在相当长的时间里有着比任何拉美国家更多的死亡与牺牲。尽管他的后半生是在墨西哥度过的，但每次提及多灾多难的祖国，他都会黯然神伤。

"我们国家成立时，就一直在外国强权势力的统治下，我们总是被各种形式剥削着。我们的国歌谈到独立、主权，但是直到现在，我们也没有真正的独立和主权。我们仍然是大国——特别是美国的殖民地。他们其实并不支持我们国家的民主。让我们想一下他们是怎样摧毁危地马拉和智利的民主的。其实这两个国家的民主都已经非常接近真正的民主了。不是因为我们低人一等，而是因为他们觉得自己是高人一等……他们对待我们的方式就好像是感觉我们并非人类。更糟糕的是在我们每个国家中都能找到帮助他们实现其阴谋的间谍。"

这段道白，跟加西亚·马尔克斯的诺贝尔文学奖获奖演说《拉丁美洲的孤独》的立场是一致的，也是同样的深刻。

当然在《黑羊》里，蒙特罗索的兴趣点并不仅限于这些。那些针对作家、典故等题材的，也都很耐人寻味。比如《想当讽刺作家的猴子》，猴子为成为讽刺作家深入群众，成了广受欢迎的角色，最后他发现每个素材的当事人都是熟人以至于无法下笔讽刺，就决定写幻想、爱情，结果却被当成了疯子。在《猴子思索着那个主题》里，写的则是某种貌似深刻实则自相矛盾纠结不清的"文学思维"，又总是轻易就引发"聪明人"和愚蠢的人兴趣。

在《佩涅洛佩的布或谁骗了谁》中，蒙特罗索颠覆了荷马的故事，尤利西斯离家远游的真正原因竟是老婆佩涅洛佩有严重的编织癖。而把颠覆与文字游戏结合得最好的，当属《爱做梦的蟑螂》，是以卡夫卡《变形记》著名开头为素材的只有一个标点的小说：

"有一回一只名叫格里高利·萨姆沙的蟑螂梦见自己变成了一只叫作格里高利·卡夫卡的蟑螂梦见自己是一位作家写关于一位叫作格里高利·萨姆沙的职员梦见自己变成了一只蟑螂的故事。"

他通过这样一种文字游戏般的可能性发掘，逆转了《变形记》开头的悲凉困境取向，营造出奇怪的喜剧与游戏意味。而在最后的《狐狸比较聪明》里，他温情地调侃了老友胡安·鲁尔福的不再发表作品。看得出他其实特别希望老友能改变主意，但他也更能理解这样的选择，正如他能理解生命的有限与神秘。

一个好作家，能让人们习以为常的思维织物瞬间跳线解体。他不是社会新闻记录员或维持秩序的保安，更不是流行声音的伴唱、和谐社会的无脑饶舌证人，而是凿开习惯思维的坚壁，让想象的风涌入的"破坏者"，是引导读者透过织物解体后的空洞看到截然不同的世界、获得新的思维空间的创造者。或许，也正因如此，蒙特罗索才会说："我认为一个作家应该永远都不知道该怎么写作。因为那样非常不好。在艺术中，知晓往往意味着僵化。艺术的美存在于感知、冒险和寻找。"

2015 年 3 月 30 日

无爱与悲哀

关于谷崎润一郎的《猫与庄造与两个女人》

一个懒散无能而又家境衰微的男人庄造,在母亲的安排怂恿下,跟富舅舅的女儿福子搞到了一起,然后赶走了能干却不可爱的老婆品子,开始了不必担忧生计的日子。谷崎润一郎的小说《猫与庄造与两个女人》,就在这样一种"大功告成"的背景下拉开了帷幕。

庄造的母亲想跟有钱的哥哥家结成亲家,完全是出于生计的考虑(自家铺子惨淡经营,欠了好多房租都还不上,儿子庄造又不成器,只会游手好闲混日子),这样既有了经济靠山,又帮兄长安顿了那个放荡女儿福子,实在是个一举两得的精明之局。原来的儿媳品子虽然能干,但生性要强,又出身卑微(酒吧里的服务员),把她赶出去自然也没什么好可惜的。对于这位艰难当家的母亲来说,最重要的就是自家要活得踏实,而不是讲什么人情冷暖。不要说她那个除了玩猫什么都不爱的儿子庄造本来对品子就没什么感情,就算是真有感情,又能怎么样呢? 老太太办这事儿绝对是干净利落。只是她怎么也没想到,搅局者,竟是那只猫。

没有这只猫,整个故事就无从说起,谷崎润一郎那大师烹小鲜的妙手，也不可能施展得如此淋漓尽致。母猫莉莉从出场到换主，然后逃离新主人又回归依附，在不知不觉中牵动了人物的心思和其间的关系。在这个过程中，谷崎不仅写猫性写得极为生动细腻，写被猫的得失搞得心荡神迷的人物也写到了骨子里，他似乎要提醒读者的是，在这个世界貌似平稳的结构中，任何一个环节发生位移都可能会引发不可预知的变故，在一个看上去诸事就位的家庭里更是如此。或许还可以引申一点，越是那种平庸的缺乏情感与精神纽带维系的家庭，就越是有着异常脆弱的结构关系，就像小说中庄造家那样，只不过拿走了一只猫，原本人人满意的"和谐状态"转眼就乱了套。

因此在谷崎的手中，这只母猫就像一根针，它不仅轻而易举地刺穿了那几个小人物的神经，搅乱了他们的心绪，改变了他们的想法，让庄造母亲精心构建的好局濒临毁于一旦的窘境，还巧妙地编织串联起整部小说的结构。而且在小说中，最出彩的章节，全都是因为这只猫的在场。

如果只是匆匆读过，容易简单地把这个小说看成是描述人与猫的非常之爱的：庄造对母猫莉莉的爱，以及弃妇品子得到莉莉后被启发出的爱。但实际上只要稍微深究一下就会发现，整部小说里恰恰呈现的是一种无爱的生活状态。且不说在庄造、母亲、福子和品子这几个人物之间无爱可言，单是说整天喜欢跟猫厮混在一起、达到一种近乎沉迷状态的庄造其实从根本上说也不知道"爱"为何物，他在情感模式和心理结构上，更像个没心没肺的大男孩，而不是三十多岁的男人。他对猫的迷恋，从本质上说是一种大男孩式的感情状态，同时在很大程度上，作为一个成年人，猫还是他逃避现实的寄情之物。他对猫的那种感情，是自我陶醉式的。当然也正因他有这种感情状态和一些天真，才显得有点可爱。而对于品子来说，在得到了这只向来不喜欢她的猫之后，被猫逃脱又归来时的意外依顺感动得要命，以至于爱心开启爱意泛滥。但她的这种感情状态，也不能算是爱，而只是一种同病相怜的同情。因此这个小说所描述的，其实是几个既不懂爱也不会爱，或者说没有爱的能力的人之间的关系。正因为有这么一个缺爱的小世界，母猫莉莉才会显得那么的重要，能驱动人物发生那么多的纠结与矛盾。

小说从品子那封工于心计的讨猫信开始，直到最后庄造去品子住处偷看猫并落荒而逃，似乎多少都带有那么点家庭轻喜剧的意味。但是放下书，回想起品子和庄造在各自的状态下呼唤"莉莉"的场景，就会有种悲哀渐渐地浮上来。品子费尽心思要猫，不过是为了有一天能赢回庄造这个根本不爱她的男人；庄造的母亲百般谋划促成庄造抛弃品子娶了有钱舅舅家的福子，不过是为了给自己和废物儿子弄个保险而已；而福子之所以会嫁到姑姑家，不过是父亲给她这个没人敢娶的不良少女找个归宿而已；莉莉呢，这只根本不知道发生了什么事、也无从理解大家心思、却成了众人关注焦点的母猫，在故事发生时其实已经是衰颓残年了。当故事进入高潮之时，季节刚好是深秋，在逐渐浓重的萧索气息里，所有的人物都在不知不觉中以各自的方式面临着"一场空"的结局，而那只猫的生命，也所剩无几了。这时你才会感觉得到，那股悲哀森冷的气息，其实早已悄然弥漫在字里行间了。

从结构上说，谷崎在这部小说中设置的多重三角关系也起到了非常关键的作用。庄造、猫与品子，庄造、猫与福子，庄造、母亲与品子，庄造、母亲与福子，庄造、品子与福子，还有庄造、母亲与猫,正是如此多重的三角关系在情节推动与场景设置中的有效运用,使得这部小说获得了丰富而又变化微妙的结构和肌理效果。但这些三角关系在整体结构中又并不是几何式的,而是此起彼伏、轮转互荡式的,它们在谷崎的语流中不时地组合又不时地解体,最终化为细小的碎片,隐没在无尽悲哀的气息里。

整本小说的情节其实并不复杂。复杂的,是人的心理。谷崎润一郎写人物心理,既不是那种冷眼旁观剖析式的,也不是人物内心独白式的,而是渗透式的——其特征是,叙述者在描写人物心理时就像是个隐身人或影子,一方面他以一种自然贴近人物的方式去写人物的心理,并让这种描写在不经意间渗透在叙事的过程中,一方面他又让这种渗透在叙事中的心理描写不时转入人物自白的状态,但又点到为止、绝不蔓延,因而不会让读者有半点絮叨的感觉。

这种渗透式心理描写的效果,就是能不知不觉地让读者沉浸于某种语流里,感觉跟那个隐形人或影子般的叙述者的话语融合为一体缓慢地顺流而动,进而获得了一种超近距离感受人物的气息并不时体会其心思的状态,而不再有旁观的感觉。这样一种明显得益于日本传统小说影响而生成的独特心理描写方式,能够让读者充分体验到叙述与阅读恍然交融的效果,唯有如此,那些小人物平淡乏味的生活琐事里所隐含的悲哀,才会像深秋的薄雾一样,在最后故事戛然而止处悄然升起。

开启欲望与死亡的钥匙

关于谷崎润一郎的《钥匙》

一位五十几岁的大学教授,有个小他十来岁的出身传统家庭、在性方面保守无趣却又欲求强烈的妻子。为了抵抗精力日益衰退导致的颓势,让自己重新振作,教授设局,诱使妻子通过互相偷看日记达成某种默契,将自己的学生、女儿的男友木村引入局中,与他的妻子发生不伦之恋,以让他因妒忌燃起欲火。结果沉湎偷欢的妻子利用了这个局,在明知他得了严重高血压时仍不顾医生的告诫,不断诱使他纵欲,直至他中风瘫痪,不久死去。在小说终了之际,在妻子、女儿与木村之间,新的三角乱伦关系已然露出端倪。

1956年,这部名为《钥匙》的小说发表在日本的《中央公论》杂志上之后,在风气还比较保守的日本社会自然会引发轩然大波。卫道士们一眼就能看出它的"道德丧失"、"伤风败俗",以及"假借文艺之名"的猥亵,甚至还有邪恶——堂堂一个大学教授,却为了自己的欲望而设不伦之局,把保守的妻子变得淫荡放纵,是为恶夫;在家中纵欲却不顾忌女儿,还把自己的学生、女儿的男友木村引入局中,共为下流之事,是为恶父,更是恶师。把这样一个集诸恶于一身之人的欲与死、把他妻子的纵欲与不伦之恋写得如此从容淡定、曲折有致，这谷崎润一郎无疑是个毫无道德底线的恶魔艺术家。

实际上，即使放在今天，这样的情节也是重口味的，会让很多人觉得非常变态。如果这样的小说都可以堂而皇之地被置于顶级艺术殿堂之上，那么还讲什么道德、说什么廉耻、谈什么人性呢？显然，卫道士们根本无法理解，谷崎润一郎所关注的，本来就不是道德廉耻这些表层的东西，而是隐藏在"人性"之下的那个与欲望有关的深渊，以及小说的艺术。

卫道士们的激动恶评，当然并不影响《钥匙》在出版后立即被当时一些重要作家视为谷崎润一郎的经典之作，甚至被认为是即使放在世界文学中也是当仁不让的杰作。这些都已然被时间所验证。这本充满欲望与"邪恶"感的小书，确实是有着非常独特的魅力。它在形式上采用日记体，教授夫妻二人的日记轮流出现，逐渐展开叙事。但是与一般的日记体小说非常不一样的是，两个人的日记不只承担着叙事功能，还分别是教授设局与妻子反设局的主要工具，同时也为读者构建了两个时而坦白倾诉、时而暧昧莫名的视界。因为设局与反设局的矛盾共存，使得这两部分日记形成很大的反差，尤其是妻子的日记，几乎是自白、伪装、掩饰与很多空白的混合体。这种反差，使得整部小说在平静的叙述表象之下，隐藏着莫名的暗流与漩涡。

在教授那里，主要是企图通过自己的日记向妻子传达他对她的身体的迷恋和各种欲求，并希望通过偷看妻子的日记来实现以妒忌催发欲火并让自己能浴火重生的目的。因此教授的日记内容里尽管也隐藏着一些小伎俩小花招，但大体上是并不虚伪的，这一点连他的妻子也承认。相反，妻子的日记则显得颇为狡猾，表面上是在顺应配合着教授的安排，实际上却掺杂了一个又一个谎言，用天真无辜的状态包裹着狂热、虚饰与冷漠。以至于教授自作天真地以为一切都尽在掌握，并尽情享受着前所未有的性爱乐趣时，丝毫都没有意识到，自己的脖子上已然被妻子悄悄地套上了绞索。尤其是教授中风瘫痪之后，妻子的那些日记几乎已经变成了一种貌似自省的免责辩护。

吊诡的是，在教授准备设局的时候，让他处境尴尬的，并不是妻子在性方面的了无情趣，而是她的强烈欲求："我的体力逐年下降。近来，我在房事之后总感到十分疲劳，一整天都无精打采的，几乎连思考的力气都没有了……"显然，导致他陷入应付不来的困境的，主要就是年老体衰造成的精力不济。这个对于很多老男人来说可能都会有所经历的窘境，在向来热衷性事的教授那里则是一个非常严重的危机，于是他开始反思："那么，这是不是意味着我讨厌和她做这事呢？事实正相反。我绝不是出于义务，才强迫自己打起精神来应付她的要求的。我很爱她，不知这是我的幸福还是不幸。"他的反思焦点，投在了妻子那里，而不是自己身上。为什么会这样？当然，让他知天命地接受年老力衰的现实，不再去为欲望而折腾，在很大程度上或许比让他去死还要难以接受。或许他就像日本武士那样，宁肯死在冲锋的路上，也不愿逃避，更不用说投降认输了。尽管在开篇时他就已然隐约预感到了某种不祥的气息，但他仍然坚持实施自己的计划，这是因为他意识到自己已经没有退路了么？特别是当他明知医生的告诫——严重的高血压要避免性事——是应该无条件遵守的，却仍旧一意孤行地顺应妻子的引诱，走上不归路，这是因为"爱"么？

在日记里他多次谈到了对妻子的"爱"。但随着情节的展开，我们不难发现，他所谓的"爱"，其实混杂了很多"恋物癖"式的成分，以至于会让人觉得，与其说他爱的是妻子这个人，不如说他爱的是她的身体，是她的漂亮双足，是她那"百里挑一的、极其罕见的器官"。也正因如此，我们在教授的日记里所看到的"爱"，实际上时不时地被阵阵汹涌的恋物欲所淹没，即使偶尔浮出也显得苍白无力。因而让人怀疑，在他们夫妻之间好像并没有真正意义上的爱。可是，如果真的如此，那么这部小说深处的悲剧性、那种充满黑暗感的震撼，也就无从说起了。事实上，他对妻子的爱，的确在很多时候都被恋物癖式的爱欲所掩盖了，但是并没有真的消失。妻子也感觉到了它的存在，不然的话在他死后她也无须写下那么多的日记试图作出那些自辩式的解释了。

那么，妻子爱他么？在日记里她写得很坦白，她从未爱过他。因为她完全是糊里糊涂地被父母嫁给他的，还在新婚之夜就被他那难看的身体吓到了，而且在性方面他也从来没有真正满足过她……所有的一切都证明，她嫁给他，就是一个错误。她那个非常传统的家庭不仅给了她一个荒谬的婚姻，还给了她循规蹈矩的习惯，以及虚伪的性格，唯独没有教会她如何理解爱、遵从自己的意志去真实地爱。对于她来说，爱是个太过虚幻不具体的东西，根本无从说起，远不像身体欲望那么具体深切。可是她在丈夫死后写的日记里却说自己曾经爱过他："我希望他能明白当初我也是很爱他的。虽然'新婚旅行时，看见他摘掉近视眼镜的脸，不寒而栗'，'看来我选择了最不适合我的人'是事实，每当看见他的脸就'不由得想上'也是事实，但是这并不能说明我不爱他。……每当我'不由得想也'时，总觉得对不起丈夫，也对不起父母，深感自责，我压抑那种感觉，努力去爱他，并且真的爱他了。……我虽然叹息他的精力减退,但不仅没有因此而厌恶他,反而更加燃起了爱情之火。"就算她说的是真心话,她对他的爱,也不过是二十多年平淡婚姻生活里逐渐形成的某种带有古怪责任感的气息,有着连她自己也说不清道不明的含糊。

在教授的眼中,或许她就像个光滑透明而又密封的瓶子,他只看到了她诱人的样子和微不足道的虚伪,却不知道里面还封着要命的妖魔。他精心设局,终于实现了重燃欲火的目的,可是他好像并没有意识到,自己所打开的瓶子里,放出的是欲望的妖魔。随着故事的推进,最初给人留下老谋深算印象的教授,似乎渐渐暴露出其致命的天真的一面,就如同一个非常典型的老文青,尽管活到了五十几岁,经历丰富阅人无数,可是竟然毫无洞察人性的能力,好像完全没有"人心险恶"的概念。真是这样么?他知道妻子的虚伪,却不知道她的冷酷无情与残忍?他知道女儿的孤僻冷漠,却不知道她对他的深切怨恨?他知道弟子木村也是个不安分的家伙,却不知道他还是个心机极深的坏蛋,是螳螂捕蝉时躲在后面的黄雀?显然不大可能。当他像个老男孩似的天真而又不知死活地享用胜利果实的时候,几乎不可能不知道妻子刻意引诱他纵欲很可能会把他送到死神那里。但他还是继续了下去,直到把自己变成了献祭的祭品,献给了妻子,也献给了死神。或许,"视死如归"这四个字用在他身上再合适不过了,在苟且无力地活着与纵情尽兴而死之间,或许他宁愿选择后者。

妻子淡然表象之下的冷漠与残忍,就像她的欲望一样让人诧异而又不寒而栗。以通常的思维,很难理解这个生于传统家庭并且被教育得极其循规蹈矩甚至很古板的女人的行径。事实上,这个女人身上所呈现的,既有人性扭曲后的复杂善变,也有动物性，或说是昆虫性的一面——就是交配之后，雌昆虫会吃掉雄昆虫那种。她所经历的传统教养，给了她一个仿佛恪守规矩的古板外壳，而在那个外壳里，则充满了火药般的悄然酝酿成要了她丈夫命的无情业火的原始欲望。

在日记里，随着她借丈夫设的局一步步地开始了欲望的冒险，从身体到自我意识都开始迅速地觉醒，虽然在日记中她仍在不时装糊涂，但在行动中她似乎已是越来越清楚自己要的是什么了。她仿佛活得比任何时候都真实，更像个活人，而不再是个空壳。但在最后的日记里，她这样写道："几乎是同时，我也对抗地写起日记来，所以对照地看一看这个时期我们的日记的话，就能够明了我们是怎样互相爱恋，互相沉溺，互相欺骗，互相引诱，最终一方被另一方所毁灭的经过，没有必要再翻阅以前的日记了。"这段话其实是试图通过貌似准确概括整个故事进行自我辩解。而在另一段里，她的自辩达到了极致，但又并不能令人信服："我的身体里是流淌着放荡的血，可是怎么会埋藏着谋害丈夫的心呢？究竟是什么时候，怎么产生的呢？被那样乖戾的、变态的、邪恶的、执拗的丈夫不断扭曲的话，无论多么朴实的心也最终会被扭曲的。也许我的貌似贤惠、守旧都是环境和父母造成的，而我本来就有着一颗冷酷的心吧。这个问题一下子还说不清楚。不过，我觉得最终的结局应该说作为妻子对丈夫尽了忠，使丈夫度过了他所希望的幸福的一生。"

值得注意的是，在与木村的偷情过程中，她除了有肉欲的满足之外，还有对木村身体之美的沉迷，这一点，跟教授的状态其实恰恰是一样的，至少也是非常相似的。教授设局让自己重燃欲火的方式和内容，其实很像艺术创作的过程。没有欲望，当然不会有艺术，但如果只有欲望而没有想象与形式的参与，同样也不会有艺术。而当想象与形式最终都成了欲望的助燃剂时，那种近乎艺术的平衡状态就会随即被打破，就像吸毒一样，留给作为体验者主体的，就只有毁灭了。正像把妖魔封入瓶子里，是艺术；而把瓶子打开放出妖魔，就是灾难。从这个意义上说，妻子并不是妖魔的化身，她的欲望也不是，真正的妖魔，实际上是失衡。这个妖魔不但会吞噬她的丈夫，将来还会吞噬她本人。说到底，他们夫妻其实是同路人。在小说的结尾处我们可以看到，那个貌似恭敬实则居心叵测的木村的构想，是与她、她的女儿住在一起。

我们不难作出这样的想象：在这个三角关系里，她将为因为欲望和对女儿的妒忌，而在越来越狂热的燃烧中被木村榨干能量。她难道不会有那么一丝不祥的预感么？在小说的后三分之一部分，在失去了丈夫这个设局的同伴和"底线障碍"之后，她在略显释然地完成了自辩的同时，已开始对木村和女儿的行为多有怀疑了。她没有发现，木村的思维方式其实跟她丈夫是非常相似的，所不同的，是木村这个人阴险而又无情。

再来说说这部小说的名字。谷崎润一郎用"钥匙"为题，其意图是耐人寻味而又显而易见的。作为实物出现在小说里的钥匙，不只是用来找到日记的工具，它还开启了整部小说。当然不言而喻的是，它还象征着男性的生殖器和释放的冲动。它还是开启欲望的象征，更是开启死亡的象征。读罢整部小说之后，细心的话，就会发现里面所有的人物其实都没能拥有另外一把钥匙，那就是能够打开人心甚至打开灵魂的钥匙，更进一步说，即使有了也没有用，因为对于小说里的所有人物而言，相关的他者看上去或许都像是空心人。尤其是在始终让人摸不清心思并充满游离感的女儿眼里,无论是父亲、母亲还是男友木村,都是除了欲望之外什么都没有的,她恨他们,但是后来,参与到了父母设的局中之后,她实际上在不知不觉中也被改变了。或许,在不久的将来,在新的三角关系里,她也会以自己的方式让母亲走向崩溃,甚至让木村这个新的设局者彻底成为失败者。

最后不得不说的是,谷崎润一郎的写作艺术确实令人赞叹。这样一部残酷的小说,他竟能用如此淡定的调子来处理,即使是情节已然发展到了触目心惊、令人窒息的地步时,他的叙述仍旧是不动声色、从容不迫的。作为间接心理写法的高手,谷崎把自己擅长的日记体发挥得淋漓尽致。他对各类细节的选择是那样的准确精到,对于虚实转换的把握微妙自然得如同呼吸。在小说整体结构的设计上,虽然表面上看是以两个人的日记来轮换叙述,但在视角上却不只是夫妻二人的,还隐含了木村与他们的女儿敏子的两个处在不同层面的视角,两明两暗四个视角的存在,加上谷崎润一郎的巧妙穿插嵌合,就使得整个小说在层次感上显得特别的丰富,结构的纵深感、叙述的节奏感也都达到了近乎完美的地步。而且前半部分内容那种充满设计感的戏剧性,与后半部分那种高潮过后的缓慢弥散感所形成的对应也显得别具匠心。

在一些小插件的设计与运用上,也很能体现谷崎润一郎的功力。比如小说刚开始时,教授在读的那本福克纳的小说《圣殿》,写的是个冷酷残忍的变态男人金鱼眼对谭波儿姑娘的反复强奸和性扭曲,其中有个叫鲁碧的女人告诉她,女人跟男人之间最有价值的东西就是性关系,嘲笑她不懂真正的男人。这本小说的存在让人不免要想象,不仅教授读过它,妻子也很可能会读过。只不过他们所对应的角色恰恰是颠倒的。对于福克纳这本"充斥着性梦魇"的小说，教授关注的可能主要是"变态"刺激的可能性与残酷的悲剧性，而妻子领悟到的却可能是"男女之间最有价值的东西是性关系"以及冷酷与残忍的必要性。再比如，教授开始设局时，让弟子木村带他的妻子和女儿去看的电影，是《红与黑》，读过司汤达这部小说的人都会知道，它写的是年轻的家庭教师与女主人通奸、最后却差不多相当于同归于尽的故事。他推荐木村带着他妻子和女儿去看这个电影，显然是要暗示木村可以尝试与女主人通奸的可能，但又不要越过最后的底线，让事情失控变成悲剧。

另外，在教授中风瘫痪之后，女儿的房东太太特地从院子里的丁香树上摘了一束丁香花送来，教授躺在床上很痴迷地长久注视着它们的场景，让他妻子一阵心惊，因为她跟木村曾在丁香树旁边的房子里私会偷情。特别是女儿故意在拿来花时告诉父亲，"这是房东夫人从院子里摘来的丁香花。"一束象征着纯洁无邪的丁香花，出现在因纵欲而陷入如此境地的这对夫妻面前，无疑是莫大的反讽，但或许还意味着教授那近乎无望的期望——他在这种时候其实还在抱着最后一丝幻想，希望妻子能保守那道最后的底线。它只是存在了那么几小时，却营造出极为微妙复杂的气氛，妻子当然读懂了他的眼神，同时异常地尴尬，她随即悄悄将这束丁香花换成了玫瑰花，这个举动或许有着双重意思：一是暗示他，她对他仍然有爱；一是她也在暗示自己：她跟木村之间发生的，才是爱情，但这一点，恰恰是已经瘫痪废掉的丈夫不可能看懂的了。

阴翳之美的挽歌

关于谷崎润一郎的《阴翳礼赞》

"明治维新"之后,日本走上了西化的路,然后跻身世界强国之列。

后来作为"二战"的战败国,日本又不得不接受美国的辖制,但在文化经济上则被视为西方最发达的七个国家之一。日本走西化这条路的主要代价,就是传统文化的异化、裂变。正如谷崎润一郎在《阴翳礼赞》里所说的:

"西方是沿着顺利的方向发展到今日,我们是遭遇优秀的文明而不得不接受它。结果呢,走向和过去数千年发展进程完全不同的方向。由此,产生了各种障碍和曲折。"

在上世纪二三十年代,作为现代化标志的电灯、电话、自来水、火车、电车、汽车等事物充斥了日本的城市。当然还不只这些,还有电扇、暖气、煤气炉,取代了毛笔的钢笔等等,对于谷崎润一郎来说,最值得关注的,并不只是新旧事物的交替,更主要的还是传统日本文化精神赖以存续的那种环境的破碎,以及随之而来的"阴翳之美"的消失。在《阴翳礼赞》这本小书里,差不多有三分之一的篇幅在谈论这个问题。

能像谷崎润一郎那样深入骨髓地把握日本传统文化精神的,

在整个现代日本作家里可以说是屈指可数。而这本薄薄的《阴翳礼赞》,尤其是那篇同名文章,则无疑是"阴翳"主题的散文杰作。

谁也不会想到,他会从厕所这种地方写起,还写得那么精妙。

"我每次到京都、奈良的寺院,看到那些扫除洁净的古老而微暗的厕所,便深切感到日本建筑的难能可贵。客厅固然美好,但日本厕所更能使人精神安然。这种地方必定远离堂屋,建筑在绿叶飘香、苔藓流芳的林荫深处。沿着廊子走去,蹲伏于薄暗的光线里,承受着微茫的障子门窗的反射,沉浸在冥想之中。或者一心望着外面庭园里的景色,那心情真是无可言表呢。"在谷崎看来,那种日本传统式厕所"极为适合于虫鸣、鸟声,也适合于月夜,是品味四季变化和万物情趣的最理想的去处。"

听起来虽然有点近似于厕所的广告词,但不难发现,他意在强调的实是厕所的"阴翳"效果。他认为只有在这样的特殊效果里,才有可能体验到夏目漱石说的那种每天早晨的一大乐事。"为此,我再说一遍,一定程度的微暗,彻底的清洁,静寂得只能听到蚊蚋在耳畔嗡嘤,这些都是必需的条件。"他在这里所概括的,其实仍旧是日本传统文化的特质。

他很明白,要想准确地传达这种特质,就得从生活中那些看似平常的地方写起。比如开头部分写的家居,在写过厕所之后,又写了电灯、纸、漆器、喝汤、能乐、歌舞伎、建筑以及其中各局部之间的关系。进而指出为什么只有东方人才懂得强调"暗中求美"的强烈倾向。因为阴翳的好处在于"能引起人冥想"。其中非常有意思的,还有文章里那段对于汤碗的描述:"我把汤碗置于面前，汤碗发出咝咝声响，沁人耳里。我倾听这遥远的虫鸣般的声音，暗想着我即将享用的食物的味道，每当这时，我便感到堕入了三昧之境。"随后他又进一步谈到连日本料理基本上都是以"阴翳"为基调，"和'暗'有着割舍不开的关系。"

在《阴翳礼赞》这本小书里，其实哪怕只有这一篇长文也已经足够了，它是那么从容不迫地写出了与阴翳相关的诸多细节。特别是作为一个老派人士，对于现代事物的侵入的那种体验，谷崎润一郎貌似在平和视之，实际上早已是心痛不已。现代电灯在公共空间的过度使用，使得赏月都无法实现了。他和朋友们坐在小船上，在那么多的灯泡衬托下，发现月亮小得让人莫名惊讶。连月亮都尚且如此，还有什么能不被改变呢？但比改变更为可怕的，是抛弃。

最后，在文章的收尾部分，谷崎将现代社会称为"现代文化设施处处讨好年轻人，逐渐形成一个不尊重老人的时代……不管怎么说，日本既然沿西方文化迈出了脚步，也就只好抛弃老人勇往直前了。"谷崎将"传统文化"替换成了"老人"。"我想，我们已经失去的阴翳的世界，至少要在文学的领域唤回来。使文学的殿堂庇檐更深，将过于袒露的空间塞进黑暗，剥去室内无用的装饰。"读到这里，你会发现，与其说这是篇"礼赞"，倒不如说是对"阴翳之美"最后的"挽歌"。

2010 年 9 月 9 日

夹杂在腐米里的白石子

关于夏目漱石的《哥儿》

被誉为"国民大作家"的夏目漱石,只活了四十九岁,创作期不过十一年,但岩波书店推出的《漱石全集》却多达二十九卷,创作力之强盛令人不能不叹其为天才。他三十八岁才发表首部作品《我是猫》,出手即是成熟杰作;终其一生,他的作品始终都保持了很高的水准;而且,虽然他早年曾留学英伦,像很多同代人那样试图通过精通英文赶上世界的潮流,但回国后落实到文学创作上时,他却既没有让自己的写作西化,也没有固执本土传统,而是另辟蹊径,创作出焕然一新且影响深远的文学风格。

《哥儿》这部小说,是夏目漱石的早期作品,但其近乎完美的结构和自然精湛的叙事技艺,却足以映射出其非凡的文学才华。以今天的眼光看来,这部薄薄的小说很像是大师烹小鲜,虽说食材简单,但更能考量厨艺的高下,也更能让读者感觉到其对于火候及色香味的卓越把握。深受其影响的鲁迅曾评论:"夏目的著作以想象丰富,文词精美见称。早年所作,登在俳谐杂志《子规》上的《哥儿》《我是猫》诸篇,轻快洒脱,富于机智,是明治文坛上的新江户艺术的主流,当世无与匹者。"这段话,可谓是知音的洞见。

小说的主人公哥儿，既不是什么了不起的人物，也不是自觉悖逆庸俗风气的激进分子，只是个生于平常人家的普通人而已。他没什么理想，对于自己的生活也没有明确的想法，有种得过且过、走哪算哪的感觉，除了那个深心呵护他的女佣人阿清，他在那个平庸而又乏味的世界上了无牵挂。当然，特别需要注意的是，他跟阿清这条感情线索，是小说中贯穿始终的一条至关重要的暗线，虽然戏份不多，却是关键中的关键，正是它时隐时现的存在，使得整部小说在充满无聊的轻喜剧、庸俗的小闹剧气息的表相之下，隐藏着淡淡的仿佛由尘埃构成的悲剧倒影。

从读者的角度来说，小说百分之九十九的内容都是一幕幕让人忍俊不禁由各种小丑上演的滑稽戏。正像哥儿概括的那样："在这个世界上，有像小丑一般狂妄自大的家伙，在用不到他的地方，也非要露露面不可。有像豪猪那样的人，两个肩膀扛着一副救世主的面孔，似乎日本少了他就要遭殃。也有像红衬衫那样的人，以涂发蜡和偷女人为自己的嗜好。还有狐狸，装出一副'倘若教育是个活人，它穿上大礼服也就成了我'的样子。这些人都各自摆出一副趾高气扬的架子，独有这位老殃君，似有若无，宛如一只被人当作人质的木偶，规规矩矩地活着。"

这一系列的人与事儿，会让人不时边看边笑边摇头，但到最后的高潮——哥儿跟豪猪痛打了红衬衫跟小丑，逃离那个让他们恶心之极的小地方时，小说的调子忽然逆转。哥儿回东京跟自己唯一挂念的阿清生活在一起没多久，阿清就病死了……她临终时恳求哥儿说："我在墓穴里愉快地等待着哥儿的到来。"读到这里，相信稍微敏感些的读者都会忽然陷入一种巨大的情感落差——小说戛然而止，无边的悲哀刹那浮上心头。至此这一条暗伏久矣的线索，转眼就把一切都颠覆了，此前的种种可笑喧嚣、无聊的闹剧，仿佛瞬间都变成了陪衬，它们所烘托并呈现的，是一滴眼泪般的单纯事实，是真正无可替代的失落之痛，是把哥儿淹没其中的彻底的虚无。对什么都不在乎的哥儿跟那个世界的唯一一点关联，就此被抹掉了。此后的哥儿，该如何活下去呢？

夏目漱石的高明之处，就在于——他把那个生性鲁莽、善良、单纯而又有些侠义心肠的小人物哥儿丢到那个偏僻的充斥着愚蠢恶俗诡诈气息的小地方，把那里搞得天翻地覆并胜利大逃亡之后，轻轻地那么一翻手，就把这个小人物仅存的寄托毁了，将其抛入无尽的虚无之境，把这么一出充满了嘲讽、调侃的诙谐剧转瞬之间就变成了悲剧。此前那条包含着柔软温情点缀般的暗线，就像一秒风暴，让一切都碎成粉末，把唯一的一丝希望也化为了乌有。此中爆发出的残酷意味，让人越想越是背后生寒、心里冰冷。当然真正残酷的，并非作者，而是日日循环往复、永无休止的紧紧裹胁着人的现实处境。可悲的也不只是哥儿一个人，还包括那些行尸走肉般地过着机关算尽庸俗乏味生活的人们，他们甚至连多少感受一下永失牵挂之痛的机会都没有，他们看似活着，其实早就死了。

这部小说的叙事与结构方式，看似简单明了，实则细腻多变，行文极富层次感，而又自然多姿、意味深长，且从始至终都没有半点拖沓冗余之笔。他的叙事过程中，多有插叙、倒叙之处，又加以时态的不时转换（过去时与现在时交替），从而使得情节的演进能彼此榫卯相嵌、错落咬合、相映生辉，非常紧凑而又不落痕迹，无论是伏笔、闲笔，还是小风波与大冲突的设置，都极为讲究，无一不处置得游刃有余、恰到好处。比如哥儿值班时偷偷去泡温泉,却被传为去寻花问柳,随后引发了跟学生的冲突以及跟学校多数人的对立;他跟红衬衫、小丑去海上钓鱼,偶然听到了红衬衫提及其与老实人古贺的未婚妻"玛童娜"的私情,从而引出一条哥儿要"替天行道"打抱不平的戏剧线索;豪猪热心帮哥儿找了住处,房主的无良虚伪又引发了哥儿跟豪猪的误会,而这误会又导致他离开原来的租所搬到萩野家,结果通过房东太太揭出了美女"玛童娜"势利移情的原委。

在章节的安排上,夏目漱石也非常注重它们的起伏与呼应,以及冲突能量的积蓄与释放。比如,他在前面三分之二部分把几条线索不动声色地交织起来之后,在第九章安排了给老实人古贺送行宴会这个小高潮,随即又在第十章用庆祝战争胜利的大场面和哥儿、豪猪遭算计被卷入两校学生大冲突这一事件掀起了新的高潮,当读者还没来得及从这两波高潮事件中回过味来时,最后的高潮已悄然来临,在第十一章里他让哥儿跟豪猪痛快地教训了红衬衫跟小丑,然后离开了那个小地方。这种一浪叠一浪的手法,非常出彩,尽显叙事的张力。而几波高潮累积起来的能量,又在结尾处以阿清的死这一事件忽然被扭转方向,并以刹那坠落的状态释放出来,给人以波峰后面是深渊的感觉。

即使是在一个章节里,夏目漱石的精心结构也可以显露无遗。在祝捷典礼的大场面中他先预设了师范学校与中学的冲突态势,但写到这里他笔锋一转,没让这矛盾就此激发,而转而去写散场后哥儿回家想念阿清并试图给她写信却未成的事,继而写他跟豪猪喝酒聊到红衬衫嫖艺妓,想找机会揍他的事,就此埋下最后那场高潮的伏笔。接下来他才回去让前面按下的两校学生的矛盾发作,哥儿跟豪猪被红衬衫算计被卷入了学生的冲突。在这一章中,想念阿清、跟豪猪喝酒这两个部分设置得非常妙,既抑制了矛盾的爆发,又埋下了最后高潮的伏笔,这种复合式延滞手法,夏目漱石用得非常精到。而此章中还有一段文字尤其值得重视,它是本章甚至全书的一个关键转折节点:

"庭院是三十多平方米的平地,没有什么花木。只有一棵橘树,高出围墙,从外面一看就能很容易找到这里。我每逢回去,总是始终盯着这株橘树看。一个未离开过东京的人,看到长出果实的橘树,心中是颇为好奇的。那颗颗青绿的橘子渐渐成熟,将变成金黄色,那该多么漂亮啊。而今已有一半变颜色了。听老婆婆说,这橘子汗多,味道很甜。'等熟了,你就尽量多吃吧。'我想,每天吃它几个也好,再过三星期就可以吃了。想来这三周我不会离开此地吧。"

就是这样看似平实清淡的一段文字,一段游离了现实事件进程的一段闲笔,在纷纷扰扰的前文后文之间营造了一个空明安静的瞬间,一个极为漂亮的停顿。它让哥儿那种隐蔽心底多时的孤独感和几丝不易察觉的些微希望感都悄然渗透了出来,而随后写到他因为想多吃几个甜橘子就决定推迟离开此地时,那种孩子般的单纯又不禁让人哑然失笑。整段并无一字一句有抒情的意思,但回头看一眼前面他对阿清的思念和写信不成的纠结,就可以发现此中无一字一句不是写心写情,夏目漱石的笔法之精妙,仅凭此段,亦可窥其一斑矣。换句话说,在整部小说的深处,它就像一片宁静澄清的湖面,把哥儿那依旧纯净重情的心灵,立时映射了出来,也让始终纷杂着诸般庸俗琐事、乏味烦扰的叙事空间里,忽然透入一缕清明静定的光束,而哥儿的那颗并不复杂却烦躁不断的心,也难得就此轻微地喘了口气。另外,它与小说结尾处那深渊般的失落与虚无，也是暗中关联着的。

说到这里，我们不免要想，夏目漱石塑造"哥儿"这样一个小人物，到底想要表达些什么呢？他所经历的种种无聊至极的世俗闹剧以及最后近乎虚无的悲哀失落，究竟在传达着什么样的意味呢？我们或许可以这样概括性地形容一下夏目漱石笔下的这位哥儿：他就像掺杂在一袋发霉大米里的那种细碎白石子，棱角分明、质地坚硬，虽然不与腐米同污同腐，可是归根到底，也还是没什么用处。不过，虽说无用，但他至少还有一颗单纯干净的心。换句话说，在那个极其庸俗、乏味的世界里，心地纯净、了无心机的哥儿，就像一道关于良心的底线，他是低的，但又显然高过了他周围的大多数人。

巅峰之上的佩索阿

关于佩索阿的《阿尔伯特·卡埃罗》

费尔南多·佩索阿,这个伟大的葡萄牙诗人的名字其实让我有些尴尬——对他的了解,太少了。他一生创造了七十二个异名、半异名,留下了两三万份文献,但译成中文出版的此前只有那本《惶然录》(亦译《不安之书》)和两三本诗选,而且都转译自英译本。佩索阿的盛名与中文世界对其作品极少的译介形成巨大反差,导致"佩索阿"像一大团迷雾。这次商务印书馆出版的译自葡萄牙语的《阿尔伯特·卡埃罗》,相当于在迷雾的顶端打开了一个洞,并透射进来一道强光,让我们开始重新去认识"佩索阿现象"。

此前,半异名贝尔纳多·索阿雷斯的《惶然录》让人以为,"佩索阿"是个终生默默生活在里斯本的某条僻静街道里,把写作当作唯一乐趣和自己存在理由的小职员,并让人想当然地把卡夫卡式的不安顺便移植到他的脸上,然后配以生前无闻、死后著名的那种传奇模式。但是,看过《阿尔伯特·卡埃罗》,这一充满错觉的"佩索阿视界"就会随之瓦解。就像在幽深的谷地里忽然发现前面高耸云天的山峰,阿尔伯特·卡埃罗的诗以其独特的高朗明澈风格和强大的统摄力,给人以豁然放眼的阔大宁静之感。这本诗集似乎在提示我们，尽管异名众多，但佩索阿并不是一个超级分裂的诗人，恰恰相反，他是一个真正意义上的自觉的整体诗人。他创造如此之多的异名并非为了将真我裂解并隐藏，而是为了以种种个体重构一个异教的世界——它有幽谷，也有山峰，还有不同海拔地带的气候和质朴的风物，他们与这一切同质同在。

如果说写《惶然录》的索阿雷斯处于深谷，那么阿尔伯特·卡埃罗就是在巅峰之上，而里卡多·雷耶斯可能处在阴晴冷暖变幻复杂的地带，被称为"内心装着希腊诗人的瓦尔特·惠特曼"的阿尔瓦罗·德·冈波斯则可能海拔更高一些……作为"佩索阿本名"（其实也相当于异名）则行踪不定地游荡山林间，而创造了全部异名的"佩索阿本我"，则像最初的创世者那样无形地存在于异名复合的世界里，俯视着他们和他们的命运。半异名索阿雷斯在《惶然录》里说得很清楚：

> 我们中的每个人都是若干人，是很多人，是丰富的自我，比我们自己每个人的无限增殖更为丰富。这就是为什么一个无视周围一切的人，也可以因周围的一切或悲或喜，从而有别于自己。我们的存在是一个巨大的殖民地，有很多不同类型的人，各别相异的思想和感觉全都共处其中。

过去相当长的时间里，国内对佩索阿诸多想当然的错觉，既源自资料稀少，也源自对于佩索阿思想与创作方式的片面认识，时常游离其外，却又轻易恍然大悟。然而阿尔伯特·卡埃罗的诗显然无法满足人们胡思乱想式的移情或矫情的需要，也不能满足他们对那种莫名其玄的异域"现代"语境的需要,更不能满足他们对于像泡沫般浮动在晦涩深渊之上的"语感"的需要。卡埃罗的诗朴素自然、平实明白,像石头、树木和花朵一样存在。它们至少揭示了这样一个基本事实:诗,不是任何意义上的姿态,而是独立生命个体存在状态的纯粹映射。或许也正因如此,佩索阿才让"阿尔伯特·卡埃罗"成为所有异名、半异名的精神导师。如果说永恒并不是个时间概念,而是一种生命存在的强度与精神的高度,那么阿尔伯特·卡埃罗像流星一样滑过巅峰之上的天空(他二十六岁就死了,作为佩索阿的异名他也只活了一年多)就是命定的存在方式。正像异名里卡多·雷耶斯所指出的那样:

> 他是伟大的解放者,歌唱着为我们恢复了辉煌的虚无,那是我们的所是。他把我们从生命与死亡中解脱,让我们存身于简单的事物,存续中它们不了解生,亦不了解死。他把我们从希望与绝望中释放,使我们不因没有理由而无法安慰,也不因没有缘由而感到悲伤。这一切不会去思考,只是与他共存于宇宙的客观真实中。

唯其短暂,所以永恒。而另一个异名安东尼奥·莫拉则在《阿尔伯特·卡埃罗》的第四十七首诗打印稿的背后简明地注释:"卡埃罗是新异教的圣方济各。"这首诗,尤其是后三段就非常直观地展现了卡埃罗的主要思想:

> 我看到没有自然,
> 自然并不存在,

> 有山峦、山谷和平原，
>
> 有树木、花朵和青草，
>
> 有河流和石头，
>
> 但这一切并不属于一个全部，
>
> *真实的真正的整体*
>
> 是我们观念的疾病。
>
> 自然是部分，而不是整体。
>
> 这也就是他们所说的那个神秘。
>
> 没有思考，也没有迟疑，
>
> 我猜想这才是真实：
>
> 所有人都在找而又遍寻不到，
>
> 而独有我，因为不去寻找，而最终找到。

现代人最为致命的错觉或幻觉，或许就是过于自负地以为借助理性和知识就能拥有对世界的整体认识。实际上恰恰却因此而逐渐丧失了对事物的最基本的观察、感受和认识的能力。这就是为什么在多首诗中，卡埃罗都在强调对于事物的朴素观看。他以无比强烈的方式反对"思考"，"思考这一切是紧闭双目。""除非我病了，我才去思考。"他嘲讽"思想"，甚至强调"不思考任何事之中，有着很多形而上学。"他要让人从对思想的沉湎中惊醒，清空头脑中的那些毫无益处的知识和概念，止于观看。对他来说，"看"就是表达。因为"事物唯一的内在意义，/ 在于根本没有任何内在意义。"

在1914年否定事物的内在意义，意味着什么？他要否定、颠覆整个基督教源流的思想传统。所以他才如此的犀利："我不相信上帝,因为我从未见过他。/ 如果他希望我相信,/ 毫无疑问,他会和我说话,/ 走进我的房门,/ 对我说:我在这里。"比这更骇人听闻但同时也最为动人的,是在第八首诗里,卡埃罗让基督耶稣变身为一个任性淘气而又爱说上帝坏话("天堂的一切如教堂一般愚蠢")的"永远的孩童"。"他是人,是自然,/ 他是神,微笑,嬉戏。……这个如人也如神的孩子 / 就是我诗人普通的一日,/ 因为他与我在一起,而我永远是个诗人……新生的孩子与我同住,/ 他一只手伸向我,/ 另一只手伸向全部的存在。"这很可能是诗歌史上最奇妙而又迷人的一个同时拥有"神性"和日常本真性的,被从上帝和基督耶稣那里完全解放出来的孩子形象,只有阿尔伯特·卡埃罗这样的诗人有本事把这一切写得如此之美妙、纯净,他要让"上帝的人"回归"自然的人"。

早逝的精神导师阿尔伯特·卡埃罗的意义在于揭示真实生命如何存在。他是整个异名、半异名世界的精神至高点。在很大程度上,他就是异教世界的基督耶稣,但他不是上帝或任何神明的代言人,也不是以自我牺牲换取无上权威地位的宗教象征,他是个真正意义上的清算者和拯救者,他让思想的世界归零,他是创造的全新起点,他让人们看到通往自在无忧的真实之境的无限可能和纷繁道路。而这也正是佩索阿创造阿尔伯特·卡埃罗的目的。正因为有了卡埃罗的短暂存在,那些异名半异名们才能更加自由、自在。

索阿雷斯在《惶然录》里写道:"我创造了自己各种不同的性格。我持续地创造它们。每一个梦想,一旦形成就立即被另一个来代替我做梦的人来体现。为了创造,我毁灭了自己。我将内心生活外化得这样多,以至在内心中,现在我也只能外化地存在。我是生活的舞台，有各种各样的演员登台而过，演出不同的剧目。"在"佩索阿舞台"上的所有"演员"中，阿尔伯特·卡埃罗出场时间最短，却影响深远。他如闪电般的存在照亮了整个"舞台"，同时也揭示了，"佩索阿世界"尽管异名纷呈仿佛一个整体，却又根本上解构了世界的整体性，这在很大程度上使得佩索阿成为世界文学史上至关重要且绝无仅有的现象。

2014 年 3 月 3 日

齐奥朗的解毒剂

关于齐奥朗的《眼泪与圣徒》

对于我们来说，西方的基督教世界其实始终都是陌生的。这也是为什么当我面对齐奥朗的《眼泪与圣徒》这本书，看着那些围绕着圣徒话题展开的棱角尖利的片段式文字，以及那些穿插其间的与圣徒事迹相关的大师画作的时候，不免要想，这本跟基督教思想批判密切相关的书会不会很难读，向以思想尖锐观念另类著称的齐奥朗在年轻时究竟想通过它表达什么？

齐奥朗此前给我的印象，主要来自《世界文学》杂志里偶尔刊载的一些随笔和那本近年译介过来的《解体概要》。也大概知道他的一些生平，1911年出生在一个基督教正教家庭，父亲是位司祭，让他有条件很早就熟悉教理，喜欢跟父亲和来自神学院的学者们在酒桌边讨论神学问题。他在罗马尼亚出名很早，被视为最有希望的青年作家，后来去了巴黎，有三十多年自觉地销声匿迹，直到八十年代才盛名渐起。最早认识其价值的，除了极少数狂热读者，就是他的几个特殊朋友，比如伊利亚德、贝克特、米肖。另外，他对于成名有着极强的免疫力，至死远离媒体、拒绝一切奖赏。

出版于1937年的《眼泪与圣徒》是用罗马尼亚语写就，跟

1947年用法语写的《解体概要》（他的首部法语作品），其实可以理解为属于两个齐奥朗：一个是边缘弱小国度里张扬激越、备受瞩目的青年才俊，一个是在欧洲中心（巴黎）默默隐居的孤傲逸士。尽管这种变化让人惊诧，但从这两部作品的风格来看，他对传统与现实从不妥协的激烈批判和犀利之极的文风却始终如一。相对来说，写《眼泪与圣徒》的齐奥朗，更像个诗人思想家，敏锐、多思、尖刻，重视对各种现象的鲜活体验。

受尼采的思想与写作风格影响的他，采用格言体来写这本《眼泪与圣徒》并不让人意外，因为这种形式能够让他的写作更自由，更能保证其思想与感觉能穿梭游荡在充满解体意味的空间里，也因其终生都反对任何意义上的思想体系化。

这不只是一本批判之书，还是解毒与释放之书。齐奥朗没有以旁观者的角度和姿态来谈论圣徒，曾在故乡锡比乌的特兰西瓦尼亚图书馆里深入研究过圣徒传记的他，是以一个体验者的角色进入圣徒世界的。他爱圣徒"烂漫的天真"，但更恨圣徒"将无可救药的受难癖留给了我们。"在他看来，"圣徒的世界是天国的毒药，我们的孤寂越深，它的毒性就越强。他们提供了一个榜样，表明苦难自有其目的，从而败坏了我们。"而"成为圣徒，意味着永远在自身之外。"他一针见血地指出，"一般人和圣徒的区别在于对身体的态度，不在于他们对天国的取向……对于圣徒，身体成了恒久的困扰。"

他非常清楚，圣徒企图通过执著而狂热的"出神状态"实现对自身／"人"的弃绝，进而能以"圣洁化"的强力意志占有上帝。总而言之，"圣徒的美善让人反胃。既像是病态的失色又像是对存在的阉割。他们那至高无上的漠然简直令人讨厌。"在他看来，尽管圣徒的一切努力都朝向上帝，但只有他们的向下坠落的眼泪才是真正有价值的，就像他们的文字，"有一种超人的质朴。"这些没有受过教育的圣徒"为什么写得这么好呢？"因为他们完全弃绝了现实。他从"眼泪"这种带有明显情感特征又很纯粹的特殊物质中，看出的其实是通过艺术达成"人"的救赎与释放的可能。

比之于对圣徒的多角度思考和评述，齐奥朗对耶稣和上帝的嘲讽是肆无忌惮的。"世人谈论上帝，不只是为了在某处'安顿'自己的疯狂，也是为了对此加以掩饰。只要忙于上帝，你就有了悲伤和孤独的借口。上帝？一种法定的疯狂而已。""上帝是扼杀一切人间乐趣的疫病。""上帝的理念里一定有什么东西缺德透顶！""上帝只不过是一件老气横秋的旧外套，你要是没有更好的衣服穿就只好披上它。真是穷到了家！""那些被上帝缠住的灵魂就像一泓腐败的泉水，半残的花朵与腐烂的蓓蕾杂陈其间，恶臭阵阵拂过。"痛斥之余，他还不忘骄傲地宣称："从来不曾藐视上帝的人注定要被奴役。只因我们令上帝蒙羞，所以我们才是我们。"他对耶稣就更不客气了："耶稣最大的幸运是死得早。要是他活到六十岁，给我们的肯定不是十字架，而是他的回忆录。那样的话，直到今天我们都还在替上帝的倒霉儿子掸灰呢。""耶稣的父亲约瑟是史上最怂的人。基督徒把他晾到一边，让他成为所有人的笑柄。但凡他说出真相哪怕只有一次，他儿子就会仍是个籍籍无名的犹太佬。"

幸亏齐奥朗活在现代，否则单凭这些言论他不知要被烧死多少次。但他的激烈与尖刻自有其背景，或许在他眼中，无论是边缘化的弱小的罗马尼亚，还是处在两次大战之间的欧洲，都已是堕落之极、濒临瓦解的基督教世界的绝望投影。不管是圣徒、耶稣还是上帝，在他看来都无异于催生此恶果、制造虚无——还有极权专制的精神根源。他之所以如此"毒舌"，就是要以"毒"攻毒，清除由圣徒制造的旨在弃绝"人"与尘世的精神制幻剂之毒。解毒的同时，他更关注如何让那些"人"的力量得以释放。对于齐奥朗来说，它们只能来自于音乐、艺术、文学的领域，尽管跟基督教世界也有着千丝万缕的关系，但它们"是真理的标准。"对于他来说，"这世上唯有音乐能击败物质。""诗歌虽然神圣，本质上却是一种不敬神的亢奋。"他还在圣徒画像中发现了无法企及的"神圣激情"。

《眼泪与圣徒》的结构方式和效果，其实很容易让人把齐奥朗想象为一个采用腐蚀法但又不拘常法的铜版画家，他让自己的文字像强烈的硝酸水似的在"圣徒"及其所属的基督教世界上恣意流淌，它们所蚀刻出的精神图景是触目惊心的，就像很不规则的复杂多层的网，而在其间自如游荡的，则是那些来自于巴赫、莫扎特、贝多芬、波提切利、华托、柯罗、苏巴朗、莎士比亚、陀斯妥耶夫斯基们的最为纯粹的艺术激流。他坚信："艺术家无法信奉宗教。"他对于大师们的艺术精神有着独到的认知和由衷的赞颂——他们是基督徒们制造的这个毫无生机、充满绝望的世界里仅存的希望之源，也是对抗圣徒、耶稣和上帝营造的孕育专制与虚无的那个精神体系的力量之源。

值得注意的是，这部由很多片段构成的作品里隐含着某种音乐性。在看似松散的表象下，存在着自然生成和精心布置的复合结构特性，从而使其音乐性成为可能（就像巴赫的赋格钢琴曲）。齐奥朗本人毫不掩饰自己对音乐的迷恋和热情，"音乐令我在上帝面前太过无畏。""音乐将空间消解得灰飞烟灭。音乐是唯一能够带来慰藉的艺术……""音乐有一种宇宙特质。"只要读者能耐心找到自己的阅读速度和节奏,就不难感觉到这种特性。同时也不难发现,齐奥朗作为一个文体大师的天赋与才华,早在其二十五岁时就已开始显露了。他不是那种为读者提供思想地图和精神慰藉的作者。在他的思想谱系里,除了柏拉图、尼采等极少数人之外,几乎没有哲学家的位置,他甚至宣称:"唯一有趣的哲学家是停止思考、转而寻求幸福的那些。""哲学家唯一的功绩是他们有时会因生为人类而感到羞耻。"

他是漩涡、激流、陷阱、岔路、尖刺甚至炸弹思想的热情创造者,是思想体系毫无顾忌的戏谑者和破坏者,是随时会在任何庸俗腐朽现象面前突然现身的超级冷酷的毒舌,是永远不会安分也不会让人安心的绝境探索者,是一个具有多种面孔的绝对质疑者和孤独的沉思者……作为二十世纪西方文学与思想界极为罕见的伟大特例,为了坚守其风格与思想的纯粹,他在其漫长人生历程中自觉决然地选择了真正意义上孤独者的角色和处境,而且从不满足于此,因为对于他来说,"孤独者的任务是加倍孤独。"

2014 年 2 月 6 日

1842年，来到新世界的狄更斯

关于狄更斯的《游美札记》

对于今天的美国人，或者对于那些以作为世界头号强国的祖国为自豪甚至骄傲的美国人来说，一定多数不喜欢看到一百七十年前在英国出版的一本书。它的作者狄更斯在美国朋友与爱好者的盛情邀请下，花了半年时间走访了美国很多的地方，回国后只用两个月就写出了这本《游美札记》。

它引发了很多美国人的不满，因为这位三十岁的名作家在受到美国热情招待之后竟然一点客气的意思都没有，以他那极富穿透力的大笔，把正处在上升期、充满了勃勃生机的年轻美国的正反面写了个通通透透。尽管狄更斯对美国式的崛起与活力多有赞扬，但对于美式粗糙、庸俗的社会，过度浓重的唯利是图全民皆商氛围以及野蛮的蓄奴制度、对印第安人的残酷征服，则给予了显微镜式观照和批判。这就像揭开一个飞黄腾达上流精英人士的早年老底一样，无论如何都会令当事人感到特别难堪。

不过，如果美国人民还算心态健康开朗、真想好好了解一下自己国家成长史的话，就应该把狄更斯的这本书列为必读书。从某种意义上说，它是这位莎士比亚之后最伟大的英国作家留给美国人民的最好礼物。

毫无疑问,狄更斯是喜欢美国的,也正因喜欢,才会毫不客气一针见血,也正因他觉得美国有可能创造新的惠及普通人的社会样式,他才会那么鞭辟入里地指出它的问题。他是带着很多期望来的,所以才会有那些无法掩饰的失望。他不是去度假旅游、会会朋友的,他早就研读过关于美国的一些重要书籍,很想亲眼看一看:在那里"纠正旧世界的欺诈和罪恶"的政治家们,"是不是把从政之路由尘土飞扬变而为一尘不起","把势位之途的污浊清理扫除","是不是只为公众的福利而辩论,而制订法律,除了为国为民,没有党派之争"?

也正像他在后来写给波士顿市长的信中所说的那样,他之所以写得如此犀利不留情面,是因为"作为一个坚持真理的人,他一定要说真话,如果因为他说了真话,一些喜怒无常、不辨是非的人就喝倒彩",那他只能"嗤之以鼻"。这几句话,今天仍值得美国人重读几遍。这会有助于他们更为深刻地看清当今政客、政党究竟在做些什么,是在做实事,还是在当演员?要是真能想明白看清楚的话,他们就不会以那么温和的方式跑到华尔街去游行了。换句话说,这本书也可以视为狄更斯留给世界人民的礼物,因为它是在为了给最普通的人寻找某种理想社会的动机驱动下完成的,它的作者作为一个温和改良派,希望能在充满残酷暴力的法国大革命和保守冷漠的大英帝国这两种极端模式之外,找到更有希望、能让普通人活得踏实的社会模式。

1942年的第三个早晨,当狄更斯在利物浦登上一千二百吨重的"布列坦尼亚号"邮船,前往美国波士顿的时候,恐怕还不会想到自己会在七个月后写下这样的一部作品。对于他来说,它注定是颠覆式的、出人意料的。其预兆或许从他跟妻子登船进入狭窄得惊人的客舱那一刻起就降临了。狄更斯的伟大早成定论，老托尔斯泰在论及狄更斯的《大卫·科波菲尔》时，认为它可以与《圣经》相提并论。说实话，我们即使不看狄更斯的那些杰作，而只看《游美札记》这样一部非虚构作品，仍能清晰地感觉到他独特风格的折射——情感厚度、道义敏感度、文学视野的开阔度、创作的热情与活力、体察世界的深细度、营造叙事空间的丰富度和叙事力度都是非凡的，那种大开大阖的气势、异常丰富的想象力与收放自如的文字把控力确实是非常罕见的。话又说回来了，没有这样的笔力，又怎么可能写透那样一个崛起中的美国呢？

即使是从没读过狄更斯作品的人，在读到"途中"那一章时，也会迅速地被他用了好几千字来描述的晕船场景所震撼，这恐怕是我们这个世界上曾经有过的关于晕船的最伟大的文字。先看看狄更斯怎么写造成晕船的"打头风"吧：

你想要知道什么是打头风吗？那你就把船头来想象一下，想象船头就是一个人的脸，有一万五千个参孙合起来成为一个人，死乞白赖地要把船赶回去，每逢它想前进一英寸的时候，这个大力士就往它那两只眼睛正中间那块地方上狠打。你再把这条船想象一下，想象它挨了这样的打，它那个巨大的身躯上每一条筋都肿了，每一条血管子都破了，而它却赌咒发誓，不前进毋宁死！你再把风、雨和海想象一下，想象风呼，海啸，雨打，都一齐凶猛地向它进攻。你再把天空想象一下，想象天空里是昏沉杳冥，风狂雨骤，黑云以令人可怕的同情，和浪涛起共鸣，在天空里又造成另一个海洋。你想象出这种种现象,再加上甲板上和船舱里忙乱的脚步声,水手们破着嗓子的吆喝声,船帮上流水洞那儿海水灌进冒出的卜卜声,还有巨浪时时打在甲板上的砰轰声,听起来像在拱顶地下室里听到的那种沉重、低闷的雷声一样——你这样想象了以后,你就可以领会到那个一月里的早晨刮的打头风是怎么回事了。

再来看看狄更斯如何写自己晕船:

我整天价躺在那儿,非常冷静,非常满足;不觉得疲乏,不想起来,不想晕得轻一些,也不想吸新鲜空气;没有任何好奇的心,没有任何懊恼的事,没有任何关心的事,连一丁点都没有。我只记得,在我这样对于一切都漠然无动于衷的时候,我感到一种悠悠然的舒畅(如果任何那样毫无生意的心情当得起这样一种叫法的话),一种像魔鬼一样、幸灾乐祸的快感……那个时候,没有任何事物能使我惊异。那时候,假使我的性灵一瞬之间在我心上一闪,使我想起故国,于是我在大白天里,睁着两只大眼睛,看见有一个精灵,以邮递员的身份,身上穿着猩红袄,手里拿着铃儿,来到我这个狗窝一般的小房间里,一面对我道歉,一面递给我一封信,信封上用我很熟悉的笔迹写着由我收启的字样,那时候,假使有这样的事,那我敢担保,我一丁点都不会惊讶:我一定会认为一切都是事理之常。那时候,假使海王神,手拿三刃叉,叉上挑着烤鲨鱼,来到我面前,那我一定也会认为是每天最常见的事情……

1842年,来到新世界的狄更斯

以这样的文字笔法来描述美国之行，注定是五彩缤纷而又透肉透骨的。

从波士顿开始在狄更斯眼前缓缓展开美国最初印象，跟二十世纪八九十年代展开在越洋而来的中国人眼前的美国（就像那些兴奋而又不安地来到这片自由国度的人们所经常以一种对比的方式转述的那样），有着出奇的相似：

> 在美国所有的公共机构里，服务人员一般都是极有礼貌的。在这一方面，我国的公家各部门，则大多数都应大加改善，其中特别的税关，更应该拿美国的税关作榜样，使外国人不要觉得英国税关那样可憎，那样无礼。法国的税关人员那种卑鄙无耻的贪婪，固然够叫人看不起的了；但是我们国家的税关人员那样粗野无礼，也同样使一切不得不和他们打交道的人起厌恶之感，而国家居然养活这样一群恶狗，在国门那狺狺向人，实在有损国体。

美国今天的海关或者移民局真该把最前面的那几句话直接收录在自己的宣传册里。狄更斯眼中的波士顿其实也很美，"空气异常清新，房舍异常地整洁、华美，彩画的招牌异常地绚烂，涂着金黄色的字异常地辉煌，墙上的砖异常地红，石头异常地白，百叶窗和地窖子门前的栏杆异常地绿，街门上的门钮和门牌异常地亮、异常地晃眼；一切一切，都异常地轻淡、缥缈；所以这个城市每一条街，都看着恰恰和哑剧里一个场面一样。"他觉得这里，"人人都是大商人。"但他认为波士顿的美与文雅，主要原因是有哈佛大学。

美国的大学，尽管有它们的缺点，但是它们却不传播一偏之见，不培养顽固之徒，不翻尸倒骨地发掘陈旧的迷信，从来不阻碍人民的进步，从来没有因为宗教见解不同而把人拒于校门之外；最重要的一点是，在它们的教与学两方面，它们都承认校门以外还有一个世界，并且还是一个广阔的世界。

狄更斯的眼光，就是这么的到位。尤其值得一提的是，他在参观完当地的公共机构和慈善机关后，对照英国公共机构的冷漠、不作为甚至乱作为，他辛辣地写道："英国的私人慈善机关，正强有力地说明了'恶之中有善生焉'这句格言。"不过，狄更斯的心情与笔触一样，随着进入纽约这个比波士顿肮脏、满城都是外国人、许多人"一眨眼的工夫就发了财"、许多人"一眨眼的工夫就成了穷人"的大都市时，开始迅速地转向复杂黯淡。在这里，诸多奇特景观纷至沓来，"注意猪。在这辆马车后面，就有两口肥大的母猪跟着，另有五六口猪中须眉，都是百里挑一的上选，刚从拐角那儿出现。这儿来了一口单身独行的猪，正逍逍遥遥地往家里走去。它只有一只耳朵，另外那一只，它在街上游荡的时候，奉送给一只野狗了。但是它少了那只耳朵，也照样过得很好，到处游逛，任意流浪，很有绅士派头，和我们国内的俱乐部会员极为相似。"

谁也不会想到，他会花上两页多篇幅，专门写纽约的猪。估计后来那些为此书大光其火的美国人，就是在看到这几页时开始生闷气的。狄更斯的笔触的确尖锐，关于纽约的猪，他是这样收尾的："它们最突出的特点是：完全沉着，完全自恃，镇静稳定，不受任何事物的搅乱。"此句一出，估计当时没哪个美国人能受

得了这份独特的"赞扬"。狄更斯随即对纽约的报纸大加抨击,尤其是在前面"猪故事"的铺垫之下就显得特别猛烈:

> 原来美国新闻这种娱乐,还并不是那种淡而无味、稀溜溜儿的东西,而是货真价实、非常地道的玩意儿;都是破口大骂,丑肆诋毁的;都是专揭人隐私的,像西班牙"跛魔鬼"那样,能把人家的房顶都揭起来;都不管你是好的是腥的、臊的还是臭的,都给你拉皮条、作撮合,成其丑事的;都是能造谣说谎的……

接下来,当你看到他描写的"不经审问"就整夜"把人扔在这样一片漆黑的猪圈里"的纽约监狱,可能会觉得仿佛狄更斯是到了中国某个内地县城而非十九世纪的纽约,而当你读到政党斗争轮换给疯人院深深地造成负面影响的话,就会立即理解狄更斯的愤怒了:

> 连这个受苦受难、人所不齿的人们凄惨的栖身之地上面,都有可怜的政党斗争侵入,你能相信吗?……在一星期之中,总有一百次这种狭隘、有害的政党精神,像沙漠恶风一样,摧残、毁灭它所吹到的一切健全东西,在极琐碎的事物上表现出来……

更为耐人寻味的一幕,出现在费城。敏锐的狄更斯这一次实在像个预言家或者先知了,他在临睡前无意间看到窗外大街对面"有一座白色大理石大楼,盖得很整齐,但是看着却有一股阴惨、死沉的气氛,叫人起凄凉之感……原来这就是那个把无穷财富埋葬了的坟墓——那个使大量投资不见天日的地下丛冢——那个使人难忘的联邦银行。"他当然不会知道,类似的事件在一个半世纪之后的美国还会隆重上演。

实际上,不论是批判也好,讽刺也好,狄更斯从始至终的着眼点,其实都是不分种族肤色的最普通意义上的人民权益在多大程度上受到了保障和尊重。也正因如此,他才会毫不留情地抨击美国当时仍旧存在的野蛮的蓄奴制度、对印第安人的残酷征服与同化。而对于今天的美国人来说,他们显然更愿意强调林肯总统的英明睿智如何取得南北战争的胜利,让美国在自由、民主与平等中不断走向富强的历史,而不会是这些为世人所不齿的野蛮史。在狄更斯眼中,"美国人把一切无益有损的积习成俗,都一概归到他们喜爱商业这件事上,但是,一个外国人,如果把美国人都看作是只会做买卖的人,他们却又说那个外国人犯了极严重的错误,这种矛盾真得说是奇怪。"

而狄更斯的预言家特质,在其激烈地批评美国媒体时展现出令人震惊的透彻:

> 如果美国的新闻界,仍旧是它现在这种卑鄙可耻的样子,或者近于它现在这种卑鄙可耻的样子,那美国人的道德,就绝没有往高里发展的希望。年复一年,美国要越来越倒退,一定要越来越倒退;年复一年,美国人为国为公的精神,一定要在所有的体面人眼里越来越变得无足轻重;年复一年,美国革命先贤的身后名声,一定要让他们那些不肖儿孙的腐败生活越来越糟蹋得不成样子。

或许，我们不该草率地下结论说，今天的美国衰退，根源是道德层面出现了严重的问题，正像不能简单把美国过去的强盛历程说成是道德高尚的胜利一样，都有过度简单化之嫌。但透过狄更斯的敏锐视线与细致入微的观察、描述，我们不难得出这样的判断：旺盛的欲望与活力会造就一个英雄，也会催生一个恶霸，会创建一个强盛的超级大国，也会让罗马帝国崩溃瓦解。像美国这样一个没有历史负担的国家，一旦那些使之成其为美国的特质变得越来越模糊起来，而它控制世界的权力欲与占有欲又并未减弱的情况下，其衰落的速度就会不断加快。

事隔一百七十年，在读到狄更斯三十岁写下的这些关于美国的文字时，仍然会有诸多异样的新鲜感。原因何在？因为狄更斯是怀揣一种对于人类理想社会、理想国的热望写作的，他并不能清楚地知道它究竟是什么样的，会在何时何地以什么样的方式出现，也不可能像马克思通过研究资本主义社会根本规律而大胆地作出未来社会走向的坚定推断。他是带着很多期望来到美国的，最后也带着差不多同等的失望回到了英国。从那以后，他的写作风格与题材都逐渐发生着深层次的转变，幽默活泼的气质逐渐被更为严肃、低沉而有力、富有批判性的调子和更为严谨富于变化的结构方式所取代，从天才，走向了伟大。或许可以这样讲：所有活在今天的对未来理想社会仍怀有期待和希望的人们，都应该把狄更斯的作品找出来，再仔细通读一遍，去好好感受一下他那不朽的良心与求真的力量。

2012年1月8日

毛姆的炭火

关于毛姆的《随性而至》

在安德鲁·桑德斯那部八百多页的《牛津简明英国文学史》里，查找涉及毛姆的文字，发现竟只有三行半，还是夹在论述乔伊斯的那六页中。在书中，毛姆的代表作《人生枷锁》被视为"因袭传统的自传"式小说的最后一曲，是对"早已为《大卫·科波菲尔》的读者所熟悉的叙述模式"的"慢慢改变"。而乔伊斯所做的，则是"对既定的文学惯例进行了挑战"。

这就是二十世纪批评家的基本态度。在很长一段时间里，毛姆对于这样一种别扭的文学处境还挺在乎的。虽然在世俗意义上，他作为一个作家已足够成功，长寿、有钱、声名显赫。但对于西方现代文学史来说，这些东西捆在一起也抵不过乔伊斯那本没几个人会真正读完的《尤利西斯》，也抵不过卡夫卡那篇薄薄的《变形记》。不管他有多么不服气，他的风格与趣味确实跟现代潮流明显远离。这也是为什么，会有评论家称他为二十世纪的莫泊桑——短篇小说成就非凡，文学观念已然落伍。这种来自主流文学界有意无意的忽视，被他理解为知识阶层对他的排斥。

"尽管我在文学界的朋友不把我看作知识阶层的一员——这很令我遗憾——但我其实非常喜欢同有修养的人交谈，而且我觉得自己完全能够胜任这样的对话(也有可能是我高估自己了)。"这是他在晚年写的长文《我认识的小说家们》里的一段话,貌似委婉谦卑,实则暗含某种轻蔑与骄傲。他觉得自己可以轻易地用学识"说得他们大张着嘴,活像被扔在河岸上的鳟鱼"。

这篇文章是他晚年随笔集《随性而至》里的最末一篇。在文中,他回忆了亨利·詹姆斯、H·G·威尔斯、阿诺德·本特涅、巴比塞等或前辈或同辈的小说名家。对于前辈亨利·詹姆斯,他多少是有些不厚道的,几乎刻意放大了这位大师古板、尴尬的状态并淡化了他的文学成就。说白了,毛姆不喜欢詹姆斯那种带有浓重贵族气息的老派文人腔调与姿态。他更欣赏威尔斯,这位老兄天赋过人、才华横溢、活力十足、"性欲旺盛","从来没有真正爱过",却又"确实令女人发狂"。最重要的是,威尔斯从来不摆架子,能从容谦虚地面对任何人。当然在论及小说成就时,在毛姆看来,威尔斯跟詹姆斯都是那种缺陷显著的名家。但令他无可奈何的是,这两位在文学史中的地位始终远排在他前面,在风起云涌的现代文学开启时,他们是承前启后者,毛姆却不是。不管他的书如何受大众喜爱,不管像格雷厄姆·格林、马尔克斯这样的作家如何赞扬他的成就,在主流文学的眼中,他始终都不过是个潮流以外的名家而已。

晚年的毛姆已没有多少怨气了,不再介意别人怎么看他、是否会接受他了。在连"后现代"都不算稀奇的今天,再回过头去看毛姆的作品,不能不说,他的价值确实被那些文学史的作者低估了。且不说他的短篇小说、戏剧和长篇小说,单看他晚年的随笔,就可认定,他确实是位功力深厚的大师。在这本《随性而至》里,他的叙事已临朴素之境。

六篇长文写得各具精彩，无论是写英国作家奥古斯都·海尔、伯克，还是那几位大名鼎鼎的现代作家和一代哲学宗师康德，他都写得平和生动且耐人寻味。但最让人边读边感叹不已的，还是《奥古斯都》和《苏巴朗》。如果说在其他几篇文字里，他还会不时隐约透出几丝淡淡的嘲讽意味，那么在这两篇长文里，他要展示的只是对"人"的理解。无论是对交往颇深的遗老式作家奥古斯都，还是对遥远年代的西班牙画家苏巴朗，他的文字都触及了他们的灵魂。尤其是苏巴朗，毛姆对这位一生坎坷、被埋没两百多年的艺术大师给予了饱含温情的知音式理解："对于我来说，像苏巴朗这样一位勤劳、诚实、脚踏实地的人在他漫长的一生中居然能够在这样几个短暂的时刻神奇地超越自我，确凿无疑地创造出了美，真是令人无比动容。这就像是上帝的恩泽沐浴在了他身上。"

毛姆这样用心地写苏巴朗并不是偶然的。他自己的经历就颇为坎坷，少年时失去双亲，由自私冷漠的牧师伯父以颇为粗暴的方式抚养成人，上学后，又因生得矮小、说话结巴而饱受大孩子的欺侮，让他受尽痛苦，因而养成了孤僻、敏感而又内向的性格。后来以文学获得成功之后，他也不是那种喜欢交际、热衷场面的人。在漫长的作家生涯里，他借助文学之力不断为自己燃起成功的熊熊火焰，享受着世俗意义上的盛名。与苏巴朗这样伟大的艺术家的人生际遇相比，他实在是再幸运不过，那些因不被主流文学接纳和肯定而涌起聚集的不平之气，其实只不过是微不足道的小事。在晚年的宁静中，他就像燃烧到理想状态的炭火，除了纯粹的艳红与恰到好处的热度，一切多余的东西都已被剥去了，留给他的，是真正意义上的自由。

生命之花

关于索莱尔斯的《情色之花》

自从进入艺术家们的表达范畴之后，花的形象就再也无法单纯了。作为植物的生殖器，花朵固然在本质上就包含了性的意味，但这与人类社会所理解的情色并不能说就是一回事。花的盛开是指向未来的，而情色则只是欲望本身的一个投影，没有任何未来。花的生殖本性里所包含的意味，远比"情色"要丰富得多。这也是法国作家索莱尔斯将这本小书命名为《花》的原因所在，而译者或出版社将它命名为《情色之花》，其实会将人引入狭隘的理解过程。

索莱尔斯在他那一代作家中，是很有野心的一位。他的创作异常活跃，无论是写评论，写小说，与艺术家、建筑师对话，还是写出《情色之花》这样的作品，他仿佛无所不能。奇怪的是，按说在上个世纪五十年代以后成名的法国作家中，索莱尔斯似乎应比罗伯·格利耶更易受中国读者的推崇，可事实情况却刚好相反：罗伯·格利耶的书大部分都有了中译本，在中国名声显赫。而索莱尔斯的书却只有少数几种译本，知名度也有限。他所主导的"原样"派文学运动，在我们这里几乎没有什么影响力，无法与"新小说"派相比。总之是个耐人寻味的现象。

在二十世纪八十年代的文学回潮中,索莱尔斯"回归"了"传统"。这本完成于2006年的小册子《情色之花》就是具体表现之一。不过,他的回归却并不是趋向保守,从某种意义上说,是反现代主义的。在《普鲁斯特》那一章的开头,索莱尔斯这样写道:

> 但丁、莎士比亚和兰波之后,这个游戏就变质了,除了在画家那里还保持着原样。时光流逝,永恒、重现的一刻都躲藏在阴影里,怀疑、冷淡、抽象、葬礼。为了尽快穿越上个世纪,纪德、瓦莱里、萨特、马尔罗、加缪、布朗肖、杜拉斯、拉康、福柯、德勒兹等等:过多的言论,过少的花朵。

或许在他的眼中,二十世纪是个观念的世纪。新的就是好的,观念决定一切。新观念层出不穷,但任何新观念似乎注定只有短暂的价值。而对于他来说,再好的观念,也抵不上一朵正在绽开的花那么富有内涵,那么完美而又微妙。本来只应该是鲜活事物衍生物的所谓新观念,结果却反过来成了鲜活事物的谋杀者。所以他才会有"过多的言论,过少的花朵"之叹。现代主义以后,花已不再是花了,它的每一个花瓣里、每一个花瓣的纹理里都被塞满了观念。因此在他看来,马拉美就是兰波的终结者,把鲜活的世界导向了抽象的存在。而普鲁斯特,则是"一位天才的植物学家,伟大的内心冒险家",言下之意,似乎正因如此他才写得出《追忆逝水年华》这样的辉煌巨著。

索莱尔斯试图借助花的意象,在诗与文之间找到自己可以即兴发挥的神秘之地。但那位鲜为人知的十八世纪的艺术家及植物学家——斯彭多克所绘制的花朵图，只是用来借题发挥的材料，尽管他画得相当精致，但显然太过人性化、象征化了，所以放在这本小书里，不过是文字的点缀而已。索莱尔斯还在书中大量引用不同时代经典作家们的话语或作品片段，但在这里他的语言常常是跳跃的，多少有些诗化的。

虚无、上帝和玫瑰都是不求回报的：应该根据这种信仰生活，但是不要梦想。我们应该注意到这样一个事实，花朵既没有要求被看见，也没有要求拍照或摄像。花朵并不是大众传媒……上帝让你们像鸟儿和花一样么？那么接下来怎样？为了唯一的生存乐趣而进入纯粹的迷失状态？多么轻浮！多么随便！多么浅薄！多么的不负责任！

《龙萨》那一章写得尤为精彩。

美是一种烦恼，玄学中认为美之中含有某种有毒的物质。花朵只开一个早晨或是一天……因此上帝正在死亡，花朵不再能够永生。我们从善中丢失花朵，却在恶中找到了它们。

索莱尔斯很善于一针见血地评论前辈。在谈及诗人马拉美时，他这样写道："马拉美是嫉妒兰波的，嫉妒他的美、他的健康、他那惊人的丰富的感受力和感觉，嫉妒他用词的精湛。"在他看来，兰波所有的那些都是现代派们所缺乏的。而这样的态度在索莱尔斯那代作家中确实是罕见的。显然，他希望能回到最为纯粹自然的写作状态,就像鲜花盛开一样写下自己的作品,呈现在那里,而不必作任何意义上的解释,只有这样,才可以称得上活在现在。从这个意义上说,索莱尔斯对"传统"的"回归"并非观念性的,而是鲜活意义上的。所以我们在看他写的关于马拉美这一章的结尾部分时,就会觉得特别意味深长:

更为耽于声色(蔷薇团)的克洛岱尔在《时尚》中读过《灵光集》中"精液"一篇后,直接奔向了巴黎圣母院,但是兰波的花朵们既不代表巴黎公社或社会主义未来,也不代表大教堂的复兴。它们在这里,立刻又到了外面。红宝石细棒围绕着水中玫瑰,这就是一位有着蓝色雪状巨眼的神,海与天为大理石露台带来了新鲜而挺拔的形势与玫瑰花丛。鸢尾,神圣的信使,在那里宛如一道彩虹。那是昨日,那是明天,那是此时。

当时间之箭转向过去

关于马丁·艾米斯的《时间箭》

要是能把人生重新活一次，会怎么样？有过这样想法的人，肯定不是少数。但要说把一辈子从死到生倒着活一次，估计很少有人会想得到。在英国作家马丁·艾米斯的长篇小说《时间箭》里，说的就是这样的事。生命的终结变成了开端，事情的结果变成了起因，发生变成了结束，小说里所有的人与事，都毫无例外地朝着最初的生命起点活下去。

小说描述的是这样的一种现实：时间之箭掉头转向了过去，整个世界也都随之转向了过去，就像以正常速度倒录像带一样，所有的一切都向过去发展。这样一切倒转的生活过程，似乎有些像是回忆，但事实上却并非如此。从第一段阅读开始，你就可以清楚地感觉到，这种从死亡开始回归生命起点的生活，绝对是一种全新的体验。时间就像倒流的河水一样，浮载着人们不断地归向源头。时间与事件，对白与细节，都是反向发生着的，只有人物体验的感觉仍旧像是顺时而生。这就产生了奇异的错位感和反差感。

一个人从死亡中醒来，魂灵回归身体里，然后他康复了，看着自己回到老年，中年，青年，少年，当然更不必说那些日常的场景也在倒转方向了——人们从出租车里下来，司机还要付给他钱，医生把摘除的器官重新放入患者体内然后缝合，逃开的人又跑了回来，熟悉的恋人变成了陌生人……这样一路读下来，你会发现，似乎这是一个所有一切都在复原的过程，但是你很快就会发现，所谓的恢复，只是个假象。随着时间的推移，你很快就会发现，恢复也就是消失，在瓦解中消失。

如果事先不看小说的内容简介，要到很晚的时候，你才会发现，这个主人公其实曾是个纳粹军医，在奥斯维辛集中营工作过，还曾用犹太人做活体实验……当然不要误会，这不是部清算历史、审判罪恶的小说，它的兴趣根本就不在历史事件中，它只是试图描述另外一种现实，在你阅读的过程中呈现和存在。

马丁·艾米斯非常清楚，如果仅有作为体验者的那个主人公来叙述这个时间倒转的故事，会遇到巨大的技术难题，会让整个叙述过程变得语无伦次、毫无章法。所以他为这个主人公设计了一个伴生者：魂灵。这个魂灵就是最初在主人公从死亡中复活时重新回到他体内的那个"我"。正是因为有了这个"我"，整个故事的叙述过程才变得均衡起来，因为"我"的旁观视角与叙述方式，与原本显得过于反常的那些个逆转式叙事过程产生了奇妙而有趣的对应，也就是说，它带来这样一种效果：时间与事件在整体上是朝向过去发展的，但在具体的场景中，因为"我"的存在，却产生了正常时间下的那种叙事感，就像河流中的一段平缓水面，流向在这里变得模糊起来。从这个意义上说，"我"才是真正的体验者。作为读者，会觉得在阅读的过程中，离这个"我"反而更近一些，而那个主人公倒是始终都在远处。

然而，人人都清楚，生命是不可逆转的，时间之箭只能向前，永远不会回头。即使是通过时空隧道返回过去的这种科幻想象，也并没有从根本上改变时间的方向。但是在《时间箭》里，马丁·艾米斯以他娴熟老辣而又简练的笔触让你逐渐接受了这样一个在通常意义上都不会轻易相信的事实和过程，而无论是事件还是过程本身，都是非常新奇的经历和体验。他的才能，确实可以称得上是非凡的。在他的笔下，精彩段落或者句子时有所见。从下面的句子中我们不难发现，他为什么会对时间有着如此独特的感知和认识：

时光继续前行，朝向某个目标而去。过去种种宛如从疾驰汽车玻璃上掠过的倒影，不断被时间抛出，任谁也无法阻止。

时间会说话，这是必然的，我对时间绝对有这样的信心。就像那些棋士所做的，随着时钟滴答作响，一切行动最终都会合乎其原本的道理。

当然马丁·艾米斯的思考还不仅仅体现在时间方面，更多的还是关涉到人与世界。他借助主人公的那个魂灵"我"，进行了非常深入而特别的思考。

我本来以为，一个人需要很大勇气或很多很多其他东西，才能进入他者，进入其他人的世界。我以为所有人都活在堡垒里，活在要塞中，外头有护城河和插满尖刺和碎玻璃的陡峭墙屏障。但事实上，我们住在相当脆弱的建筑里。我们会发现这些城堡都被偷工减料了，或者根本连城堡都称不上。你把头一低，就能钻过垂盖爬进他人的帐篷里，只要你获得允许。

有时他会忽然闪现一丝冷的幽默感来：

一旦遇到像这种男人与女人的对白，你爱顺着听或倒着听都无所谓——反正不管怎么样都不会有结果。

有时候他的观念又是相当锋利的：

所有涉及审美的东西都一样，对我来说十分像暴力……也许人类的残酷是恒久不变的，改变的只是形式而已……我一直期望这世界的运行能合乎道理，但它始终没有，未来也不会，永远永远就这么下去。

或许马丁·艾米斯的这部小说会令你想到司各特·菲茨杰拉德那篇著名的《本杰明·巴顿奇事》。那个主人公一生下来就是七十多岁的样子，然后越活越年轻，最后死去的时候则是婴儿状态。其实说的是一个人的肉体时间与其他人的整体存在时间的相反，尽管其肉身在开着时间倒车，但他以及其他人所经历的一切还是在正常的时间里。马丁·艾米斯做得是另外的事情——关于什么是开始，什么是结束，什么是过去，什么是未来，什么是生，什么是死……什么是现在。人的成长过程，与生命消失的过程，难道不是蕴含着同样的道理并为同一种神秘力量所主宰着么？无论时间指向哪个方向，我们最终都会化为乌有，所不同的，只是期间的经历和体验。

2009 年 4 月 4 日

在喧嚣与寂静之间微笑死去

关于伊夫林·沃的《邪恶的躯体》

在这个过于现实的世界上,到处都有一些轻易被忽略的敏感而卑微的人,他们默默无闻,即非喧嚣的主流,更非安于现状的那些寂静中人,然而他们终其一生,释放了全部能量,也不过是徘徊于喧嚣与寂静之间。他们渴望着幸福,但常常是差之毫厘,他们竭尽所能,尽管没有使自己抵达那个有着幸福味道的微不足道的地方,但也没有让自己坠入激烈的悲剧深渊,只不过是像灰尘一样,附着在世界的坚硬表面,在某一天被一阵突如其来的风吹掉的时候,脸上甚至还残留有别人所不能理解的莫名微笑,而这一微笑固然与他们的无奈生存有着密切的关系,不过更多的还是针对死亡本身的一种感伤,它就像一束并不耀眼的亮光,投射在世界的灰色外壳上,就像是史前时期留下的一块没有名字的生命残骸的碎片。《邪恶的躯体》,这部伊夫林·沃的成名作,以其简洁、含蓄、幽默、微冷的笔调,给了我一种意料之外的阅读感受。

小说的主人公亚当·寒姆斯,经历了海上剧烈颠簸带来的眩晕折磨,在多佛港海关遭遇了自传手稿被销毁,然后去找他的未婚妻尼娜,告诉她因为自己没钱,他们不能结婚了。这个小说就是在这样一种轻喜剧的调子里轻快而简练地展开的。亚当始终都处在想弄到一笔钱以具备跟尼娜结婚的条件这一目的而造成的多少有些可笑和尴尬的困境里,他意外得到了钱,但又意外失去了,并因此经历了种种意想不到的事情,甚至还当了一段时间以胡编乱造为主业的小报专栏作者——"话匣子先生",又莫名其妙地失掉了这个给他带来经济保障的职位,在以金杰的名义与尼娜一起回到她父亲那里住下一段时间,享受到了短促的"事实婚姻"生活之后,亚当被孤零零地抛到了战场上。

当我们翻过小说最后一页,在经历了时而忍不住发笑,时而又莫名感慨,甚至是突然浮现的伤感之余,会有这样一种奇怪的感觉,虽然亚当始终在为与尼娜结婚而作着某种无望的努力,但事实上,在他与她之间的感情上,并没有恋人的热度,也没有那种灵光一闪的灵肉合一的渴望与交流,换句话说,如果没有结婚这件事在这里撑着,我们会觉得他与她更像一种兄妹关系,而不是准备结婚的恋人,因为他们的言辞与行为无时无刻不在透露出一种冷冷的距离感。然而耐人寻味的是,在这种距离感之中又隐含着一种天然的默契,这就让我们不能不作出这样的假设,在作者潜意识里,亚当与尼娜很可能就是一个人的两个面而已。这样做有什么好处呢?伊夫林·沃似乎想以此来证明,一个人本身存在着精神与情感的某种自足性,借此,人是有可能获得精神上情感上急需的安全感的。

"艺术家在今天这个分崩离析的世界里,唯一能做的就是创造一个自己微小而独立的有秩序的系统。"伊夫林·沃如是说道。当我们以这句话作为我们的起点,进而审视《邪恶的躯体》这部开启了伊夫林·沃成功之路的作品,并联系到他在写作这部小说期间个人的感情挫折时,就会发现,他的确是试图通过创立一个由文字构成的世界来使自己的现实生存获得某种支撑。

1929年7月,他正写作这部《邪恶的躯体》,他的妻子伊夫林·加德纳写信告诉他,她已经爱上了一个叫约翰·阿克顿的男人,而且自称思想混乱需要帮助。他匆匆从牛津乡间赶回伦敦,为挽回一切而努力,然而两个月后,他不得不面对事实。他给那个第三者写信,故作轻松地发泄自己的情绪,没有想到的是,那个男人用一个很清楚的反问回复了他:"在占有欲方面,你是不是很有男子气概呢?"面对这样的反问,他是无法回答的。

1930年1月14日,《邪恶的躯体》出版。四天后,《泰晤士报》刊登伊夫林·沃的离婚通告。同年8月,他在一篇关于离婚的文章中,把"婚姻幸福有赖于愉快的性生活这一见解说成是'怀有恶意的胡说八道'",同时,又提议为"不愿意因出于好奇或缺乏经验而结婚"的年轻人提供更好的性教育。实际上,他已经默认了那个男人的反问是事实存在的。一个月后,他皈依天主教。显然,他需要有精神上有更为具体的寄托,以避免坠入虚无。

当我们注意到,小说里,亚当无论在金钱上还是在婚姻上,尽管几经努力争取,但最终都一无所获时,不难发现,伊夫林·沃实际上正是通过这种悲观但并未绝望的灰色调子,在一定程度上消解了内心的痛楚与阴影,使自己获得了某种表面的心理均衡感。可能也正是基于这种原因,三十四年后,伊夫林·沃在回顾这部为他打开成功之门的小说时,一直采取了有意压低其价值的态度,称之为"一本完全未经计划的小说","一些外界理由赢得大众的喜爱","重读一遍,这不是我喜欢的一本书"。一句话，在伊夫林·沃的心中，轻视它的价值、不断减少它的分量、与之保持某种距离是必要的，一方面是它的不够成熟，另一方面，是它底色中留下的那道浓重得难以化解开的婚变阴影。

无论是在那些所谓"娇艳的青少年"之间，还是在安于现状的众人之间，亚当与尼娜都毫无疑问地处在微不足道的边缘，他们极力想要把握的并不是什么大不了的事，只不过是弄到足够的钱结婚而已，他们的需求并不是什么非常状态，而恰恰是日常状态的，但这也是很难实现的。正像作者在小说扉页上引用的《镜中世界》里的一句话："在这儿，你看，你得尽力地跑，才能待在原地。如果你要到别的地方去，你就必须跑得至少快上一倍。"事实上他们是无法跑到那种不现实的速度的，他们已经尽其所能，如果说这种无望的奔跑是为了得到什么的话，不如说是为了让自己放弃希望，为了最终面带微笑地死了这条心，仅此而已。

通过那些微妙、干净、幽默而克制的文字，我们可以感觉到，作一名优秀小说家，伊夫林·沃清楚地知道，无论现实以什么样的方式冲击了他的日常生活与内心世界，他都不能也不应该把这种情境下那些起伏不定的情绪带入小说里，因而在这部小说的情节中，我们基本上看不到什么婚变的影响，而只能通过文字调子上的微妙变化，体味出某种无法言说、若隐若现的感伤气息。虽然在二十世纪背景下，伊夫林·沃在骨子里是个与狄更斯有着更多亲缘关系的古典作家，但他的文体与其身处的时代是同步的，他在叙事上的明快、简练以及罕见的克制，与海明威相比也毫不逊色，甚至还更为细腻。从始至终，在这部小说里，那些时而意味深长、时而谐趣十足、充满讽刺幽默意味的对话是非常值得玩味的：

"你难道觉得开心吗?"

"我亲爱的,在我的生活中没有比这种事更使我憎恨的了……不过,只要你开心,这还是不错的。"

"喂,尼娜,"过了一会亚当说,"到头来我们还是结不了婚了。"

"是的,恐怕不行了。"

"真烦人,不是吗?"

后来他说:"我想那个教区长也认为我疯了。"

后来,"实际上,是个大玩笑,你不这样认为么?"

"我觉得这太妙了。"

在火车里,尼娜说:"我可能这辈子再也见不到你像那样独自跳了,想起来真悲哀。"

除了对话以外,那些富于现代风格冷静描述的段落也非常耐人玩味:

在离梅德斯通不远的某处,奥特里奇先生完全清醒了。在车厢里,他对面那两个探员睡了,他们的圆顶礼帽向前歪戴在额头上,嘴巴张得大大的,两双红红的大手懒洋洋地搭在膝盖上。雨点打在窗上,车厢里极为寒冷,还有一股污浊的烟草味。里面贴着拙劣的名胜古迹广告,外面的雨中有宣传专利药品和狗食饼干的广告牌。"每块莫拉辛狗食饼干都在摇尾巴,"奥特里奇先生念道,火车一遍又一遍重复,"尊敬的先生阁下尊敬的先生阁下尊敬的先生阁下尊敬的先生阁下尊敬的先生阁下……"

还有亚当的前任专栏作者西蒙临自杀前的场景，写得也是触目惊心的冷静：

> 西蒙·鲍尔凯恩接过给他递过来的帽子和外套，被请出门外。遮篷周围的人群已经散去。天仍在下雨。他走回布顿街的小套房。雨水冲走了他脸上残存的几簇毛，黑毛掉在了他的衣领上。他们在他前门外冲洗汽车，他轻手轻脚地从汽车和垃圾桶之间走了过去，用他的弹簧锁匙打开锁上了楼。他的套房像埃斯皮诺萨饭店一样，都是油地毡和浮雕玻璃。有几张大卫·伦诺克斯拍摄的专业水平照片，有一架唱片机（用分期付款方式购买的），在壁炉架上有无数邀请卡。他原来放在床上的浴巾还在那里。西蒙走到厨房，到冰箱那切了一些冰。随后他为自己做了杯鸡尾酒。接着他来到电话那里。

伊夫林·沃总是能通过冷静的描述传达出令人着迷的微妙而沉郁的气氛：

> 亚当搞到了一间卧室。他早早就醒来了，发现雨滴敲打在窗户上。他向外望去，只见一片灰色的天空，有个工厂还有那条运河，浅浅的河水中浮出一座座废铁和瓶子的小岛；一具被抛弃的流浪者的尸体一半浸泡在对面河岸的水中。在他的房间里有一个五斗柜，抽屉里放满了可怕的碎片，一个脸盆架上放着一只颜色鲜艳的盆子、一只空杯子和一把旧牙刷。

他也时常会利用一些无可奈何的调侃,与那些冷静描述的文字产生对比强烈的有趣效果:

> 亚当往上爬去,来到了一块高台一般的地方。数英亩的膨胀绸布遮蔽了天空,在微风中轻轻地飘动。驶来的其他汽车的灯光照亮了高低不平的草地。一些乡巴佬聚集在大门周围冷嘲热讽。高地上离他不远处有两个人躺在垫子上亲热着。还有一个陌生的年轻女子抓着一根桩子直喘气,显然很不舒服。两个情人中的一个点枝雪茄烟,亚当看出他们是玛丽·穆斯和普卡普土邦主。一会儿,尼娜也来到了他身边。"两个那么富有的人相爱,"她说,心里想着玛丽和土邦主,"简直是个浪费。"

伊夫林·沃的小说大多具有循环结构,在这部小说里同样如此,显然,在他的眼里,"认识是一种相似,一种重复,一种历史不断循环的感觉,或者是一个镜子中的影像。"他试图通过循环结构暗示世界没有任何变化,人的一切努力终归是徒劳的。而这部小说的形式也是有着明显的拼贴画的迹象,一连串的事件通过一种似是而非的方式组合到了一起,并且产生了出人意料的效果,而那种"即沉迷其中又冷眼旁观的自相矛盾和焦虑不安的态度"则贯穿了小说始终,在"五彩缤纷的底下是一种肆无忌惮和脆弱不堪的基调。"

在小说的最后,在那个名为"幸福的结局"的标题下,在荒凉的战场上,性情晚熟的亚当似乎衰老了很多,战争的场面与经历,已经使他对于奔跑本身没有任何感觉了。他只想安静地睡上一觉。而到了这里，作者本身似乎也完成了一次虽然无法彻底但却又是非常必要的解脱。"一切事情一旦用言辞表达出来就变得如此简单。"最后出现的那个名叫贞洁女神的小姑娘，是个意味深长的形象。作者似乎想要通过她，来给我们以最后的提示：在如此残酷的现实境地中，没有人是贞洁的。

那酒和厚实的座垫，加上两天战斗积累起来的疲劳，使他疏离了他们，对于他身边发生的这一切快乐的感情冲动置若罔闻了，他酣然入梦。孤零零的汽车车窗在一片荒凉辽阔的战场上闪烁。这时将军放下窗帘，把这凄凉的景象关在了外面。

图书在版编目（CIP）数据

灵魂应是可以随时飞起的鸟/赵松著.-上海：上海文艺出版社.2021
ISBN 978-7-5321-7728-8
Ⅰ.①灵… Ⅱ.①赵… Ⅲ.①随笔－作品集－中国－当代 Ⅳ.①I267.1
中国版本图书馆CIP数据核字(2020)第199842号

发 行 人：毕　胜
策　　划：李伟长
责任编辑：李　霞
装帧设计：周安迪

书　　名：灵魂应是可以随时飞起的鸟
作　　者：赵　松
出　　版：上海世纪出版集团　上海文艺出版社
地　　址：上海市绍兴路7号　200020
发　　行：上海文艺出版社发行中心
　　　　　上海市绍兴路50号　200020　www.ewen.co
印　　刷：杭州锦鸿数码印刷有限公司
开　　本：890×1240　1/32
印　　张：9.5
插　　页：3
字　　数：213,000
印　　次：2021年1月第1版　2021年1月第1次印刷
Ｉ Ｓ Ｂ Ｎ：978-7-5321-7728-8/I·6137
定　　价：55.00元
告 读 者：如发现本书有质量问题请与印刷厂质量科联系　T:0571-88855633